ELVEA
Bücher & eBooks

AF399091

www.elveaverlag.de
Kontakt: elvea@outlook.de

© ELVEA 2020

Autorin: Antje Haugg

Lektorat: Sabrina Haugg

Covergestaltung/Grafik: ELVEA

Layout: Uwe Köhl

Projektleitung

www.bookunit.de
ISBN: 978-3-946751878

Antje Haugg

Bayreuther Rhapsodie

Bayreuth-Krimi

Eine Bemerkung vorneweg:

Wie immer sind sämtliche Charaktere und Handlungen meiner Fantasie entsprungen – ausgenommen Rositta, die liebenswerte Wirtin vom Spiro. Auch sämtliche Geschehnisse rund ums Rathaus flossen lediglich aus meiner Feder und entbehren jeglicher realer Grundlage.

Wenngleich manche Ideen und Projekte durchaus ihren Platz in der Bayreuther Stadtgeschichte haben, gab es natürlich weder einen Baron noch eine dagegen demonstrierende Gefolgschaft. Das Rheingoldprojekt machte unter dem Namen Tristanbrunnen Furore, der Siegfriedwald stand tatsächlich neben der Stadthalle, um nur zwei Beispiele zu nennen.

Und jetzt dürfen Sie eintauchen ins Geschehen!

Prolog

Die Stadträte, die sich an dem verregneten Mittwochnachmittag vor dem Bayreuther Festspielhaus versammelt hatten, wirkten von fern wie ein Schwarm fröstelnder Nebelkrähen. Ausnahmslos alle waren angezogen, als wollten sie zu einer Beerdigung gehen, und ihre grauen und schwarzen Regenschirme waren über die Gruppe gespannt wie schützende Flügel. Als der Dienstwagen des Oberbürgermeisters vorfuhr, setzten sie sich erleichtert in Bewegung, um das Stadtoberhaupt zu begrüßen. Gemeinsam schwenkten sie ums Festspielhaus herum auf die Freifläche, wo die neue Probenbühne entstehen sollte. Bei dem heutigen Ortstermin sollte sich der Stadtrat ein Bild von dem geplanten Bau machen. Denkbar ungeeignetes Wetter für so ein Unterfangen! Der Nieselregen hüllte sie in eine feuchtkalte Decke, die klamme Novemberkälte kroch ihnen in die Schuhe, an den Beinen hoch und unter die Mäntel und Jacken. Alle waren daran interessiert, diesen Termin so schnell wie möglich hinter sich zu bringen und anschließend im warmen Rathaus bei einer Tasse Kaffee weiter über die neu gewonnenen Erkenntnisse zu reden.

Nur einer dachte anders: Freiherr Ferdinand von Streibau, der stadtbekannte Querulant und Neinsager, genannt der Baron, hatte Wind bekommen vom Ortstermin. Unerschütterlich stand er im Regen, ohne

Schirm, von Kopf bis Fuß durchgeweicht, ein Holzschild in der Hand, auf dem stand:
NEIN ZUR PROBENBÜHNE –
NEIN ZUR VERSCHWENDUNG UNSERER STEUERGELDER!!!

Der OB, Oberbürgermeister Burgmüller, konnte sein Grinsen nicht unterdrücken, als er den Freiherrn wie einen begossenen Pudel auf der Wiese stehen sah.

»Ja, der Herr Freiherr! Was verschafft uns diesmal die Ehre?«

Von Streibau sah ihn herausfordernd an. »Herr Burgmüller, den Freiherrn und das von können Sie sich schenken, das hatten wir doch wahrlich schon oft genug. Ich bin hier, um Sie und Ihre Vasallen von diesem unsinnigen Projekt abzubringen. Prestige aus den Taschen der Bayreuther Bürger. Würden Sie das auch unterstützen, wenn Sie den Bau aus Ihrer eigenen Tasche zahlen müssten?«

Einige Stadträte schüttelten genervt den Kopf. Jedes Mal war es das Gleiche mit Streibau. Kaum ein Projekt in Bayreuth, wogegen er nicht mit viel Tamtam protestierte … aber musste das bei so einem miesen Wetter sein? Burgmüller trat einen Schritt nach vorne und schüttelte seinen Schirm demonstrativ in Richtung des einsamen Demonstranten aus.

»Streibau, mag ja sein, dass Sie genügend Geld zur Verfügung hätten, um solche Projekte zu finanzieren. Ich für meinen Teil verdiene mir im Rathaus keine goldene Nase, zu meinem Job gehört viel guter Wille dazu. Und zur Durchführung halt auch Steuergelder. Wenn Sie jetzt so freundlich wären und uns unsere

Arbeit machen lassen, bevor wir allesamt so nass sind wie Sie ...«

Ein übereifriger Reporter des Nordbayerischen Kuriers kam über die Wiese gelaufen und rief:

»Halt, einen Moment bitte noch – ein Foto von Ihnen allen! Mit Herrn Streibau bitte.«

Als der OB unwillig abwinkte, schoss der Reporter nur ein einziges Bild von den Stadträten, dafür aber eine ganze Serie von Streibau-Fotos. Burgmüller war klar, was das für die morgige Kurier-Ausgabe bedeuten würde, wenn er nicht einlenkte.

»Okay, okay. Streibau, kommen Sie mit zu uns. Wir wollen ja mit der Presse zusammenarbeiten, nicht wahr?«

Mit breitem Grinsen stellte sich Streibau vor die Gruppe, strich sein silbergraues, überraschend volles Haar zurück und hielt sein Plakat hoch. Nach dem Shooting musterte er den OB und meinte:

»Ich werde das Volk wieder gegen Sie aufbringen, das ist Ihnen klar, oder? Denken Sie noch oft an das Rheingoldprojekt? Genau so wird es Ihnen mit der Probenbühne gehen. By the way: das Wahnfriedmuseum wird der nächste Ort sein, wo wir uns treffen. Und ich garantiere Ihnen – das wird nur über meine Leiche gebaut ...«

Kapitel 1

Samstag

Julia Lehmann verstand es, sich in Szene zu setzen. Auf der Bühne im Balkonsaal der Stadthalle, umringt von den Jungs ihrer Band, ließ sie die Töne wie Perlen aus dem Saxophon tropfen, dann wieder schmeichelte sie so sanft, dass mancher Zuhörer eine Gänsehaut bekam. Das enganliegende schwarze Etuikleid endete genau zwei Handbreit über dem Knie und kaschierte perfekt den schwarzen Haltegurt für das Instrument. Die langen dunkelbraunen Haare fielen ihr in weichen Locken über die Schultern, und ihr einziger Schmuck war das sandgestrahlte messingfarbene Tenorsax. Kein Mensch wäre auf die Idee gekommen, dass sie die Vierzig schon knapp überschritten hatte. Jan Keller stand an eine Säule gelehnt und ließ keinen Blick von der Kommissarin. Gut vier Monate waren die beiden jetzt zusammen, und sie faszinierte ihn immer noch mindestens genauso wie am ersten Tag. Als sie die ersten Töne von ›Night and Day‹ anspielte, drehte sie sich in seine Richtung und warf ihm einen Blick zu, der seine Phantasie, was den Ausklang des Abends betraf, gewaltig anregte. Sie schien das Stück nur für ihn zu spielen, und er spürte, wie eine Mischung aus Erregung und Besitzerstolz in ihm aufkam. Und das, obwohl er mit Jazz eigentlich nicht viel am Hut hatte … Aber schon allein hier zu stehen und Julia zuzuhören, machte es durchaus wett, dass sie durch den Auftritt der Band nicht wirklich viel vom Ball der Stadt hatten. Ungarische Rhapsodie … das Motto für dieses Jahr stand ganz im Zeichen des Liszt – Jubiläums. Die gesamte Stadthalle war rot, weiß und grün dekoriert, in den ungarischen Nationalfarben. Überdimensionale Notenblätter hingen an den Wänden, und der Balkonsaal war mithilfe roter Zirkuszelte in ein Varieté verwandelt worden. Dass die Band ›Indigo Swing‹ heute hier spielen durfte, war definitiv ihr größter bisheriger Erfolg. Julias Kollege, Kriminalobermeister Stefan Siems, hatte das eingefädelt. Er trat jetzt einen Schritt nach vorne, neben Julia, und begann sein Trompetensolo. Zwei alte Schulfreunde von ihm vervollständigten die Band, Robert Müller am Bass sowie Max Reinhold am Schlagzeug.

Als sie nach diesem Stück eine Pause machten, kam Julia mit erhitztem Gesicht zu Jan gelaufen. »Und – gefällt es dir?«, fragte sie gespannt.

Er nahm sie lächelnd in die Arme und nickte. »Ihr seid richtig klasse heute – soweit ich das beurteilen kann … darf ich dich an die Bar einladen?« Mit diesen Worten führte er sie nach draußen ins Foyer und bestellte zwei Glas Rotwein. »Wie lange spielt ihr?«

Julia musste lachen. »Reicht's dir schon? Bis Mitternacht müssen wir. Was danach noch kommt, hängt von unserer Laune ab und von den Leuten. Wenn wir das Gefühl haben, es gefällt ihnen, dann machen wir weiter.«

»Und danach?«, flüsterte er ihr ins Ohr.

Julia wurde rot. Immer noch und jedes Mal, wenn sie daran dachte, wie die meisten ihrer gemeinsamen Abende endeten.

»Lieblingskommissarin, wenn man den Verbrechern nur halb so gut ansehen könnte, was sie denken, dann wärst du arbeitslos, weil jeder sofort verhaftet werden könnte«, raunte Jan. Aber in diesem Moment kamen Stefan, Max und Robert zu ihnen, aufgedreht und gut gelaunt. »Julia, übermorgen werden wir endlich mal nicht als Amtspersonen in der Zeitung stehen, sondern als Musiker! Hoffentlich mit einer richtig guten Kritik. He, das läuft so toll! Super! Und wenn wir dann noch unser neues Arrangement zum Besten geben?«

Mit einem Mal war Jan draußen. Draußen aus dem Kreis der Musiker, die seit Jahren befreundet waren und mit deren Gemeinsamkeit er wenig anfangen konnte. Seine Hochstimmung wich einer leisen Resignation, die sich auch nicht mehr ganz wegwischen ließ, als er Julia zur Tanzfläche führte. Dieser Abend gehörte eben nicht ihnen beiden, sondern er musste sie gleich mit drei Männern und einem Saxophon teilen …

Seine Laune besserte sich auch keineswegs, als Julia ihm plötzlich quasi aus den Armen gezogen wurde:

»Frau Lehmann, darf ich um den nächsten Tanz bitten? Ihr galanter Begleiter wird Sie sicherlich für einige Minuten entschuldigen – danke! Sagen Sie, ich wusste gar nicht, dass Sie so virtuos Saxophon spielen können. Seit wann spielen Sie schon?«

Julia drehte sich noch einmal zu Jan um und warf ihm einen gespielt verzweifelten Blick zu, während ihr frackgekleideter Tanzpartner sie zu Walzerklängen mit sich wegzog und seine Stimme in der Menge verklang. Der verdutzte Jan blieb allein zurück, und erst als die Musik verstummte, kam Julia wieder zu ihm geeilt. Genervt verdrehte sie die Augen.

»Entschuldige, Jan! Darauf hätte ich jetzt gerne verzichtet.«

Jan starrte missmutig in Richtung des Frackträgers und knurrte: »Wer zur Hölle war das denn jetzt?«

Sie schlang ihm die Arme um den Hals, als die Musik wieder einsetzte, und begann sich zu der Rumba zu wiegen.

»Du kennst ihn nicht? Das war der Baron.«

»Der Baron? … DER Baron?«

Jetzt dämmerte es bei Jan. Der stadtbekannte Baron! Der Freiherr von Streibau! Die Frontfigur im Protest gegen das Rheingoldprojekt!

»Und was hast du mit dem zu schaffen?«, fragte er misstrauisch.

Julia warf einen Blick in sein Gesicht und musste lachen. »Sag bloß, du bist eifersüchtig – auf den Baron?« Sie giggelte leise vor sich hin, bevor sie ihm antwortete. »Du, der ist auf einfach jeder Demonstration vorne dran. Da kennt man sich dann zwangsläufig. Was meinst du, wie oft wir den schon aufs Revier geholt haben! Kein Grund zur Eifersucht! Andererseits – er hat gesagt, ihm ist ein wenig übel geworden vom vielen Drehen beim Walzer. Ansonsten hätte er mich bestimmt noch länger festgehalten. Aber jetzt komm tanzen – unsere Pause ist eh gleich vorbei.«

Zwei Stunden später spielte ›Indigo Swing‹ dann die Überraschung des Abends: Zuerst interpretierten sie den Liebestraum und dann die Ungarische Rhapsodie Nr. 2 – wie Julia ankündigte: »Als unser ganz persönlicher Tribut an Franz Liszt.« Jan hatte sie auf die Idee gebracht, mit seiner Frage, was denn eine Swingband mit Liszt zu tun hätte. Robert, der Vollblutmusiker, hatte etliche freie Abende in die Ausarbeitung der Arrangements gesteckt, und herausgekommen war dabei eine fröhliche, ungewöhnliche und swingende Interpretation der romantischen Stücke. Den Besuchern des Balls schien es durchaus zu gefallen, denn sie forderten die beiden Stücke später lautstark als Zugaben.

Und dann war der Abend zu Ende, weit, weit nach Mitternacht. Als es ans Zusammenräumen und Abbauen ging, wollte Jan helfen, aber die Jungs lehnten dankend ab.

»Du, mir sind a eingespielt's Team, da sitzt jeder Handgriff. Basst scho, du kannst höchstens später des Schlagzeug mit nausdraang.«

Wieder fühlte er sich außen vor, ohne dass Julia etwas davon bemerkte. Sie war hinter der Bühne schnell aus ihrem Kleid heraus und in Jeans und Sweatshirt hineingeschlüpft, rollte routiniert Kabel zusammen und verstaute ihr Sax in einem schwarzen Koffer. Mit einem Mal fühlte sie sich müde und ausgepumpt. Ein schneller Seitenblick auf Jan zeigte ihr, dass es ihm ähnlich zu gehen schien. Aber als er ihren Blick auffing, glitt ein leichtes Lächeln über sein Gesicht. Verdammt noch mal, für ihn sah sie in Jeans und Shirt fast genauso sexy aus wie vorhin im kleinen Schwarzen … und irgendwann würde das ganze Zeug hier in den Autos verstaut sein …

Irgendwann, das war etwa eine Viertelstunde später. Letzte Umarmungen im Parkhaus unter dem Geißmarkt, dann glitt Julia neben Jan auf den Beifahrersitz und schnaufte tief durch. »Uff! Geschafft! Aber ein toller Abend war's! Obwohl – ich hätt schon gern mehr Zeit mit dir verbracht.« Sie seufzte gespielt auf, und er musste lachen.

»Gib's schon zu – den Auftritt hättest du eh nicht abgesagt, wenn ich dich gefragt hätte!«

Julia kicherte leise und leicht beschwipst.

»Stimmt, das hätte ich nicht. Aber wir haben ja noch den Rest der Nacht. Und morgen ist Sonntag …«

Sie drehte den Heizungsknopf voll auf, und Jan lenkte seinen grauen Kombi in Richtung Schranke. Außen auf dem Parkplatz glitzerte Reif im Scheinwerferlicht. Vor ihnen waren die Konturen von Stefans dunkelrotem Kombi zu erkennen. Die letzten Besucher hatten die Stadthalle schon vor einiger Zeit verlassen, der Parkplatz lag dunkel und menschenleer in der Kälte ausgebreitet vor ihnen. Doch als sie in die Friedrichstraße einbiegen wollten, bot sich ihnen ein anderes Bild: Blaulicht blinkte weiter rechts auf und warf gespenstische Schatten an die Sandsteinmauern der Häuser.

Julia griff nach Jans Arm. »Stopp – fahr mal da rüber, da ist was!«

Mist! Hoffentlich bedeutete das nicht das endgültige Aus für ihren gemütlichen Sonntag. Jan spürte, wie sich ein Anflug von Ärger in seinem Bauch breitmachen wollte, aber dann setzte er resigniert den Blinker und bog rechts ab, genau wie schon Stefan Siems vor ihnen.

Schon nach wenigen Metern sahen sie einen Krankenwagen, der zwischen der Jean-Paul-Statue in der Mitte des Platzes und dem in die hintere Ecke gesetzten Siegfriedwald stand, einem ehemaligen Bühnenbild aus dem Festspielhaus. Im flackernden Schein des Blaulichts liefen zwei Sanitäter mit starken Taschenlampen zwischen den künstlichen Baumstämmen herum und wirkten ziemlich gereizt, als die beiden Fahrzeuge direkt neben dem Krankenwagen anhielten.

»Bitte fahren Sie weiter – hier gibt es nichts zu sehen. Danke!«, rief einer der beiden fröstelnden Männer zu ihnen hinüber.

Aber weder Julia noch Stefan ließen sich dadurch abschrecken. Beide stiegen energisch aus, und da Julia nichts Gegenteiliges gesagt hatte, drehte Jan kurzerhand den Zündschlüssel auf ›Aus‹ und folgte ihr schweigend.

»Kriminalhauptkommissarin Julia Lehmann, und das ist mein Kollege, Kriminalobermeister Stefan Siems.«

Jans Namen erwähnte sie nicht, und das reichte aus, um ihn zurückzuhalten. Er blieb einige Schritte vom Siegfriedwald entfernt stehen und versuchte, einen Blick auf das nächtliche Szenario zu werfen. Wie auch etliche andere Bayreuther fragte er sich, welcher Teufel die Stadtverwaltung wohl geritten hatte, ein derartiges Bühnenbild zur Verschönerung des Jean-Paul-Platzes aufzustellen. Der Siegfriedwald wirkte durchaus bedrohlich, gerade jetzt in der Dunkelheit. Zwischen den schrecklich düsteren künstlichen Baumstümpfen lag eine schwarze Gestalt am Boden. Aber wer oder was das war, konnte er nicht erkennen. Julia dagegen, die näher heranging, blieb überrascht stehen.

»Was ist denn hier passiert?«, fragte sie erstaunt.

Die Sanitäter wandten sich ihr zu.

»Ach ja – jetzt erkenne ich Sie, Frau Lehmann!«, rief der eine. »Horst Ringler, erinnern Sie sich? Das hier ist Andreas Müller. Wir wurden angerufen, weil hier ein Mann liegt. Ein toter Mann …«

Er verhaspelte sich und verlor den Faden. Sein Kollege Müller mischte sich ein.

»Männliche Leiche, etwa 70 Jahre alt, noch nicht lange tot. Leichenstarre noch nicht eingetreten.«

Julia und Stefan wechselten einen raschen Blick, und von einer Sekunde auf die nächste straffte sich der Körper der Kommissarin, und der leichte Schwips von vorhin war vergessen.

»Okay – Stefan, klingelst du mal bitte in der Dienststelle durch und sagst Bescheid, dass wir schon hier sind? So, und wer ist dieser Mann? Haben Sie Papiere bei ihm gefunden?«

Der junge Sanitäter Müller kam heran. »Frau Lehmann, ich hab grad seine Taschen durchsucht, aber nichts drin. Nur ein Geldbeutel mit einem Fünfziger. Aber kein Perso. Auch kein Handy oder sonst etwas, das uns weiterhilft.«

»Na, prima! Darf ich mal ran? Leuchten Sie mir bitte?«

Julia kletterte in das ausrangierte Festspielhaus-Bühnenbild hinein und warf einen Blick auf die Leiche. Ein leiser, überraschter Aufschrei entfuhr ihr.

»Was ist denn, Julia – kennst du ihn?«, fragte Stefan.

»Ja, du auch – es ist der Baron …«

»Was?«

Stefan kam ihr in Windeseile nach und kniete sich neben dem Toten auf den Boden.

»Du hast Recht, es ist wirklich der Baron. Der war doch vor ein paar Stunden noch auf dem Ball der Stadt.«

Julia nickte langsam und merkte, wie es ihr heiß in die Augen stieg. Entschieden blinzelte sie die hochkommenden Tränen weg.

»Er hat mich vorhin beim Tanzen noch abgeklatscht und mit mir einen Walzer getanzt. Du liebe Zeit – ich war noch total genervt von ihm, weil ich lieber bei Jan bleiben wollte. Dann hat er gesagt, dass ihm ein wenig schlecht geworden ist. Und jetzt ist Streibau tot …«

Die Mischung aus Schock und Reue traf sie ohne Vorwarnung mitten in den Magen, der sich empört zusammenzog. Tote ließen sie auch nach den vielen Dienstjahren, die sie schon geleistet hatte, nie unberührt. Aber diesmal war es anders. Sie hatte Streibau gekannt, auf eine unwillige Art hatte sie ihn und sein geradliniges Wesen auch gemocht. Und sie hatte vor kaum zwei Stunden noch mit ihm getanzt, vielleicht den letzten Tanz seines Lebens.

»Wissen Sie schon Näheres? Woran er gestorben ist?«

Ringler schüttelte den Kopf. »Er hat keine äußeren Verletzungen, falls Sie das meinen. Ich tippe mal auf einen Herzinfarkt oder so etwas. Das Einzige, was ich nicht verstehe – warum liegt er hier im Bühnenbild?«

Stefan, der immer noch neben Streibau kniete, rappelte sich hoch und meinte: »Vielleicht hat er sich ja wieder mal über den Siegfriedwald aufgeregt und davon einen Herzinfarkt bekommen? Vielleicht wollte er sehen, wie die Baumstümpfe von hier oben aussehen und hat sich übernommen? Die Hitze auf dem Ball, der Alkohol, dann raus in die Kälte und unnötig aufgeregt. Wir wissen doch, dass er zu cholerischen Anfällen neigte, der gute Freiherr. Erst letzte Woche hatten wir ihn auf dem Revier, als er im Wahnfriedpark getobt hat über das geplante Museum. Ich dachte da schon, er fällt mir gleich vom Stuhl.«

Jan, der fröstelnd an seiner Autotür lehnte, atmete erleichtert auf. Das klang nicht nach Mord, das klang nach einer natürlichen Todesursache, auch wenn der gute Baron sich einen makabren Ort für sein Dahinscheiden ausgesucht hatte. Zumal jetzt noch die beiden diensthabenden Beamten eintrafen, um sich der ganzen Sache anzunehmen. Somit würden sie zumindest morgen ausschlafen können.

Und tatsächlich: Julia holte sich zwar ihre dicke Jacke aus dem Kofferraum und bestand darauf, noch hierzubleiben, bis die Leiche abtransportiert wurde. Aber von Mord war keine Rede. Auch wenn Streibau in die Gerichtsmedizin kam, um die genaue Todesursache herauszufinden. Der mittlerweile eingetroffene Notarzt Doktor Kollrab nahm seine Arbeit sehr genau – unklare Todesursache, das wollte er genauer untersucht haben.

Als sich Julia und Jan dann endgültig von Stefan verabschiedeten, war es schon fast halb fünf. Todmüde stiegen sie vor Julias Wohnungstür aus dem Wagen und beeilten sich, ins Haus zu kommen. Kater Leo begrüßte sie mit einem missmutig-vorwurfsvollen Maunzer und marschierte dann demonstrativ zur Haustür, wo er beleidigt weiter miaute, bis Julia ihn hinausließ. »Du wirst frieren, Leo!«, meinte sie noch, worauf Jan grinste. »Der dicke Kerl und frieren? Das kann ich mir nicht vorstellen«, meinte er. Julia schaute ihn mit großen, unglücklichen Augen an. »Trinkst du einen Kaffee mit? Ich kann jetzt nicht schlafen, beim besten Willen nicht«, flüsterte sie und kämpfte erneut mit ihren Tränen. Jan nickte langsam. »Was ist mit dir los, Lieblingskommissarin? Muss ich mir doch Gedanken machen wegen dir und dem Baron?«, hakte er nach. Julia, die schon ihren Küchenschrank geöffnet und die Kaffeedose herausgeholt hatte, musste trotz ihrer Tränen lächeln. »Du bist wirklich eifersüchtig, oder? Sei froh, dass es kein Mord ist, sonst wärst du sofort wieder einer der Hauptverdächtigen!«, scherzte sie.

»O nein, bitte nicht schon wieder!«, rief Jan in gespielter Verzweiflung. So hatten sie sich im letzten Sommer kennengelernt: Ein Eishockeyspieler, der Jan einige Zeit zuvor die Ehefrau abspenstig gemacht hatte, war ermordet im Eisstadion aufgefunden worden. Und damit war Jan in den erlesenen Kreis der Verdächtigen mit klassischem Motiv aufgerückt. Dass Julia sich ebenso Knall auf Fall in Jan verliebt hatte wie er sich in sie, hatte ihre Arbeit nicht wirklich erleichtert: Um ein Haar hätte sie den Fall wegen Befangenheit abgegeben, als sie gerade noch rechtzeitig den Mord aufklären konnte – bevor Staatsanwalt Strasser aus dem Urlaub zurückkam. Die Erinnerung an den chaotischen Auftakt ihrer Beziehung heiterte Julia tatsächlich ein wenig auf. »Nein, im Ernst: ich finde nur die Vorstellung so schrecklich, dass er vielleicht seinen allerletzten Tanz mit mir getanzt hat. Und ich war keine wirklich charmante Tanzpartnerin …«

Gedankenverloren füllte sie Kaffeepulver ein. Während der würzige Duft innerhalb weniger Minuten die Küche erfüllte, hing sie ihren Erinnerungen an den Baron nach. Er war eines der letzten Bayreuther Originale gewesen, sie konnte immer noch nicht fassen, dass er tot sein sollte. Und als sie den Kaffee in die Tassen eingeschenkt hatte, begann sie damit, Jan vom Baron zu erzählen …

Kapitel 2

... Rückblick: Januar 2009

Der Baron lehnte fröstelnd an der schweren Eingangstür der Stadtkirche. Wie immer war er eine Stunde vor dem Termin dran, und wie meistens war das Wetter denkbar schlecht. Es hatte knapp zwei Grad, und der Himmel wollte offenbar versuchen, den Baron an seinem Vorhaben zu hindern, denn er warf unaufhörlich dicke, klatschnasse Schneeflocken auf Bayreuth, die sich nicht die Mühe machten, liegen zu bleiben. Stattdessen legten sie sich schmatzend auf die Häuser und Straßen, um im selben Augenblick auf dem nassen Untergrund wegzuschmelzen, tröpfelnd als eiskalte Wasserperlen von Dachrändern zu fallen und sich mit mehr oder weniger großen Pfützen zu verbünden, bevor sie endlich irgendwann in der Kanalisation verschwanden.

Kurz, es war ein Wetter, bei dem man keinen Hund vor die Tür jagen würde. Bei dem der Durchschnittsbayreuther bestenfalls durchs überdachte und angenehm geheizte Rotmaincenter flanierte, um zu shoppen, vermutlich aber vor dem Fernseher auf dem Sofa saß und einen warmen Tee trank.

Von Streibau gab sich keinen Illusionen hin: Im Sommer kamen die Leute nicht zum Demonstrieren, weil sie lieber im Schwimmbad oder im Biergarten saßen. Und im Winter war es ihnen zu ungemütlich.

Leise Wehmut überkam ihn, als er zurückdachte an Wackersdorf, wo er als Jungspund zum ersten Mal aktiv gewesen war. Tausende von Menschen, aus ganz Deutschland, die sich dort getroffen hatten voll glühender Begeisterung. Die sich für ihre Ziele eingesetzt hatten, die überhaupt noch Ziele verfolgt hatten. Sicher, es war teilweise ausgeartet. Trotzdem hatte Streibau manchmal das ungute Gefühl, die Leute würden sich heute kaum noch für die Dinge interessieren, die um sie herum geschahen.

Umso erstaunter und überraschter war er, als sich aus der frühen Winterdämmerung eine Gruppe herausschälte, die offensichtlich dasselbe Anliegen hatte wie er selbst. Vier oder fünf Leute, er konnte es noch nicht genau erkennen. Als sie jedoch näher kamen, war er sich nicht mehr so sicher, was ihr Vorhaben betraf.

Es waren Jugendliche, vier Jungs und ein Mädchen, und ihr ganzes Auftreten war geeignet, unbeteiligte Leute eher einzuschüchtern als Vertrauen im Gegenüber zu wecken. Das Mädchen war schwarz geschminkt, mit schweren Metallketten behängt, die aussahen wie im Baumarkt gekauft – ein Juwelier hatte da jedenfalls nicht Hand angelegt. Die schwarzen Stiefel gingen ihr bis über die Knie, dann war eine Handbreit Bein zu sehen. Ein dunkler Kurzmantel bedeckte gnädig den Rest der jungen Dame. Ihre Haare – ebenfalls schwarz gefärbt – hingen in nasser Einheitslänge über ihre Schultern, die Wimperntusche war offensichtlich nicht ganz wasserfest. ›Statistin in einem Vampirfilm‹ war Streibaus spontaner Gedanke zu der Fürstin der schwarzen Farbe.

Die Jungs dagegen hatten Turnschuhe an, die ihnen mindestens drei Nummern zu groß zu sein schienen – wie sonst konnte man so über den Gehsteig schlurfen? Baseballmützen, die kaum vor dem Schneeregen schützten.

Alle fünf kamen zielstrebig auf die Eingangstreppe der Stadtkirche zu, und für einen Moment flackerte Angst im Baron auf: Wenn die ihn jetzt zusammenschlugen, dann würde er gut und gerne zwanzig Minuten lang verletzt in der Kälte liegen, bis ihn jemand fände – falls bei diesem Wetter überhaupt jemand zum Demonstrieren erscheinen würde. Er drückte seinen Rücken an die schwere Holztür, in der festen Gewissheit, dass er keine Chance hatte.

Das Mädchen jedoch sprach ihn an:

»Hi, sind Sie der Baron? Der die Demo gegen den Rheingoldbrunnen organisiert hat?«

Streibau nickte verblüfft und brachte eine gekrächzte Antwort heraus.

»Ja, der bin ich. Freiherr von Streibau, genau genommen.«

Sie lächelte ihn an und hielt ihm die Hand hin – noch etwas, das er nicht erwartet hätte. Zögernd schüttelte er sie. Eiskalt und nass fühlte sie sich an, kein Wunder, das Mädel musste sich ja den Tod holen bei diesem Mistwetter.

»Ich bin die Conny. Und die Jungs hier, das sind der Fabian, der Lukas, der Ramon und der Dennis. Wir sind die Schulsprecher vom GMG. Und wir wollten Ihnen sagen, dass wir total cool finden, was Sie hier abziehen.«

Der Baron schaute irritiert von einem zum anderen.

»Danke, das ist nett von euch …«

Seine Worte verklangen rat- und haltlos im Schneeregen. Was hatte das Graf-Münster-Gymnasium mit seinen Demonstrationen zu tun?

»Na ja, wissen sie, die meisten Leute tun ja so, als müsste sie das nicht interessieren. Aber dieses Rheingoldprojekt – egal, ob man das jetzt hässlich findet oder ob man es für Kunst hält: Tatsache ist doch, das Ding passt überhaupt nicht zum Rest vom Marktplatz. Ich meine, so ein surrealistischer Schrotthaufen direkt vor dem Finanzamt mit dem ganzen Stuck und so … Und unsere Eltern sollen dafür zahlen, dass wir uns das Ding dann die nächsten 50 Jahre ansehen sollen? Hallo? Da passt doch was nicht! Wir haben in der Schule drüber gesprochen, in der SMV. Und beschlossen, dass wir Ihren Widerstand unterstützen wollen. Wir sind jetzt nur vorausgelaufen, um Sie schon mal zu informieren. Nicht dass Sie die Demo ohne unsere Mitschüler anfangen. Die laufen grad durch den Hofgarten hierher. Dauert vielleicht noch eine Viertelstunde.«

Sie nickte den Jungs zu, die Streibau jetzt ebenfalls begrüßten. Verwirrt hakte der nach:

»Ja, und wie viele Schüler kommen da? Zehn? Zwanzig?«

Der als Ramon Vorgestellte brach in lautes Gelächter aus, die anderen grinsten.

»Mann, Alter – Baron! Meinen sie, wir kommen mit zwanzig Hansala? Wir sind die größte Schule von Bayreuth, wenn wir was auf die Beine stellen, dann richtig, Mann! Ich schätz mal, so 400 bis 450 werden's sein. Plus Eltern, da kommen sicher auch welche mit.«

Von Streibau lehnte sich abermals an die schwere Holztür. 400 Demonstranten! Das war mehr, als er in seinen kühnsten Träumen erwartet hätte.

»Vierhundert«, wiederholte er tonlos.

Conny nickte eifrig.

»Und das nur von unserer Schule. Wir haben uns abgesprochen mit den SMV's von den anderen Schulen. Die wollen alle mitmachen. Also, alle Gymnasien. Und die FOS. Und die Wirtschaftsschule. Und die R I. Von der R II wissen wir's nicht genau.«

Der Baron spürte, wie ihm schwindelig wurde. Gymnasien, Realschulen, quasi alle weiterführenden Bayreuther Schulen? Dafür war jedoch keine Zeit, denn wie abgesprochen bog jetzt ein Zug von Jugendlichen um die Ecke, aus der Steingräber-Passage kommend. Immer mehr junge Leute drängten nach, und wenige Minuten später stellte sich die SMV des RWG vor, des Richard-Wagner-Gymnasiums. Diese hatten sogar an eine Flüstertüte gedacht, die sie dem Baron vor den Mund hielten.

Zögernd begann er hinein zu sprechen, nach der Begrüßung forscher werdend.

»Ich freue mich sehr, euch alle hier zu sehen. Die Tatsache, dass ich offenbar nicht alleine dastehe mit meinen Zweifeln und meiner Kritik an Bürgermeister und Stadträten, beziehungsweise an deren Arbeit, macht mir Mut. Mut, diese und weitere Demonstrationen zu machen. Mut, gegen die Rheingoldskulptur zu kämpfen. Mut, immer wieder das Vorgehen und die Entscheidungen zu hinterfragen, die einige wenige willkürlich für uns treffen. Packen wir's an – auf zum Rathaus!«

Vielstimmiger Beifall brandete auf. Von Streibau schaute sich um: Der gesamte Kirchplatz war voller Menschen, bis zur Steingräberpassage standen sie dicht gedrängt nach hinten. Wie viele noch in der Ludwigstraße warteten oder in der Sophienstraße, das konnte er nicht wissen. Er sah nur, dass auch in Richtung Marktplatz die Demonstranten Schulter an Schulter standen. Tiefe Genugtuung erfüllte ihn, als er jetzt die Stufen der Stadtkirche herabkam und zum Marktplatz lief, begleitet von den Sprechern der verschiedenen Schulen, um sich an die Spitze der Demonstration zu begeben.

Langsam setzte sich der Zug in Bewegung, über den Sternplatz und die Opernstraße, vorbei an Engins Ponte, in Richtung Rathaus.

Wenig später platzte der Luitpoldplatz vor dem Rathaus schier aus allen Nähten. Dicht gedrängt hatten sich fast tausend Leute aufgestellt, misstrauisch beobachtet von zwei eilends angeforderten Polizeistreifen. Von Streibau bekam eine Gänsehaut, so sehr fesselte ihn die Atmosphäre. Die Jugendlichen hinter ihm skandierten lautstark Parolen wie »Rheingold kostet Steuergeld!« oder »Steuerzahler – Rhein-Goldesel!«

Halb fünf war es mittlerweile, und die meisten Mitarbeiter des Rathauses hatten sich schon in den Feierabend verabschiedet. Der OB ließ sich nicht blicken, obwohl das energisch eingefordert wurde:

»Burgmüller – trau dich raus! Versteck dich nicht in deinem Haus!«

Gegen 17 Uhr löste sich die Versammlung auf, nachdem sich ein Organisationsteam gebildet hatte, das in erster Linie aus Streibau und den Schulsprechern bestand. Die jungen Leute sprühten vor Begeisterung und schmiedeten große Pläne, in Anlehnung an die früheren Montagsdemos in der DDR wollten sie Ähnliches in Bayreuth durchziehen: Freitagsdemos jeweils nachmittags um halb zwei, damit die Schüler direkt nach dem Unterricht mitmachen konnten. So lange, bis das Rheingold gestorben wäre. Zusätzlich jeden zweiten Samstag eine Kundgebung auf dem Marktplatz.

Der Baron hatte noch keine Ahnung, dass dieser Tag der Grundstein seines größten politischen Erfolgs sein sollte: Ganze acht Freitagsdemos kamen zustande, teilweise mit über zweitausend Leuten. Am Ende siegten die Demonstranten über Stadtrat, OB und Architekten, die Skulptur wurde nicht gebaut.

Trotzdem hatte die ganze Sache weitreichende Veränderungen in Bayreuth zur Folge: Der organisierte Widerstand hatte sich ein für alle Mal formiert und etabliert. Und Freiherr von Streibau war die Frontfigur.

In den nächsten Jahren war er mit wechselnder Gefolgschaft gegen beinahe jede Stadtratsentscheidung auf der Straße. Die geplante Rodung des sogenannten ›Saaser Wäldchens‹ unmittelbar neben der Lerchenbühlschule zugunsten eines Bauprojekts ließ ihn ebenso auf die Barrikaden gehen wie der Hangar am Bindlacher Flugplatz oder die angeblichen geheimen Pläne zur Verwirklichung der Südtangente durch das Naherholungsgebiet Studentenwald. Und immer hatte er die Schulen hinter sich, mit Hunderten von jungen Demonstranten, die mit jugendlichem Feuereifer hinter seinen Aktionen standen und ihre Familien zu missionieren versuchten. Es war eine gute Zeit für den Baron.

Der einzige Rückschlag in dieser Zeit war die Probenbühne am Festspielhaus. Es war eine herbe Enttäuschung für Streibau, plötzlich wieder ganz alleine dazustehen. Seine Gefolgschaft hatte ihm dieses Mal geschlossen die Unterstützung verweigert, die jungen Leute fanden den Bau der neuen Bühne wichtig und richtungsweisend. Wiesen auf den Zusammenhang mit den neu eingeführten ›Wagner für Kinder‹-Vorstellungen hin. Betonten den Weltruf, den Bayreuth durch Wagner erlangt hatte, der aber immer schwieriger zu verteidigen wäre. Konkurrenzfähig müsse man bleiben, die Festspiele seien schließlich ein Wirtschaftsfaktor.

Der Baron schüttelte verständnislos den Kopf. Nein, das sah er völlig anders! Die Dauer der Festspielzeit gehöre sich verlängert, so argumentierte er. Acht Wochen Festspiele, die Nachfrage sei schließlich vorhanden. Aber wegen vier Wochen ein derartiges Tamtam um einen Neubau zu machen – unsinnig in seinen Augen.

Er konnte diesmal niemanden überzeugen. Mutterseelenallein stand er im strömenden Regen dem OB und seinen Stadträten gegenüber, was den seit der Geschichte mit dem Rheingold angeschlagenen Burgmüller mit Häme und Spott erfüllte. Der Baron jedoch ließ sich nicht abschrecken. Er wusste genau, dass der nächste Kampfplatz schon abgesteckt war: die Erweiterung des Wahnfriedmuseums. Und er wusste ebenso sicher, dass seine Schüler da wieder voll hinter ihm stehen würden. Hunderte von Aktivisten, und dazu hatte er bereits mit mehreren Anwohnern

gesprochen, die vorhatten, bis vor das Verwaltungsge-
richt zu ziehen, um den Bau zu verhindern.

Nein, von Streibau hatte kein Problem damit,
Burgmüller diesen kurzen Triumph zu gönnen. Zumal
er bemerkte, dass der Journalist des Nordbayerischen
Kuriers offensichtlich nicht ganz unparteiisch war.
Sollte Burgmüller doch über ihn lachen – der Baron
hatte trotzdem bemerkt, wie sich das Gesicht des OB
für einen kurzen Moment verfinstert hatte, als er das
Wort Wahnfriedmuseum aussprach. Auch wenn die
Wiederwahl Burgmüllers so sicher war wie das Amen
in der Kirche: Ein Aus bei diesem ehrgeizigen Projekt
wäre seinem nächsten Wahlkampf in einem Jahr mit
Sicherheit alles andere als förderlich …

Kapitel 3

Sonntag

Julia Lehmann blinzelte verschlafen in Richtung Radiowecker. Zwölf Uhr 23 zeigte das Display. Sie seufzte leise, als ihr der tote Baron ins Gedächtnis tröpfelte. Bis kurz nach sieben war sie mit Jan noch in der Küche gesessen, hatte ihm erzählt, was sie über den Baron wusste. Wie oft hatte sie mit dem sturschädeligen Querulanten zu tun gehabt, ihn belächelt, aber immer mit einer fast widerwilligen Bewunderung. Bei allem Aktivismus hatte er seine Ziele nie aus den Augen verloren, immer realistisch die Erfolgsaussichten eingeschätzt. Ein einziges Mal nur hatte er sich verkalkuliert, und das war die Festspielhausgeschichte vor etwa acht Wochen gewesen. Aber das hatte dem Baron nicht etwa einen Dämpfer versetzt, sondern ihn nur angespornt, sich mit Feuereifer an sein nächstes Projekt zu machen. Pikantes Detail, das sie Jan verschwiegen hatte: Der Baron hatte sie in der Weihnachtswoche aufgesucht, weil er einen anonymen Drohbrief gefunden hatte. Er solle die Finger vom Haus Wahnfried lassen, sonst würde es ihm übel ergehen. Wirklich ernst genommen hatte er den Schrieb wohl nicht, aber doch ernst genug, um damit zur Polizei zu gehen. Und jetzt war er tot – offenbar ohne Fremdverschulden. Julia vermutete einen Herzinfarkt, kein Wunder! So wie von Streibau sich immer aufgeregt hatte. Bei der Polizei hatte er den Spitznamen ›HB-Männla‹ bekommen. Die überhitzte Stadthalle, die Tanzerei, dann wieder raus in die Kälte und vermutlich wieder ein Wutanfall über das in seinen Augen monströse Bühnenbild, das die Stadtoberen auf den Jean-Paul-Platz drapiert hatten, zum Entsetzen der Anwohner. Bei der Vorstellung, vom Wohnungsfenster aus ständig auf düstere Baumstümpfe zu schauen, hatte Julia durchaus Verständnis für die bitterbösen Leserbriefe, die sich immer wieder im Kurier fanden. Auch hier war eine Demonstration angemeldet gewesen, für den kommenden Freitag. Hatte der Baron nach dem Verlassen der Stadthalle dem Siegfriedwald einen spontanen Besuch abgestattet, leicht angeheitert die Bühne erklommen, um von oben alles genau zu sehen? Wollte er gar versuchen, etwas zu zerstören? Sie würde es nie erfahren. Nie mehr seine Sprüche hören. Nie mehr mit ihm Walzer tanzen. Verdammt! Sie hatte keinen Grund, ein schlechtes Gewissen zu haben! Und doch – das Gefühl, sich unhöflich benommen zu haben, saß wie ein Stachel in ihrem Gewissen, vermischte sich mit der leisen Trauer um eine feste Größe im Bayreuther Stadtbild.

Als Julia einige Minuten so gegrübelt hatte, realisierte sie auf einmal, was sie wohl geweckt hatte: Kindergeschrei klang gedämpft aus der Nachbarwohnung, das schnelle Trappeln kleiner Füße, Lachen des großen Bruders vermischt mit dem energischen Babygeschrei der erst wenige Wochen alten Schwester. Verdammt!

Julia hätte sich am liebsten ihr Kopfkissen auf die Ohren gedrückt. Sie tat es nicht, aus Angst, Jan dadurch zu wecken. Und seine Zärtlichkeiten waren das Letzte, das sie aktuell brauchte. Als die Michalkes sich im Oktober als neue Nachbarn vorgestellt hatten, mit dem kleinen Elias an der Hand und den dicken Babybauch herausfordernd nach vorne geschoben, da schwankte Julia für den Bruchteil einer Sekunde zwischen zwei Möglichkeiten: diese selbstzufriedene junge Frau zu töten oder sich selbst die Pulsadern aufzuschneiden. Beim nächsten Herzschlag setzte die Vernunft wieder ein, sie zwang sich zu einem freundlichen Lächeln, bat die Familie auf einen Kaffee herein und hielt ihre Tränen tapfer zurück, bis sie wieder allein war. Warum durften alle Leute Kinder haben, nur sie nicht? Sie hasste sich dafür, nicht schwanger geworden zu sein, damals, als sie noch mit Bernd in Erlangen gewohnt hatte, als sie geglaubt hatte eine glückliche Ehe zu führen. Trotz ihrer Kinderlosigkeit geliebt zu werden. Bis eines Tages seine Sekretärin vor der Haustür erschien, ihr Bauch fast genauso dick und provokativ wie der von Jutta Michalke. Und eine ziemlich unschöne Geschichte erzählte, von Bernd Lehmann und seinem harten Schreibtisch. So klischeehaft, dass es fast schon komisch gewesen wäre, wenn es nicht so verdammt geschmerzt hätte.

Julia zückte kein Messer. Damals nicht und heute auch nicht. Sie versuchte, mit Jan darüber zu reden. Nur einmal. Dann wusste sie, dass sie das Thema nie mehr anschneiden würde. So sehr sie ihn liebte, in diesem Punkt waren sie um Welten voneinander entfernt. Jan hatte sie nur verblüfft angestarrt.

»Du willst Kinder? Obwohl du keine kriegen kannst? Aber damit machst du dich doch selbst kaputt. Du musst dein Leben akzeptieren und lieben, so wie es ist. Ändern kannst du es eh nicht. Schau, irgendwie hat doch alles sein Gutes. Ich liebe dich genau so, wie du bist. Ich brauch keine Kinder. Ich will auch gar keine Kinder. Ich will dich, das reicht mir. Versuch mal, die Vorteile zu sehen ohne Kind. Du kannst im Außendienst arbeiten, ohne Rücksicht nehmen zu müssen. Du bist finanziell und überhaupt unabhängig. Neulich hast du gesagt, dass du schon mit Leo angehängt bist und die Nachbarn bemühen musst, wenn du in Urlaub fährst. Und das mit einer Katze! Was meinst du, wie das erst mit einem Baby wäre? Und dann werden sie größer – ich krieg's doch bei den Knaben mit, was da abgeht. Schule, Pubertät, komische Freunde, Zigaretten, Alkohol: Du bist ständig am Aufpassen und hast trotzdem keine Garantie, dass sie nicht doch abrutschen. Glaub mir: Es hat auch sein Gutes, wenn man kinderlos ist.«

Für einen kurzen Moment hatte sie Jan gehasst, als er das sagte. Nur für einen kurzen Moment, dann hatte die Liebe gewonnen. Aber ein schaler Beigeschmack hatte sich trotzdem eingeschlichen. Das Gefühl, doch nicht alles zu teilen. In einem wichtigen Bereich einsam zu bleiben und nie mehr mit ihm darüber reden zu können. Er würde sie nicht trösten, wenn die Nachbarskinder sie in ein dunkles Loch zerrten. Er würde es nicht verstehen. Er durfte es nicht einmal merken …

Zwei oder drei Wochen lang studierte sie in ihrer Mittagspause Wohnungsannoncen. Und wieder einmal war es ihr Kollege und bester Freund Stefan, der es bemerkte und sie aus ihrem Tief holte.

»Julia, wie oft willst du davonrennen?«, raunzte er sie an einem Mittwochvormittag an und zog ihr energisch den Kurier vom Tisch.

»He, was soll das?«, fauchte sie zurück. »Ich lauf nicht davon. Und wenn, dann nur dieses eine Mal. Ich zieh um und Ende.«

»Und dann? Willst du in ein Altersheim ziehen, um sicher zu gehen, dass keine Nachbarn Kinder kriegen? Julia – zum Kuckuck! Kinder gehören in unserer Welt dazu. Du kannst sie nicht ausrotten, nur weil du selbst keine kriegen kannst. Du musst lernen damit zu leben. Und wenn du das alleine nicht auf die Reihe kriegst, dann musst du dir professionelle Hilfe suchen. Sonst zerbrichst du daran. Und deine Beziehung zu Jan auch. Vielleicht kannst du deinen Körper nicht ändern, aber deine Einstellung, die kannst du ändern!«

Sie hatte eingesehen, dass Stefan Recht hatte. Sie suchte keine neue Wohnung, stattdessen ging sie zu sämtlichen Spielen von Jans Eishockeyknaben und passte zwischendurch ab und zu auf Stefans Jungs auf, alles aus therapeutischen Gründen, wie sie Stefan gegenüber betonte. Sie hätte niemals zugegeben, dass sie mit der Zeit Spaß daran hatte, mit fremden Kindern etwas zu unternehmen. Dass das permanente schmerzhafte Pochen, wie in einer Wunde, langsam aber stetig leiser wurde.

Aber sie schaffte es nicht, mit Jan zu schlafen, wenn nebenan das Baby weinte …

Und sie schaffte es auch nicht, mit ihm darüber zu reden. Sie erzählte ihm Geschichten von Kopfschmerzen, Übermüdung, Hormonen. Und aus Angst ihn vor den Kopf zu stoßen kam sie immer öfter zu ihm nach Hause, in die winzige Wohnung am anderen Ende der Stadt, die sie eigentlich nicht mochte und wo sie nicht Saxophon spielen konnte. Ihr Leben, von dem sie im September noch überzeugt war es fest im Griff zu haben, das rann ihr wie trockener Sand zwischen den Fingern davon. Und niemand, mit dem sie darüber sprechen konnte.

In ihrer Verzweiflung fing sie eines Abends an, mit Gott zu reden. Den es ihrer Überzeugung nach sowieso nicht gab. Es wurde ein langer, verbitterter Monolog, der immer wieder in die Frage mündete: »Wenn es dich wirklich geben sollte – warum machst du das mit mir? Warum darf ich keine Kinder haben?« Aber Gott beschloss, ihr an diesem Abend nicht zu antworten.

Julia schloss die Augen und zwang sich, nichts mehr von dem Geschrei nebenan zu hören. Natürlich schaffte sie das nicht, aber zumindest konnte sie das Bild aus ihrem Kopf halten, wie sie selbst zur Wiege im Nebenzimmer lief, ihr eigenes Mädchen hochnahm und tröstete …

Sie zuckte zusammen, als Jan sich neben ihr im Schlaf bewegte. Sie konnte nicht. Nicht jetzt. Und er würde es nicht verstehen. Vorsichtig, fast in Zeitlupe, schob sie sich aus dem Bett und schlich in die Küche, wo sie Kaffee aufsetzte. Und dann schnappte sie sich die Tasche mit ihrem Sax, um in den schallgedämmten Raum im Keller zu verschwinden. Gleich nach ihrem Einzug hatte sie hier Schaumstoff und Teppiche an den Wänden angebracht, sie wollte Ärger mit den Nachbarn von Anfang an vermeiden.

Tonleitern, gebunden und Stakkato im Wechsel, dann Terzen und gebrochene Dominant-Sept-Akkorde, schnell und ohne Pause, bis ihr fast die Luft wegblieb. Aber mit jedem einzelnen Ton spielte sie sich ein wenig Schmerz von der Seele, bis sie schließlich mit leiser Wehmut, doch im Großen und Ganzen okay, ›Summertime‹ intonierte.

So wurde sie von Jan gefunden, der mit zerzausten Haaren und mit zwei Tassen Kaffee in der Hand in den Probenraum kam.

»Hallo Lieblingskommissarin«, brummte er und hielt ihr eine dampfende Tasse hin. Julia lächelte ihn an, klinkte ihr Saxophon aus dem Gurt und stellte es weg.

»Nur Kaffee zum Frühstück?«, fragte sie. »Das ist ungesund.«

Wieder spürte sie förmlich in jeder Haarwurzel, wie es knisterte zwischen ihnen. Das schreiende Baby von nebenan hörte sie hier nicht, es war vergessen. Und als Jan sie umarmte, vergaß sie auch sonst so ziemlich alles bis auf seine Gegenwart.

Kapitel 4

Montag

Später am Sonntagnachmittag waren sie in Jans Wohnung gefahren, auf Julias Bitte hin. Sie hatte bei ihm übernachtet und erschien am Montag mit guter Laune im Büro.

Stefan grinste sie an. »Na, schönen Sonntag gehabt?«

Sie nickte. »Im Großen und Ganzen schon. Der Baron geht mir noch ein wenig nach. Armer Kerl, er war immer so engagiert.«

»Tja, einmal zu oft HB-Männla g'wesn. Übertreiben sollte man halt trotz allem nicht. Hast du schon in den Kurier geschaut?«

Hatte sie nicht. Wenn Jan in der Nähe war, kam sie normalerweise nicht dazu, den Kurier zu lesen, aber das sagte sie natürlich nicht.

»Hab verschlafen ...«

Sie wurde ein wenig rot, und Stefan grinste noch mehr, gab aber keinen Kommentar ab. Stattdessen schob er ihr die Zeitung hin.

»Seite elf. Mit Foto.«

Julia blätterte schnell und überflog den Text. Eine ganze Seite hatte der Kurier dem Ball der Stadt gewidmet, unter dem Motto: ›Ungarische Rhapsodie war ein voller Erfolg‹. Tatsächlich, da stand auch eine

Kritik über die Band. ›Im Balkonsaal schaffte es die Bayreuther Jazzband Indigo Swing, das Publikum zu begeistern. Erotisches Gänsehautfeeling zu den sanft vibrierenden Saxophonklängen von Julia Lehmann oder Sambastimmung, wenn Stefan Siems die Trompete im Stakkato bearbeitete – die Zuhörer gingen begeistert mit und forderten letztendlich die überraschend spritzig und witzig gestalteten Eigenarrangements Robert Müllers der ungarischen Rhapsodie und des Liebestraums von Liszt als Zugabe. Bayreuth darf sich jetzt schon auf den nächsten Auftritt der Gruppe freuen – sie wurden für das Anfang Juli stattfindende Bürgerfest angefragt.‹

Julia wirbelte herum. »Was? Davon habt ihr mir ja gar nichts erzählt!«

Sie funkelte Stefan gespielt wütend an, obwohl sie die aufschäumende Freude und Genugtuung kaum unterdrücken konnte.

Stefan musste lachen. »Na, wenn du ausgeflogen warst, gestern Abend … und bei deinem Jan ruf ich nicht einfach an, wenn es nicht grad ein Notfall ist. War so ausgemacht – erinnerst du dich?«

Natürlich konnte Julia sich erinnern. Sie hatte ja selbst gesagt, Stefan hätte die Nummer nur für Notfälle bekommen.

»Aber das war doch ein Notfall, du Hirsch«, startete sie einen neuerlichen Versuch, ihrem Kollegen ein schlechtes Gewissen einzuimpfen.

Mitten in ihr unbeschwertes Geplänkel hinein schrillte das Telefon. Stefan schnappte sich den Hörer – er war einen Tick schneller gewesen als Julia und streckte ihr grinsend die Zunge heraus, ein altes Spiel zwischen den beiden.

»Siems«, meldete er sich gut gelaunt, doch wenige Sekunden später erstarrte sein Gesicht zu einer besorgten Maske. »Rechtsmedizin Erlangen«, artikulierte er fast lautlos in Julias Richtung, und dann in normalem Ton: »Könnt ihr uns das gleich zufaxen? Ach so, Strasser hat es schon. Alles klar, danke.«

Er legte auf, schüttelte den Kopf und sagte zu Julia: »Strasser steht vermutlich in spätestens fünf Minuten hier – der Baron wurde vergiftet.«

»Wie bitte?«

Julia starrte ihn ungläubig an, raffte aber gleichzeitig den Kurier zusammen und ließ ihn verschwinden. Immer, wenn Staatsanwalt Strasser bei ihnen auftauchte, gab es Stress. Es musste ja kein Ärger daraus werden. Hätte Strasser nicht bereits im gesamten Dezernat den Spitznamen Bonsai geführt, den er seiner Körpergröße verdankte – Stresser hätte durchaus auch gepasst.

Stefan machte eine Kopfbewegung in Richtung Flur, wo jetzt schnelle, energische Schritte näherkamen. Zeitgleich mit dem Klopfen riss Strasser auch schon die Zimmertür auf – für diese schwungvolle Einlage war er allgemein bekannt. Wer nicht vorgewarnt war, der wurde vom Bonsai stets gnadenlos überrannt.

»Guten Morgen, Herrschaften!«, schnarrte er mit leicht näselnder Stimme los. »Offensichtlich sind Sie bereits informiert – warum sind Sie dann noch hier?«

Ebenso bekannt war, dass es Strasser nie schnell genug gehen konnte. Julia holte Luft und lächelte ihn bewusst freundlich an. »Weil wir sicher waren, dass Sie hierher unterwegs sind, um uns über die Details aufzuklären, Herr Strasser«, antwortete sie mit Unschuldsmiene. Stefan verbiss sich ein Grinsen, und Strasser schaute leicht irritiert von einem zum anderen.

»Ach so«, schnarrte er schließlich und begann, vor Julias Schreibtisch auf und ab zu laufen. Drei Schritte nach links – Kehrtwendung – drei Schritte nach rechts. Auch so eine Eigenschaft, die ihm half, seine Gedanken zu sammeln, aber seine gesamte Umgebung erfolgreich daran hinderte sich zu konzentrieren.

»Was wollen Sie denn hören? Ich kann es sowieso nicht verstehen, warum Sie nicht gleich misstrauisch geworden sind – schließlich waren Sie ja dabei, als von Streibau gefunden wurde. So was muss man doch merken, wenn der Tote vergiftet wurde! Der anwesende Arzt – war das Doktor Weiß?« – Stefan schüttelte den Kopf, und Julia antwortete automatisch: »Doktor Kollrab war da.«

»Aha, Doktor Kollrab. Der war auch bei dem Eishockeytorwart letztes Jahr, nicht wahr? Jedenfalls, der hat ja nicht umsonst den Baron zur Rechtsmedizin geschickt, oder? Und Sie fahren einfach nach Hause und schlafen aus!«

Strassers Gesicht bekam eine ungesunde rote Farbe, während er immer lauter wurde. Jetzt wurde auch Julia sauer, das wollte sie nicht unkommentiert auf sich sitzen lassen.

»Herr Staatsanwalt, wenn Sie den Bericht aufmerksam gelesen haben, dann haben Sie mit Sicherheit bemerkt, dass Doktor Kollrab hineingeschrieben hat ›Todesursache unklar‹ und nicht etwa ›Mord‹. Wir sind aufgrund der äußeren Umstände alle davon ausgegangen, dass der Baron sich derartig echauffiert hat, dass er einen Herzinfarkt erlitten hat. Und wäre er daheim im Bett zusammengebrochen und nicht etwa im Siegfriedwald, dann hätte mit Sicherheit jeder Arzt einen Totenschein auf Herzversagen ausgestellt. Ich wäre Ihnen dankbar, wenn Sie uns anstatt mit Vorwürfen lieber mit Details füttern würden.«

Sie funkelte Strasser wütend an, und der klatschte die Akte mit dem Bericht auf den Schreibtisch.

»Da – lesen Sie! Und bis heute Abend erwarte ich von Ihnen ebenfalls Details, aber nicht über die Todesursache, sondern über den Mörder!«, schnarrte er, und beim letzten Wort schnappte seine Stimme über, was ihn noch mehr in Rage versetzte. Mit energischen Schritten rauschte er aus dem Zimmer, packte im Vorbeigehen die Türklinke und knallte die graue Tür ins Schloss. Als seine Schritte auf dem Flur verhallten, nahm Stefan mit einem Seufzer die Akte hoch.

»Du solltest dich nicht ständig mit ihm anlegen, Julia. Irgendwann ziehst du den Kürzeren. Wir sollten mit ihm arbeiten, nicht gegen ihn.«

Julia warf mit einer trotzigen Bewegung den Kopf zurück und schüttelte ihre dunklen Locken. »Wie soll das bitte gehen?«, fragte sie, immer noch angriffslustig. »Er behandelt uns wie seine Lakaien. Ergebnisse liefern, Täter bringen. Am besten noch bevor das Verbrechen überhaupt begangen wurde – der Kerl regt mich auf! Überleg mal, was das für ein entspanntes Arbeiten war nach dem Mord an Jensen letzten Sommer. Und den Mörder haben wir trotzdem gefasst – obwohl Strasser in der Toskana war.«

Stefan lachte. »Na, Gott sei Dank war er dort! Stell dir mal vor, er hätte das Drama mitgekriegt von dir und Jan – du wärst suspendiert worden, das garantiere ich dir. Mit einem Tatverdächtigen derartig rumzuflirten! Du warst sowas von befangen. Ein Glück, dass Jan nicht der Mörder war: Du hättest ihn vor lauter Verliebtheit vermutlich höchstpersönlich zum Flugplatz gefahren, damit er nach Südamerika fliehen kann!«

Julia wurde rot und rammte ihm den Ellbogen zwischen die Rippen. Sie hatte sich damals ein Ultimatum gesetzt, um den Mörder zu finden – oder den Fall wegen Befangenheit abzugeben. Und in letzter Minute den wirklichen Täter erwischt. Strasser war zufrieden gewesen, als er aus dem Urlaub zurückkam. Und ahnungslos. Nicht so missmutig wie heute.

Stefan kühlte sie wieder herunter. »Du weißt genau, dass er sich gern ein wenig aufplustert. Aber im Prinzip ist es ein gutes Arbeiten mit Strasser. Sei froh, dass du seinen Vorgänger nicht erlebt hast. Burkhardt, der war wirklich übel. Schon allein, wie der immer alle Ermittlungserfolge als sein Verdienst hingestellt hat. Und dann sein Mundgeruch und die strähnigen dünnen Haare – an Burkhardt hättest du sowas von überhaupt keine Freude gehabt!«

Jetzt musste Julia doch lachen. Ihr Kollege hatte ja Recht. Und normalerweise hätte sie sich wohl nicht derart über Strassers Art geärgert. Sie ließ nur einfach die Geschichte mit dem Baron zu nah an sich heran.

Plötzlich fiel ihr etwas ein: »Als ich mit Streibau getanzt habe, da hat er hinterher gesagt: ›Ich überlasse Sie jetzt wieder Ihrem Begleiter. Der Mohnkuchen liegt mir etwas im Magen.‹ Ob sich da schon etwas angedeutet hat? Du liebe Zeit – vielleicht hätte ich etwas tun können. Zeig mal den Bericht her!«

Stefan schlug die Akte auf, und sie steckten interessiert die Köpfe zusammen. Der Baron war also vergiftet worden, und zwar durch Digitalis – roter Fingerhut. Laut Rechtsmedizin war von Streibau herzkrank gewesen und hatte deshalb bereits auf eine Dosis reagiert, die bei einem Gesunden höchstens ein wenig Unwohlsein und Übelkeit hervorgerufen hätte. Wie er das Gift aufgenommen hatte, bedurfte noch der genauen Klärung. Fest stand nur, dass er kein Digitalispräparat bei sich hatte.

Es war keine große Sache, Streibaus Hausarzt ausfindig zu machen, der ebenfalls nichts davon wusste, dass sein Patient ein derartiges Medikament genommen hätte.

Von Streibaus Wohnung war der Ausgangspunkt für die Ermittlungen. Soweit die Beamten wussten, lebte der Baron alleine und war auch niemals in der Öffentlichkeit mit einer Partnerin gesehen worden. Demzufolge war Julia auf eine leicht chaotische Junggesellenwohnung eingestellt, als sie jetzt im Treppenhaus standen. Umso überraschter war sie beim Betreten der Wohnung, die in der ersten Etage eines älteren Hauses mitten in der Fußgängerzone lag. Die hohen Altbauräume waren weiß gestrichen und ausnahmslos mit Nussbaummöbeln bestückt, nein: Dekoriert, denn etwas anderes war das hier nicht – reine Dekoration, sparsam, mit viel Raum zwischen den einzelnen Stücken. Die großen Fenster ließen viel Licht in die Wohnung, in der nichts, aber auch gar nichts herumlag. Es war, als hätte der Baron sie anbieten wollen, vielleicht für einen neuen Besitzer, vielleicht auch für das Fotoshooting eines Wohnmagazins.

Julia und Stefan suchten in erster Linie nach Herzmedikamenten, aber sie hatten keinen Erfolg. Nicht im Bad, nicht im Schlafzimmer, nicht einmal im Kühlschrank fanden sie etwas. Lediglich ein großer Teller mit einem Viertel Mohnkuchen stand im Kühlschrank, herausfordernd und appetitlich. Die beiden schauten sich an und nickten gleichzeitig, so als wollten sie eine Choreografie zum Besten geben.

»Der Mohnkuchen liegt mir ein wenig im Magen hat er gesagt. Wer weiß – vielleicht haben wir hier ja die Mordwaffe? Der süße Kuchen könnte den leicht bitteren Beigeschmack des Digitalis verdeckt haben«, sinnierte Julia. »Ab zur Untersuchung. Wenn wir Glück haben, sind Fingerabdrücke am Teller.«

Sie öffnete die Küchenschränke und inspizierte das Geschirr.

»Schau mal: Der Kuchenteller passt nicht zum restlichen Geschirr des Barons. Das Service hier ist mit blauem Rankenmuster, der Teller im Kühlschrank dagegen ist weiß.«

Stefan seufzte. »Du denkst wie eine Frau, aber der Baron war ein Mann. Vielleicht hat er keinen Wert auf so etwas gelegt?«, warf er ein.

Aber Julia schüttelte entschieden den Kopf. »Stefan, schau dich mal in der Wohnung um. Meinst du wirklich, er richtet alles so stimmig ein und kauft dann irgendeinen weißen Teller zu? Das kann ich mir nicht vorstellen. Ich glaube eher, der Baron hat den Kuchen geschenkt gekriegt, mitsamt dem Teller. Und falls das Labor was drin findet, dann hat er ihn vom Mörder bekommen.«

Stefan sah immer noch nicht überzeugt aus. »Welcher Mörder würde denn einen Teller mitgeben? Ist doch klar, dass wir ihm dadurch auf die Schliche kommen können.«

Jetzt musste Julia grinsen. »Stefan, du denkst wie ein Mann. Aber vielleicht war der Mörder eine Frau. So einen Teller kriegst du doch in jedem Ramschladen. Vielleicht wurde er extra für den Baron gekauft, und der Mörder hat den Schrank daheim voll mit beigem Steingut?«

Das war die Retourkutsche für vorhin, und beide lachten.

»Na ja, Gift ist ja wirklich eher die Frauenmethode«, musste Stefan zugeben.

Schließlich widmeten sie sich der restlichen Wohnung des Barons, die keine weiteren Überraschungen barg – bis Julia im Schlafzimmerschrank eine gepackte Reisetasche entdeckte.

»Stefan, schau mal hier!«, rief sie und stellte das Gepäck auf das breite Bett, in dem von Streibau problemlos quer hätte schlafen können. Neugierig packten sie aus: Die Tasche war nur klein und der Inhalt sprach für ein südliches Reiseziel. Die Bestätigung lieferte ein Flugticket in der Seitentasche, ausgestellt auf den Namen von Streibau, für einen Flug nach Antalya.

»Oha – das war schon heute Nacht. Der gute Baron hat ganz schön Freizeitstress gehabt. Samstagabend Ball der Stadt, Sonntagabend mal kurz in die Türkei …«

»Fragt sich nur, ob allein oder in Begleitung«, murmelte Julia und griff nach einem Päckchen, das ebenfalls in der Reisetasche lag, akkurat verpackt mit Geschenkpapier und Schleife.

»Wollen wir doch mal sehen, ob uns das weiterbringt«, sagte sie mehr zu sich selbst als zu Stefan, und packte mit energischen Bewegungen aus.

»Aber hallo!«, entfuhr es ihr, und Stefan pfiff kurz anerkennend durch die Zähne. Zum Vorschein kam fliederfarbene Seidenunterwäsche, ein Traum in Spitze und Glanz. Julia seufzte.

»Schade – zwei Nummern zu groß für mich. Das hätte ich gerne beschlagnahmt«, scherzte sie. »Wie aus dem Ramschladen sieht das nicht aus. Tja, offensichtlich gab es wohl doch eine Frau im Leben des Barons. Und die wollte er in der Türkei treffen. Ob sie wohl von hier ist, oder ganz woanders wohnt?«

»Wenn sie aus der Gegend ist, dann hat er sie aber perfekt abgeschirmt. Vielleicht wissen ja die Nachbarn irgendwas?«, mutmaßte Stefan.

»Das klären wir gleich noch. Mich würde ja interessieren, wo genau der Baron absteigen wollte. Das ist ja nur das Flugticket, sonst nichts. Keine Hotelbuchung, gar nichts. Jemand wie der Baron fliegt doch nicht auf gut Glück in die Türkei. Ob er am Ende dort ein Häuschen hat? Da sollten wir uns mal schlau machen. Vielleicht finden wir ja seine Steuerunterlagen, ansonsten fragen wir mal im Finanzamt nach. Und wir sollten ganz dringend Streibaus Handy auf Damenbekanntschaften abchecken. Vielleicht ist die Dame in Flieder ja unsere Mörderin?«

Stefans Kopf ruckte hoch, ihm war etwas eingefallen.

»Moment mal, Julia! Der Baron hatte im Siegfriedwald kein Handy bei sich. Und hier in der Wohnung
haben wir auch keines gefunden. Ob er es verloren hat?
Vielleicht irgendwo, irgendwann auf dem Ball der
Stadt?«

Julia spann den Faden weiter: »Oder sein Mörder hat
es ihm geklaut. Warum würde ich als Mörder so etwas
machen? Entweder weil ich verhindern will, dass er
einen Notruf absetzt und dadurch im letzten Moment
gerettet wird. Oder weil mein Name in seiner Kontakt-
liste steht.«

Beharrlich durchsuchten sie die gesamte Wohnung
nach einem Handy, aber es blieb unauffindbar. Auch
die Suche nach weiteren Hinweisen auf eine Freundin
des Barons blieb erfolglos. Abgesehen vom Inhalt der
Nachttischschublade, der auf ein funktionierendes Liebesleben des Barons schließen ließ, fanden sie nichts,
aber auch gar nichts, was darauf hindeutete, dass es
eine Frau in von Streibaus Leben gegeben hatte.

Schließlich gingen sie ins Treppenhaus und klingel-
ten bei der Nachbarin des Barons. Frau Geisner öffnete
fast sofort – die Beamten waren sich sicher, dass sie
hinter der Wohnungstür spioniert hatte. Das ließ doch
darauf hoffen, dass Frau Geisner so einiges mitbekommen hatte, was eventuelle Besucher des Barons
betraf.

Julia stellte sich und ihren Kollegen vor und zückte
ihren Dienstausweis, den ihr Frau Geisner aus der
Hand nahm und intensiv studierte. Schließlich gab
sie die Karte zurück, fingerte an ihren hochtoupierten
blondierten Haaren herum und bat die beiden herein.
Ihre Wohnung war das komplette Gegenteil von der

des Barons: Überall standen Schränke, Regale, Tischchen, vollgestopft mit Dingen, die mit hoher Wahrscheinlichkeit niemals mehr benötigt werden würden. Julia registrierte in einem Regalfach einen Stapel leerer Ramadosen, daneben ordentlich zusammengelegte Brötchentüten, mindestens 50 Stück, schätzte sie. In einem anderen Fach stapelten sich Fernsehzeitungen, ein Tisch war bedeckt mit alten Kurierausgaben, zu mehreren hohen Türmen aufgeschichtet. In einer Ecke waren die gesammelten Exemplare des Bayreuther Sonntags hüfthoch aufgetürmt, daneben das gleiche Spiel mit der Bayreuther Woche. Auf dem Fensterbrett und den Tischen davor standen so viele Zimmerpflanzen – ein Sammelsurium aller möglichen Arten und Größen, teils mit Ramabechern als Untersetzern –, dass kaum noch Licht in die Wohnung fiel. Daher hatte Frau Geisner die Deckenlampe brennen. Sie mochte etwa 65 Jahre alt sein, und augenscheinlich war ihr eigenes Leben langweilig genug, um alles zu überwachen, was im Haus vor sich ging. Julia beschloss, nicht lange um den heißen Brei herum zu reden, sondern Frau Geisner mit den Informationen zu versorgen, nach denen sie gierte.

»Frau Geisner, ihr Nachbar, der Baron von Streibau, ist in der Nacht zum Sonntag tot aufgefunden worden. Beim derzeitigen Stand der Ermittlungen gehen wir von einem Verbrechen aus. Sagen Sie, als Nachbarin bekommt man doch so einiges mit – ist Ihnen in den letzten Tagen oder Wochen irgendetwas Außergewöhnliches aufgefallen? Hat er sich vielleicht anders verhalten als sonst? Besuch von Leuten bekommen, die Ihnen vorher nicht aufgefallen sind? Oder hat er sich Ihnen gegenüber besorgt gezeigt?«

Die Frau bekam große Augen und begann sich über die Daumennägel zu reiben. Vermutlich war ihr das gar nicht bewusst, sie polierte die lackierten Nägel mit den Fingerkuppen blank und rang dabei nach Worten.

»Der Baron gschdorm? Ermordet? Ach Goddala! Naa, des hätt ich ihm ned gwunschn. Er war manchmal a weng ung'haldn, wissn Sa. Wenn ich mit ihm plaudern wolld, ma hat doch sonst kann Menschn. Aber des wollt er ned, der hat nie über sich gred. Eingbrödlerisch, für ann Moo, der so im Rampenlicht steht. Fast alles, was ich vo ihm weiß, des hab ich aus da Zeitung, ausm Kurier. Und aufgfalln ist mer nix, er hat ja kaum amoll an Besuch kriechd. Sei Putzfraa, die kommt zwaamoll in der Wochn, diensdoch und freidoch. A nette ältere Fraa, aber die red aa nix. Ich wüsserd ned amoll wie sa haaßt, nur dass sa fürn Baron na Haushold macht. Des hot se mir gsochd, aber ansonstn nix.«

Julia musste sich ein Grinsen verkneifen, und Stefan zwinkerte ihr hinter Frau Geisners Rücken zu. Beide dachten das Gleiche, nämlich dass sie dieser Nachbarin auch nicht mehr als nötig anvertraut hätten.

»Gibt es irgendwelche Leute, die dem Baron nahe standen und informiert werden sollten? Verheiratet war er ja nicht. Aber vielleicht gibt es eine Freundin? Oder Lebensgefährtin?«

Frau Geisner schüttelte energisch den Kopf. »Jedenfalls kaane, die ich kennerd. Es sei denn, er hädd was mit seiner Putzfraa.«

Ohne nachzudenken hakte Julia ein: »Wissen Sie, welche Konfektionsgröße diese Dame hatte?«, was ihr einen irritierten Blick einfing.

»Ich denkerd amoll, 42 – warum?«

Julia winkte ab. »Routine«, redete sie sich heraus. Allerdings war sie sich relativ sicher, dass Frau Geisner nicht etwa die Putzfrau, sondern vielmehr die Geliebte des Barons gesehen hatte. Warum dieses Versteckspiel?

Mittlerweile allerdings konnte Frau Geisner ihre Neugier nicht mehr zügeln. »Frau Kommissar: Wie is ern umgabrocht worn, mei Vis-a-vis?«

Julia zögerte kurz, aber sie konnte davon ausgehen, dass Radio Mainwelle die Meldung samt Fahndungsaufruf eh im Laufe des Tages senden würde.

»Der Baron wurde vergiftet im Siegfriedwald aufgefunden. Er hatte wohl den Ball der Stadt besucht und ist auf dem Heimweg zusammengebrochen.«

Frau Geisner wurde blass. »Ach du lieber Godd! Der arme Moo! Wissen Sa wos, ich hald Aung und Ohrn offn. Vielleicht kommt der Mörder ja noch amoll ins Haus, um die Wohnung auszuramma. Dann ruferd ich Sie aber sofort o!«

Julia lächelte und bedankte sich artig, dann gab sie Stefan einen Wink zum Aufbruch. Gerade als die Nachbarin ihre Wohnungstür hinter den beiden ins Schloss fallen ließ, hörte man in Streibaus Wohnung das Telefon klingeln. Mit einem Satz war Julia an der Tür, sperrte auf und spurtete dem Läuten hinterher, ins Wohnzimmer hinein. Sie kam zu spät – als sie den Hörer abnahm, tutete ihr nur das Freizeichen ins Ohr.

Stefan, der ihr etwas langsamer gefolgt war, schlug vor: »Rückruftaste?«

Die Ermittlerin suchte kurz, dann drückte sie energisch auf eine der Tasten, und es erschien eine ellenlange Nummer mit Auslandsvorwahl auf dem Display. Gleich darauf ertönte eine aufgeregte Frauenstimme:

»Ferdi – na endlich! Was ist denn los, ist dir was passiert? Ich hab am Flugplatz auf dich gewartet, was war denn los?«

Kapitel 5

Julia Lehmann holte tief Luft, bevor sie antwortete: »Hier ist nicht Herr von Streibau. Ich bin Kriminalhauptkommissarin Julia Lehmann aus Bayreuth. Mit wem spreche ich bitte?«

Schweigen.

Julia versuchte es erneut. »Bitte, würden Sie mir Ihren Namen sagen? Wir wissen, dass der Baron zu Ihnen fliegen wollte.«

Schweigen.

Nach endlosen Sekunden kam die Antwort, zögernd und unsicher.

»Mein Name ist Inge Brambach, seine Lebensgefährtin. Ja, er wollte mit dem Flug letzte Nacht kommen, aber er ist nicht hier. Und dass ich jetzt mit der Polizei spreche, sagt mir, dass etwas passiert ist. Lebt er noch?«

In dieser Frage klang unterdrückte Panik mit. Julia verfluchte innerlich diese gesamte Situation. Einer Frau, die sie nicht kannte und von der sie nicht wirklich wusste, in welcher Beziehung sie zum Baron stand, am Telefon zu erklären, dass er ermordet worden war – das war mehr als schwierig.

»Frau Brambach, er wurde in der Nacht zum Sonntag tot aufgefunden. Er –«

»Ich will es nicht wissen. Nicht telefonisch. Ich komme mit dem nächstmöglichen Flug nach Bayreuth.

Geben Sie mir bitte Ihre dienstliche Nummer, dann rufe ich Sie an, sobald ich angekommen bin.«

Julia atmete erleichtert auf und gab ihre Telefonnummer durch, sicherheitshalber auch die Handynummer. Im Gegenzug ließ sie sich die Anschrift von Inge Brambach geben, die nicht in Bayreuth selbst wohnte, sondern in Eckersdorf, einem vorgelagerten Ort, gleich neben dem Schloss Fantaisie. Vermutlich in ruhigerer Lage als der Baron, der sein Domizil mitten in der Fußgängerzone gehabt hatte: in der Sophienstraße, wo immer etwas los war.

Der Baron … angegraut, aber lebenslustig und sehr unkonventionell war er gewesen. Herzlich, aber unaufdringlich. Ebenso scharfsinnig wie charmant, aber leider auch hitzköpfig. Julia seufzte und schaute Stefan mit traurigen Augen an.

»Er wird mir fehlen, der Baron. Die Originale sterben langsam aus in Bayreuth.«

Stefan nickte nachdenklich. »Aber das können wir nicht ändern. Was wir können, das ist seinen Mörder finden. Das sind wir dem alten Knaben schuldig.«

Sie statteten den anderen Hausbewohnern ebenfalls einen Besuch ab, ohne jedoch noch etwas zu erfahren. In der oberen Etage war eine Studenten-WG untergebracht, die zu Julias Erstaunen allerdings den Baron nur flüchtig kannte. Die jungen Leute erklärten glaubwürdig, dass sie bei keiner der Demonstrationen dabei gewesen waren und dass ihr Kontakt zum Baron sich auf gelegentliches Grüßen im Treppenhaus beschränkt hatte. Über sein Privatleben wussten sie rein gar nichts. Im Erdgeschoss stand die eine Wohnung leer, die andere wurde von einem alten Herrn bewohnt, der sie durch seine dicke Brille mit zusammengekniffenen Augen anstarrte.

»Wer sind Sie, haben Sie gesagt? Von der Polizei? Der Baron ist ermordet worden? Nein, ich kann Ihnen gar nichts dazu sagen. Ich kümmere mich nicht um die anderen Leute, ich sitze vor meinem Fernseher, und das war's. Und wenn ich einkaufen gehe, dann nur vor zur Norma, das sind ja nur ein paar Schritte. Was die anderen hier im Haus machen, ist mir egal. Ich seh eh fast nix, und hören tu ich auch nicht besser.«

Tatsächlich pfiff sein falsch eingestelltes Hörgerät ununterbrochen in einer schrillen Frequenz, die dafür sorgte, dass Julias Nackenhaare sich leicht sträubten. Aus dem Wohnzimmer hörte man einen überlauten Fernseher bis ins Treppenhaus. Nein, hier würden Julia und Stefan wohl nichts erfahren.

Mittlerweile war es Nachmittag geworden. Julia und Stefan fuhren zurück ins Büro und erledigten den Papierkram. Abgesehen von dem Kuchenteller hatten sie in Streibaus Wohnung nichts gefunden, das ihnen ungewöhnlich erschienen wäre. Und auf das Ergebnis der Untersuchung würden sie mindestens bis zum nächsten Tag warten müssen. Somit war es sehr wenig, was sie Staatsanwalt Strasser vorlegen konnten. Entsprechend ungehalten nahm er den Zwischenbericht zur Kenntnis. Er explodierte schier hinter seinem Schreibtisch.

»Ich will Details über den Mörder haben, hatte ich gesagt. Und was machen Sie? Speisen mich mit einem Stück Kuchen ab! Lächerlich ist das, dilettantisch! Was soll ich denn in der Presseerklärung sagen, bitteschön? Dass meine ermittelnden Beamten in der Konditorei Zollinger sitzen?«

Wieder einmal schnappte Strassers Stimme vor Empörung über, und wieder einmal machte ihn das noch wilder. Er lief feuerrot an und knallte die Akte auf den Schreibtisch. Julia merkte, wie ihr Blutdruck in die Höhe rauschte, aber es gelang ihr sich zu beherrschen.

»Herr Staatsanwalt, bleiben Sie doch bitte sachlich. Dieses Stück Kuchen ist mit hoher Wahrscheinlichkeit die Tatwaffe, und vielleicht finden sich ja verwertbare Spuren daran. Das würde uns schon einmal einen großen Schritt weiter bringen. Und voraussichtlich morgen trifft die Lebensgefährtin des Barons ein, die wird uns sicherlich neue Informationen geben können, was sein Umfeld betrifft. Offensichtlich war er ja Meister darin, sein Privatleben zu verbergen. Ich für meinen Teil habe sogar unsere Kontakte zum Kurier und zur Mainwelle abgegrast, aber dort weiß man auch nichts über den Bekanntenkreis des Barons. Nicht einmal die neugierige Nachbarin konnte uns weiterhelfen. Wir sind da dran, und schließlich wollen wir den Täter mindestens genauso sehr erwischen wie Sie. Wir hatten ja oft mit dem Baron zu tun, da spielt das Persönliche ja auch mit rein bei unserer Motivation.«

Strasser verdrehte die Augen, aber er hatte sich abreagiert und blieb jetzt ruhig. Nur sein empörtes Schnauben zeigte, wie unzufrieden er war. Schließlich rang er sich zu einem versöhnlicheren Ton durch.

»Also gut, Frau Lehmann. Ich verlasse mich darauf, dass Sie und Herr Siems am Ball bleiben und mit Hochdruck ermitteln. Ich werde mich bemühen, nicht allzu ungeduldig zu werden, aber im Gegenzug möchte ich zweimal täglich informiert werden, wie der Stand der Ermittlungen ist. Und bei erheblichen Erkenntnissen selbstredend sofort. Können wir uns auf dieser Basis einigen?«

Julia nickte und zwang sich zu einem Lächeln. »Natürlich, Herr Strasser. Sollten wir irgendetwas von Bedeutung herausfinden, sind Sie der Erste, der es erfahren wird. Schönen Abend noch!«

Strasser ließ sich wieder auf seinen Stuhl fallen und verschwand hinter seinem wuchtigen Schreibtisch, was bei seiner schmächtigen Statur kein großes Problem darstellte. Mit einem knappen Kopfnicken entließ er Julia, die eilends zu Stefan ins Büro lief und Dampf abließ.

»Der aufg'stellte Mausdreck meint wirklich, wir machen uns einen fetten Lenz, anstatt zu ermitteln. Als ob wir den Mörder mit einem Fingerschnippsen erwischen könnten!«

Stefan grinste. »Ein Mann wie ein Baum – sie nannten ihn Bonsai.«

Jetzt musste Julia doch auch lachen. Sollte dieser Spitzname Strasser je zu Ohren kommen, dann würden Köpfe rollen, das war sicher.

»Was hältst du von einer dienstlichen Besprechung beim Spiro?«, lenkte sie ab. Ihr Lieblingsgrieche droben am Güterbahnhof würde bald öffnen, und bei einem Teller Misch-Masch aus Tintenfisch und Gyros waren ihnen schon oft gute Ideen gekommen. Auch heute war Stefan sofort dabei.

»Ich muss nur schnell daheim anrufen und Monika Bescheid geben, dass es später wird«, meinte er. Auch Julia schnappte sich ihr Handy, um Jan zu informieren. Natürlich hatte er schon auf der Mainwelle gehört, dass der Baron ermordet worden war. Insgeheim dankte

Jan dem Mörder für die dezente Durchführung – mit einem Messer im Rücken oder einer Schusswunde in der Brust hätte der Baron ihn um einen gemütlichen Sonntag mit seiner Lieblingskommissarin gebracht …

Wenig später suchte Stefan einen Parkplatz in der kleinen Einbahnstraße beim Spiro. Tatsächlich hatten sie Glück und mussten nur wenige Schritte laufen. Es war ungemütlich geworden, auf den blassen Januarsonnenschein würde eine frostige Nacht folgen. Man konnte die Kälte förmlich riechen, ebenso allerdings auch griechisches Essen, denn das Küchenfenster stand zum Lüften offen.

Gerade als Julia und Stefan hereinwollten, kam ihnen ein junger Mann entgegen, der in einem großen Karton eingepacktes Essen für schätzungsweise zehn Leute heraustrug. Rositta, die Wirtin, begrüßte die beiden Beamten gut gelaunt.

»Na, seid ihr zwei auch mal wieder da. Was wollt ihr denn? Esserei? Trinkerei? Ich komm sofort zu euch.«

Sie deutete auf einen freien Tisch und sauste in die Küche. Für einen Montag herrschte ungewöhnlich viel Betrieb, und entsprechend beschäftigt war Rositta. Kaum hatten Julia und Stefan sich gesetzt, als sie auch schon aus der Küche zurückkam, die bestellten Gerichte für den Nebentisch auf den Armen balancierend. Endlich hatte sie ein wenig Luft.

»So – Gott sei Dank hab ich die Aushilfe erreicht. Aber das ist ja schön, wenn viel los ist. Was darf ich euch denn bringen? Wie immer?«

Die beiden nickten. Es war Feierabend, Alkohol somit erlaubt. Julia bekam ein Glas roten Retsina, Stefan ein Maisel light, ein leichtes Weizen der großen

Bayreuther Brauerei. Dazu kam für jeden eine Portion Misch-Masch, Tintenfischringe mit Gyros, für Julia klein, für Stefan groß. Schweigend aßen sie auf, und erst als beide Teller leer waren, kamen sie auf ihren Fall zu sprechen.

Rositta, die den Namen Baron gehört hatte, setzte sich kurz zu ihnen.

»Ich hab's im Radio g'hört, dass der Baron ermordet worden ist. Wer macht denn so was? Des war so a anständiger Mensch, ich hab ihn ja gekannt, der war jeden Freitag zum Essen da. So höflich, gute Manieren, vernünftige Ansichten. Na ja, ab und zu a weng spinnert, wenn's um die Demonstriererei gangen is. Aber aufn Baron lass ich nix kommen!«

Julia hakte nach: »Rositta, weißt du, mit wem der Baron befreundet war? Also verbandelt? War er allein bei dir oder in Begleitung?«

Rositta überlegte kurz, dann antwortete sie: »Des war unterschiedlich. Oft allein, manchmal mit Damenbegleitung, a gepflegte Dame in seim Alter, mit der war er recht vertraut, aber nur wenn sonst keins da war, so als hätt er ned g'wollt, dass des publik wird. Ich hab na amoll g'fragt, warum dass er so geheimnisvoll rumtut mit der, da hat er g'meint, es basserd besser zu seim Image, wenna alleinstehend wär. Muss ma ned verstehn. Und ab und zu mit der Stadträtin – wie heißt se denn gleich? Die Junge, die Einzige, die ned daherkommt wie aufera Beerdigung. Fürst? Mit der hat der Baron sich gut verstanden. Sonst weiß ich auch nix. Es werd scho ned aaner vo die Stadträt gwesen sein. Da hat ner zwar sonst kanner gmocht. Aber desweng jemanden vergiften?«

Immerhin hatten Stefan und Julia noch nicht vorgehabt, im Rathaus zu ermitteln. Aber in Ermangelung von Alternativen war das durchaus eine Überlegung wert. Vielleicht konnte ihnen da zumindest jemand einen Tipp geben, was die Feinde des Barons betraf.

Als Rositta abkassiert hatte – den angebotenen Ouzo hatten beide dankend abgelehnt –, straffte Julia energisch die Schultern. »Ein ganzer Tag quasi verloren, bis wir überhaupt wussten, dass es Mord war. Und heute ist auch nicht viel rüber gekommen … wir müssen uns ranhalten!«

Stefan nickte. »Aber morgen kommen ja erst mal die Anführer der Studentendemos zur Aussage. Mal sehen, was die so erzählen. Die haben ja ganz eng mit von Streibau zusammengearbeitet. Dann grasen wir den Stadtrat ab, und mit Sicherheit ist bis morgen auch die Brambach in Bayreuth, die kann uns vielleicht auch weiterhelfen. Am Ende weiß die ja sogar, woher der Kuchen war.«

»Falls der wirklich vergiftet war – was wir ja bis jetzt nur vermuten«, warf Julia ein.

»Keine Sorge, auch das werden wir bald wissen. Ich muss los, wir sehen uns morgen früh im Büro, okay?«

Stefan grüßte noch kurz zur Wirtin hinüber, dann wollte er hinaus. Julia, die noch ganz gedankenverloren gewesen war, schreckte plötzlich hoch und sprang auf.

»Mensch, Stefan! Warte gefälligst, wir sind doch mit nur einem Auto hergekommen!«

Rositta hinter der Theke begann zu lachen, und Stefan blieb stehen. Leichte Röte stieg ihm ins Gesicht, als Rositta trocken kommentierte: »Da sehd er's amoll: Bei am gudn griechischn Essen vergisst ma alles um sich rum.«

Stefan setzte Julia in der Nähe des Büros ab, wo sie ihren Wagen geparkt hatte. Wehmütig sah sie den roten Rücklichtern seines Kombis hinterher. Er fuhr nach Hause, zu seiner Frau und den Zwillingen, für Julia der Inbegriff von Familienglück. Wohingegen sie selbst vom ewig hungrigen Kater Leo erwartet wurde und sich später am Abend, wenn das Knabentraining beendet war, mit ihrem Freund Jan, der keine eigenen Kinder plante, im zugigen Eisstadion treffen würde. Julia schnaufte energisch durch: keine Zeit für Gefühlsduselei. Sie fuhr fröstelnd heim in den Südlichen Ringweg, fütterte Leo und machte sich eine große Tasse Tee. Ein kurzer Blick auf die Küchenuhr mahnte zur Eile – um halb acht war das Training zu Ende. Sie trank ihren Tee, der noch eine Spur zu heiß war und ihre Zunge pelzig werden ließ. Dann schnappte sie ihre Jacke und die Handschuhe. Leises Babyweinen war aus der Nachbarwohnung zu hören, und Julia seufzte genervt. Sie würde bei Jan übernachten, aber bei diesen Temperaturen konnte sie Leo schlecht 24 Stunden aussperren. Was bedeutete, dass sie morgen früh vor der Arbeit noch einmal herkommen musste. Vielleicht war es an der Zeit, über eine Katzenklappe nachzudenken.

Sie schaffte es rechtzeitig ins Eisstadion. Die Mannschaft räumte gerade die Eisfläche, alle grüßten sie freundlich. Längst waren sie zum Du übergegangen: Als Julia mitbekommen hatte, dass sich im Verein fast alle duzten, hatte sie zwei Kuchen gebacken, war damit zum Knabentraining marschiert und hatte den Kindern erklärt, dass es aus sei mit Frau Lehmann. In diese verschworene Gemeinschaft einzutauchen gelang ihr trotzdem nicht. Es war eine andere Welt, in der sie sich nicht wirklich zurechtfand. Als die Betreuerin aufhörte, im November war das gewesen, da hatte Julia kurzzeitig mit dem Gedanken gespielt, deren Part zu übernehmen. Aber Jan hatte abgewunken. Mit Recht. Sie konnte nicht zuverlässig 2x pro Woche im Eisstadion sein, sie hatte nicht den Nerv, an jedem Wochenende einen Kleinbus voller Teenies durch ganz Bayern zu schippern. Und sie konnte dem Eishockeysport zu wenig abgewinnen, als dass sie sich mit Wonne Frostbeulen geholt hätte, indem sie Stunde um Stunde an der Bande verbrachte. Zu guter Letzt zählte ja auch Jans Argument, dass ihre Gegenwart ihn zu sehr ablenken würde. Also hatte sie es gelassen, und seine Knaben waren nicht zu ihren Knaben geworden. Auch etwas, das schmerzte. Es schien, als würde das Leben tatsächlich keine Kinder für Julia bereithalten, nicht einmal stundenweise Leihkinder.

Sie nickte dem Torhüter Sandro zu, der als Letzter das Eis verließ, und nahm ihm den Kanister ab, in dem die Trainingspucks aufbewahrt wurden. Mittlerweile wusste sie, wohin damit, und stellte ihn in dem kleinen Nebenraum von Kabine 3 ab. Jan kam gut gelaunt an und begrüßte sie. Er hatte seine Schlittschuhe noch an und war dadurch noch größer als eh schon, und obwohl Julia sich auf die Zehenspitzen stellte, musste er für ihren Begrüßungskuss ein wenig in die Knie gehen.

»Was gab's denn so Wichtiges zu besprechen?«, wollte er wissen. Als ob er sich das nicht denken könnte. Julia schüttelte verständnislos den Kopf. »Da brauchst fragen«, antwortete sie leicht vorwurfsvoll. »Wir haben eine Leiche. Der Baron ist ermordet worden, das weißt du doch. Aber leider haben wir noch nicht die geringste Spur von einem Täter. Das ist doch Grund genug für ein Dienstessen.«

Jan ließ sie wieder los und fragte eine Spur zu laut: »Ist er tatsächlich vergiftet worden?«

Sofort wurden die beiden von den Eishockeyjungs umringt, die teils noch in voller Montur waren, teils bis auf den Schweißanzug ausgezogen. Aufgeregt redeten die Kinder durcheinander, der tote Torwart Markus Jensen war in ihrer Erinnerung eingebrannt. Schließlich waren einige von ihnen damals dabei gewesen, als die Leiche gefunden worden war. Julia seufzte. Sie war heilfroh, dass die beiden Mädels nebenan in Kabine 2 waren – sie hatte die schreiende Marcella von damals noch gut vor Augen.

Schließlich brüllte Jan laut: »Ruhe!«

Sein Bass brachte alle zum Schweigen, sodass Julia erklären konnte: »Jungs, das hat nichts mit dem Verein zu tun. Ihr müsst euch also gar nicht reinsteigern. Es ist der Baron, Freiherr von Streibau. Vielleicht kennt ihr ihn, das ist der mit den Demos.«

Jonas fragte neugierig: »Ist er erschossen worden?«

»Nein, Jan hat Recht: Man hat ihn vergiftet. Das könnt ihr alles morgen in der Zeitung lesen, oder heute noch im Internet.«

»Und du musst wieder den Mörder finden«, stellte Paulo fest. »Oder hast du ihn schon?«

Traurig schüttelte Julia den Kopf. »Nein, leider nicht. Aber Herr Siems und ich, wir werden ihn finden.

Der Baron ist ein alter Bekannter von uns, da bemühe ich mich noch mehr als sonst. Und bis jetzt haben wir noch jeden Mörder erwischt.«

Jan scheuchte sein Team energisch zurück in die Kabine. Er sah sehr nachdenklich aus, als er zu Julia in den Vorraum zurückkam.

»Das habe ich nicht erwartet. Ich hab wirklich gedacht, er hat einen Herzinfarkt gekriegt vor Ärger über den Siegfriedwald. Schon komisch – als würde er jetzt im Tod die Zeit von dir fordern, die wir ihm am Samstag verwehrt haben … Komm, wir fahren zu dir, da kannst du mir mehr erzählen, falls du willst.«

Julia zögerte kurz, dann legte sie Jan die Hand auf den Arm und hielt ihn zurück. Betont lässig meinte sie: »Ach komm, deine Wohnung ist näher, und mich friert's. Fahren wir doch lieber zu dir – außerdem ist da der Bäcker näher für die Frühstücksbrötchen.«

Jan, der sich nichts dabei dachte, war schnell überzeugt, aber Julia war trotzdem niedergeschlagen. Auf Dauer würde das nicht so weitergehen, sie würde das Problem wirklich ernsthaft angehen und lösen müssen …

Kapitel 6

Dienstag

Eisige Schwärze hüllt mich ein, treibt mich vorwärts, nimmt mir die Luft zum Atmen. Ich kann nichts sehen, es ist zu dunkel. Nichts außer dem Seil, das über den dunklen Abgrund gespannt ist, den ich nicht sehe und trotzdem weiß, dass er da ist und dass die Schwärze in ihm endlos in die Tiefe geht bis in den Vorhof der Hölle. Die eisige Dunkelheit hinter mir lässt mir keine Chance – erbarmungslos werde ich an den Rand des Abgrunds getrieben. Ich will schreien, aber die Schwärze verschluckt jedes Geräusch, frisst jeden Ton auf, schon bevor er die Lippen verlassen hat. Ich muss aufs Seil, Panik packt mich, ich will nicht und kann doch nicht anders. Die Schwärze erdrückt mich, die Kälte erstickt mich. Ich taumle, ich falle, stürze in die Hölle – mein Herz bleibt stehen, ich sterbe stumm.

Mit einem erstickten Keuchen fuhr Julia Lehmann aus ihrem Albtraum hoch. Sie brauchte ein paar Minuten, bis sie sich beruhigt hatte. Ihr Herz raste, sie hatte Probleme, Luft zu bekommen. Immerhin wusste sie wieder, wo sie war. Die Schwärze war dunkelgrauer Dämmerung gewichen, die Leuchtziffern von Jans Radiowecker warfen einen rötlichen Schimmer an die Wand. Julia stieß die Luft keuchend aus und drehte sich auf den Rücken. Jahrzehntelang hatte der Albtraum ihrer Kindheit sie nicht mehr heimgesucht. Und jetzt plötzlich war er präsent, so als wäre sie erst sieben Jahre alt. Die Todesangst war einer entsetzten Panik gewichen, die Julia nicht in den Griff bekam.

Schließlich tauchte Jan aus dem Tiefschlaf in einen halbschläfrigen Dämmer, er tastete nach ihr und schmiegte sich an sie. »Was hast du denn?«, murmelte er an ihrem Ohr. Vorsichtig entspannte sie sich. Roch seinen Duft, fühlte seine Wärme, die kratzigen Bartstoppeln an ihrem Hals. Tröstlich, beruhigend, Vertrauen und Vertrautheit.

»Passt schon, hab nur schlecht geträumt.«

Jetzt erst bemerkte sie, dass ihre Bettdecke herunter gerutscht war, sie kuschelte sich an Jan an, steckte ihre eiskalten Füße unter seine Decke, spürte, wie er wieder einschlief, grübelte darüber nach, warum die nächtlichen Schatten von damals sie wieder eingeholt hatten, und glitt darüber selbst wieder in leichten, unruhigen Schlaf.

Am nächsten Morgen war ihr Traum nur noch eine unbestimmte Erinnerung, die sich nicht mehr greifen ließ. Überlagert von der Hektik, die dadurch entstand, dass sie wieder einmal später als nötig aufgestanden waren, und dass sie noch zu sich nach Hause musste, um Leo hereinzulassen.

Jan, wie immer die Ruhe selbst, schaute Julia nachdenklich an, als sie im Stehen eine Tasse Kaffee in sich hinein schüttete. »Vielleicht sollten wir mit dem Schmarrn aufhören«, sagte er plötzlich, und Julia erschrak, verschluckte sich, fühlte eine kalte Hand nach ihrem Magen greifen.

»Wie meinst du das?«, fragte sie unsicher. Sie schaute ihn nicht an, er sollte die Angst in ihren Augen nicht sehen. Wenn er dachte, er müsse auf diese Art aus heiterem Himmel Schluss machen, sollte er zumindest nicht mitbekommen, wie sehr er sie damit traf.

»Na, der Quatsch mit den beiden Wohnungen. Wie sind doch eh meistens zusammen, also steht unterm Strich eine leer«, lachte Jan. Sein tiefer Bass ließ ihren Bauch vibrieren, und erleichtert lachte sie mit. Wie dämlich war sie eigentlich?

»Eine gemeinsame Wohnung suchen? Warum nicht?«

Jan schaute sie irritiert an. »Warum das denn? Ehrlich gesagt habe ich gedacht, deine ist doch groß genug. Meine ja nicht, aber dein Reihenhäuschen …«

Julias Lächeln verblasste. »Jan, lass uns heute Abend darüber reden, ich muss los.«

Sie gab ihm einen schnellen, flüchtigen Kuss, und bevor er sie festhalten konnte, war sie schon unterwegs zu Leo.

Als Julia eine halbe Stunde später abgehetzt und mit leichter Verspätung in ihrem Büro eintraf, machte sie wohl keinen sehr glücklichen Eindruck, denn Stefan musterte sie mit unverhohlener Neugierde, bevor er sie fragte: »Julia, ist alles okay bei dir?«

Sie zuckte ratlos mit den Schultern und versuchte ein schwaches Lächeln. »Jan möchte mit mir zusammenziehen.«

Stefan starrte sie verständnislos an. »Aber das ist doch toll – warum schaust du dann wie drei Tage Regenwetter? Oder willst du nicht?«

Julia seufzte leise. »Doch, natürlich will ich. Ich würde unheimlich gern mit ihm zusammenziehen. Aber er will bei mir mit einziehen.«

»Ja, und? Du hast doch Platz genug bei dir, wo liegt das Problem?«

Sie schaute auf ihre Fußspitzen, vermied es, ihren Kollegen anzusehen. »Das Baby nebenan … ich bin oft bei Jan, nur damit ich das Babygeschrei nicht hören muss.«

Sie brauchte nicht weiter zu reden. Stefan wusste ja um ihre ungewollte Kinderlosigkeit und wie sehr Julia darunter litt. Trotzdem, oder gerade deswegen, stauchte er sie jetzt kräftig zusammen.

»Julia, das ist jetzt nicht dein Ernst, oder? Wenn dir das so sehr zu schaffen macht, dann geh zu einem Therapeuten! Du darfst nicht zulassen, dass dein Leben und deine Beziehung von deinem Kinderwunsch derart belastet werden! Er gibt Tatsachen, die man nicht ändern kann. Dann muss man lernen damit zu leben. Und wenn du das nicht allein auf die Reihe bekommst, dann musst du dir helfen lassen. Julia, du hast deinen Traumtyp gefunden – lass nicht zu, dass du ihn wegen so was verlierst! Und lauf nicht weg – was willst du denn machen? Wer sagt dir denn, dass du nicht auch woanders Nachbarn hast, die irgendwann Nachwuchs kriegen? Und was dann? Willst du dann wieder umziehen? Und wieder und wieder? Dein Leben lang davonlaufen? Oder gleich in ein Altersheim ziehen, um sicher zu gehen? Meinst du, Jan macht das auf Dauer mit?«

Julia wich seinem eindringlichen Blick aus, konnte Stefan nicht in die Augen sehen. Natürlich hatte er

Recht, das wusste sie auch. Trotzdem: Etwas für sich selbst zu wissen oder von jemandem den Spiegel vorgehalten zu bekommen, das waren zwei Paar Stiefel. Schließlich nickte sie kurz und erklärte: »Vielleicht ist es wirklich das Beste, wenn ich einen Termin bei einem Psychologen ausmache.«

»Vielleicht? Du gehst jetzt schnurstracks rüber zu Wohlfahrt und lässt dir einen Termin geben.«

»Wohlfahrt? Nie und nimmer! Erstens ist das nichts Dienstliches, und zweitens suche ich mir eine Frau. Das berede ich mit Sicherheit nicht mit einem Kerl, und schon gar nicht mit Wohlfahrt.«

Stefan öffnete wortlos eine Schublade seines Schreibtischs und warf Julia die Gelben Seiten zu. »Ich kann auch rausgehen, während du telefonierst. Aber mach einen Termin. Jetzt sofort. Das beeinflusst am Ende noch unsere Arbeit, und das darfst du nicht zulassen. Das bist du dem Baron schuldig.«

Damit lief er hinaus auf den Flur, während Julia die Augen verdrehte und anfing im Telefonbuch zu blättern.

Wenig später ging es im K1 zu wie in einem Taubenschlag. Ein ganzer Schwarm Studenten schnatterte durcheinander, alles Mitglieder des harten Kerns, des Teams DEO, wie sie sich nannten: DEmo-Organisation. Außerdem trudelten die Schulsprecher der fünf Bayreuther Gymnasien und die der beiden Realschulen ein sowie Vertreter der FOS und der BOS, alle miteinander wohl begeistert von der Kombination aus schulfrei und Nervenkitzel. Von den damaligen Schülersprechern der ersten Demo war nur noch

Conny Altmann im Team DEO dabei, die ehemalige GMG-Schülerin studierte in Bayreuth Musik- und Theaterwissenschaft. Julia und Stefan musterten die junge Frau verblüfft – sie hatte immer noch das Auftreten einer schwarzen Fledermaus, wirkte wie aus einem Vampirfilm entlaufen. Das Herz allerdings hatte sie am rechten Fleck, sie erzählte leidenschaftlich von den gemeinsamen Protestaktionen mit dem Baron. Man merkte deutlich, wie sehr sie den Baron bewundert hatte für seinen politischen Mut. »Wissen Sie, im Team DEO und auch bei den Demonstrationen, da ist alles irgendwie im Fluss, da ist ständiger Wechsel. Viele gehen ja nach dem Abi erst einmal weg von Bayreuth, dafür kommen Studenten von außerhalb neu dazu – ich bin schon irgendwie stolz drauf, dass ich von Anfang an dabei war. Ich behaupte jetzt einfach mal, dass von uns keiner was mit dem Mord zu tun hat. Der Baron hatte unglaublich viele Feinde, die ihm die Pest an den Hals gewünscht haben. Aber wir im Team haben immer zusammengehalten. Da gab es nur ein einziges Mal Meinungsverschiedenheiten, als es um die Probenbühne vom Festspielhaus ging. Da waren wir nicht auf einer Linie mit dem Ferdinand. Aber das war okay für ihn. Und für uns. Deswegen gab es keinen Streit, nur hitzige Diskussionen.«

Obwohl der ganze Vormittag damit draufging, von den jungen Leuten brauchbare Hinweise zu erfragen, hatten Julia und Stefan am Ende nichts Vernünftiges in der Hand, als kurz nach zwölf die letzten Studenten wieder gegangen waren. Sie alle hatten angeblich in den letzten Wochen nur losen Kontakt zum Baron gehabt. Seinen dickköpfigen Widerstand gegen die neue Probenbühne am Festspielhaus hatte keiner von ihnen mitgetragen – Julia erinnerte sich vage an ein Foto im Kurier, das eine Schar krähenschwarz gekleideter Stadträte, einen triumphierenden OB und einen tropfnassen Baron, seiner treuen Schergen beraubt, gezeigt hatte. Vor etwa zwei Monaten musste das gewesen sein. Und die neueste Aktion, der Protest gegen den Ausbau des Wagner-Museums im Haus Wahnfried am Hofgarten, war noch nicht angelaufen. Für Ende Januar hatten sie einen Termin mit dem Baron vereinbart gehabt, um die Vorgehensweise abzusprechen. Feinde? Ob der Baron Feinde gehabt hatte? Da waren sich alle einig. Für OB Burgmüller waren der Baron und seine Demonstranten ein rotes Tuch, und ein Großteil der Stadträte dachte ähnlich. Ansonsten fiel ihnen kein Name ein. Der Baron hatte wohl nie auch nur ein einziges Wort fallen gelassen, das Anlass für einen Verdacht gegeben hätte. Bauunternehmer mit Sicherheit, Architekten, Firmen, denen lukrative Aufträge entgangen waren durch die Protestaktionen.

Aufatmend ließ Julia ihren Kugelschreiber auf die Akte fallen und erhob sich, um das Fenster weit zu öffnen. Die Luft im Zimmer war mittlerweile zum Schneiden dick, und in ihrem Kopf pochte es leise. Die frostige Januarluft wirbelte innerhalb weniger Minuten jede olfaktorische Erinnerung an das Team DEO aus dem Raum.

Dafür wurde jetzt die Tür gleichzeitig beklopft und weit aufgerissen, und der Bonsai – Pardon: Staatsanwalt Strasser betrat die Bühne.

»Und, was gibt es Neues?«, schnarrte er, die Hände provokativ in die Hüften gestemmt. »Fakten bitte, meine Herrschaften: Fakten!«

Julia holte tief Luft, sagte aber vorerst nichts, sondern setzte auf Deeskalation und schloss erst einmal das Fenster. Sie fröstelte leicht, was sie aber nicht auf Strassers Gegenwart schieben wollte, sondern lieber der Winterluft zuschrieb. Daher blieb sie an der Heizung stehen, drehte das Thermostat wieder höher und antwortete erst dann, mit einem teils fröstelnden, teils bedauernden Hochziehen der Schultern: »Tut mir leid, Herr Strasser. Keine neuen Erkenntnisse. Allerdings sind sich alle Schüler und Studenten sicher, dass der Baron etliche Feinde im Stadtrat hatte und dass OB Burgmüller mit ihm wie Hund und Katz war.«

Strasser funkelte sie wütend an. »Das ist alles? Ziemlich mau, finden Sie nicht? Jetzt werden Sie doch mal aktiv!«

Aktiv? Sie hatten sich den gesamten Vormittag damit um die Ohren geschlagen, pausenlos Aussagen zu protokollieren, das Pochen in ihrem Kopf mutierte zu wildem Hämmern, und Strasser warf ihnen Untätigkeit vor – Julia wurde zynisch.

»Ist in Ordnung. Bekommen wir einen Haftbefehl für Burgmüller?«

»Wagen Sie es ja nicht, dem OB ohne hinreichenden Anfangsverdacht an den Karren zu fahren!« – wieder einmal schnappte Strassers Stimme über. Er schnaubte empört und redete dann etwas ruhiger weiter. »Was steht für heute denn noch auf Ihrem Programm?«, wollte er wissen.

Diesmal war es Stefan, der antwortete. Schnell, bevor Julia wieder etwas Unüberlegtes sagen konnte, zählte er auf: »13 Uhr Termin mit Frau Brambach, ab 14 Uhr Befragung der Stadträte, 16 Uhr 30 Termin mit OB Burgmüller. 17 Uhr 30 mündlicher Kurzbericht bei Ihnen.«

Einigermaßen besänftigt warf ihm Strasser die Andeutung eines Lächelns zu. »Schon gut. Aber zügeln Sie Ihre Kollegin. Keine ungerechtfertigten Schnellschüsse bitte.« Ein kurzes Nicken, dann rauschte der Bonsai hinaus, die Tür hinter sich zuwerfend.

Julia versuchte, den vorwurfsvollen Blick ihres Mitarbeiters zu ignorieren. Sie wusste ja selbst nicht, warum sie sich aktuell ständig von Strasser provoziert fühlte. Sie starrte auf die Tür, von plötzlicher tiefer Niedergeschlagenheit erfasst. Leer und ausgepumpt kam sie sich vor. Und schuldig dem Baron gegenüber, weil sie immer noch nicht den leisesten Ansatz einer Spur hatten. Der ganze Fall ging ihr viel zu nah. Wie sehr sie den Baron eigentlich gemocht hatte – trotz oder gerade wegen seiner sturen Art –, das merkte sie erst jetzt nach seinem unfreiwilligen Ableben. Und das beunruhigte sie. Wenn sie nicht aufpasste, würde es ihre Arbeit beeinflussen, ihre Objektivität trüben, sie unprofessionell agieren lassen. Das hatte der Baron nicht verdient. Für einen kurzen Moment war die Szene wieder präsent, als sie sich auf dem Ball schneller als nötig von ihm verabschiedet hatte. Ohne zu wissen, dass er wohl soeben den letzten Tanz seines Lebens getanzt hatte. Ein exzellenter Tänzer war er gewesen …

Ohne es zu wollen, ohne überhaupt zu wissen warum, stieg ihr das Wasser in die Augen, und zwei Tränen lösten sich. Schnell öffnete Julia ihre Schreibtischschublade und tat so, als würde sie etwas darin suchen, damit Stefan nichts bemerkte. Als sie schließlich mit vier verschiedenen Leuchtstiften aus der Versenkung erschien, hatte sie sich wieder halbwegs gefangen. Sie sah auf die Uhr. Halb eins, gerade noch Zeit, ein Paar Bratwürste zu essen, bevor Frau Brambach kam. Hastig stand Julia auf, zog ihre Daunenjacke an und lief hinaus auf die Straße. Die kalte Januarluft umhüllte sie mit einem Potpourri an Gerüchen, die durch die für diese Jahreszeit typische Inversionswetterlage im Bayreuther Talkessel gehalten wurden: eine Mischung aus Schornsteinrauch, dem Küchendunst der Lokale, die in der Innenstadt reichlich vertreten waren, aus Autoabgasen und einer Spur Maische aus der Maisel-Brauerei. Julia, die schon immer ein Geruchsmensch war, registrierte all diese Einzelnoten, ohne sie bewusst wahrzunehmen. Urplötzlich und ohne jede Vorwarnung stieg ihr der Dampf eines vorbeifahrenden LKWs in die Nase, legte sich auf ihre Lunge und ließ ihren Magen verkrampfen. Auf Dieselabgase reagierte sie schon seit langem ziemlich heftig, sie war heilfroh, dass wenigstens die Stadtbusse schon seit geraumer Zeit mit Biodiesel fuhren und man sich wie in einer Frittenbude vorkam, wenn sie an der Ampel vor einem standen. Jetzt allerdings war ihr schlagartig der Appetit auf die Bratwürste vergangen, und Julia kehrt missmutig auf dem Absatz um.

Kapitel 7

Inge Brambach klopfte auf die Minute pünktlich an Julias Bürotür. Obwohl sie sichtlich mitgenommen war, erweckte sie doch den Eindruck einer Frau, der gute Manieren schon mit der Muttermilch eingeflößt worden waren, die gelernt hatte, in jeder Situation Contenance zu bewahren. Julia schaute von ihrem Schreibtisch hoch und wusste auf den ersten Blick, warum der Baron sich in Inge verliebt hatte. Sie passte zu ihm wie die Faust aufs Auge, mit ihrem feinen Auftreten, verbunden mit einer gewissen Natürlichkeit. Sie hatten sich bestimmt gut ergänzt, die beiden. Einerseits die vielen Gemeinsamkeiten, andererseits strahlte Inge Brambach auch etwas Besänftigendes aus. Sie hatte mit Sicherheit die ungestüme Art des Barons oft heruntergebremst, gedämpft, beruhigt. Sie wirkte, als sei sie sein Halt gewesen. Als Julia den Schmerz in den Augen der alten Dame las, fühlte sie sich plötzlich auf unbestimmte Weise solidarisch mit Inge Brambach: Einerseits trauerte auch sie um den Baron, andererseits durchzuckte sie plötzlich der Gedanke, wie es wohl wäre, wenn Jan nicht zu einer Verabredung erscheinen würde, weil er kalt und tot, ermordet, im Siegfriedwald läge. Unwillig befreite sich Julia von dieser Vorstellung und begrüßte die Freundin des Barons. Inge Brambach, etwa in Streibaus Alter, setzte sich auf den angebotenen Stuhl, strich sorgfältig ihr teuer wirkendes Kostüm zurecht, fuhr sich kurz über

die gepflegten Löckchen, die selbstbewusstes Natur-
grau präsentierten, und fragte dann leise:

»Wie ist es passiert? Ich vermute, wenn die Polizei
involviert ist, deutet das auf gewisse Ungereimtheiten
hin?«

Sie schaute von Julia zu Stefan, und in ihrem Blick
lag die Bitte, es möge ihr nichts Schlimmes gesagt
werden. Als sei der Tod an sich noch nicht schlimm
genug.

Julia schluckte, bevor sie antwortete. »Frau Brambach, haben Sie heute den Kurier gelesen oder Radio
Mainwelle gehört?«

»Nein, nein. Ich hatte Angst, dass etwas gemeldet
wird über Ferdinand, deswegen habe ich sogar den
Taxifahrer gebeten, das Autoradio auszumachen. Ich
wollte von Ihnen erfahren, was passiert ist. Nicht aus
den Medien.«

Das war nachvollziehbar, in dieser Konsequenz sogar durchaus beeindruckend.

»Frau Brambach, wir gehen davon aus, dass Herr
von Streibau vergiftet wurde. Allerdings steht der endgültige Obduktionsbericht noch aus.« Sie schilderte
kurz die näheren Umstände. Die Augen ihres Gegenübers wurden groß und dunkel, Tränen tropften, und
Frau Brambach suchte in ihrer Handtasche, fand eine
Packung Tempo, tupfte sich das Gesicht ab, versuchte
die Fassung zu bewahren. Ihre Kiefermuskeln arbei-
teten angestrengt, dann holte sie tief Luft und nickte.

»Das musste ja einmal so kommen«, flüsterte sie
schließlich.

»Haben Sie denn einen konkreten Verdacht?«, hakte
Stefan nach. »Hatte er Feinde?«

Inge Brambach lachte kurz und freudlos auf. »Feinde? Der Ferdi? Führt der Main Wasser? Natürlich hatte er Feinde, was denken Sie denn? Sie haben ihn doch bestimmt auch gekannt, zumindest vom Hörensagen. Er war gegen jedes einzelne Projekt vom OB, er hat ständig Sand in Burgmüllers Getriebe gestreut. Für Burgmüller war er ein rotes Tuch seit der Sache mit dem Rheingoldbrunnen. Und vermutlich für mindestens drei Viertel der Stadträte ebenfalls. Gut ausgekommen ist von denen nur das Fräulein Fürst mit ihm. Dann hängt noch ein Rattenschwanz von Unternehmern mit dran, die alle schlecht auf Ferdi zu sprechen sein dürften, weil ihnen seinetwegen lukrative Aufträge entgangen sind. Also glauben Sie mir: Es gibt in Bayreuth mehr als genug Leute, die dem Ferdi keine Träne nachweinen. Er hat auch immer wieder Drohbriefe bekommen, die er aber nicht besonders ernst genommen hat.«

Julia nickte, ohne es zu bemerken. So etwas hatte sie befürchtet. Da kam eine Menge Arbeit auf sie zu.

»Hat er diese Briefe aufgehoben?«, wollte sie wissen. Inge Brambach schüttelte bedauernd den Kopf.

»Nein, er hat das ja nicht ernst genommen. Er hat meistens nur gelacht darüber, hat sie zerknüllt und in den Ofen geworfen. Er sagte immer, dazu taugt das Geschmiere, sonst zu nichts.«

»Frau Brambach, bitte erzählen Sie uns doch etwas mehr über Ihr Verhältnis zum Baron. Er hat sein Privatleben ja komplett abgeschirmt.«

»Wo fange ich da nur an? Wir sind uns vor etwa zwei Jahren zufällig begegnet, in der Stadthalle. Mein Enkel spielt im Schultheater des Graf-Münster mit, wissen Sie? Die haben eine Aufführung gegeben, und ich war natürlich dort. Der Ferdi saß zufällig neben mir, er hatte von den Schülersprechern eine Einladung bekommen. Er war ja durch die vielen Demonstrationen mit allen Schulen irgendwie verbandelt. Jedenfalls sind wir ins Gespräch gekommen, haben in der Pause ein Glas Sekt zusammen getrunken und später hat er mich gefragt, ob ich Lust hätte, mit ihm auch ins Schultheater im RWG zu gehen. So kam das. Mein Mann ist ja schon über fünfzehn Jahre tot. Herzinfarkt. Und der Ferdi hat – hatte – etwas unglaublich Faszinierendes an sich. Haben Sie ihn persönlich gekannt?«

Wieder nickte Julia.

»Dann wissen Sie vermutlich, was ich meine. Er hat die Leute polarisiert. Man hat ihn bewundert oder verachtet. Geliebt oder gehasst. Dazwischen gab es nichts. Ich habe ihn geliebt. Und er mich auch. Im Winter bin ich oft in der Türkei, ich habe eine Wohnung dort. Über Weihnachten war ich hier, um mit meinem Sohn und seiner Familie zu feiern. Wir sehen uns nur selten, unser Verhältnis ist nicht besonders herzlich. Aber Weihnachten, das ist so eine eingefahrene Tradition. Am 28. bin ich wieder hingeflogen. Der Ferdi meinte, dass er unbedingt zum Ball der Stadt wolle. Zum letzten Mal allein, hat er gesagt. Wir wollten im Mai heiraten. Er hat gesagt, er muss nur vorher noch seine Angelegenheiten in Ordnung bringen, aber im Mai wollten wir dann heiraten.«

»Seine Angelegenheiten? Was meinte er denn damit?«

Inge Brambach zuckte mit dem Schultern. »Ich habe ihn nicht gefragt. Wenn es wichtig gewesen wäre, dann hätte er es mir schon irgendwann erzählt. Jedenfalls hat er einen Notartermin für Anfang Februar vereinbart. Er wollte Ende Januar zurück nach Bayreuth und die nächsten Demonstrationen planen. Ich wäre mit ihm zurück geflogen. Und nach dem Notartermin, hat er gesagt, geben wir offiziell unsere Verlobung bekannt. Heimlich waren wir ja bereits seit Nikolaus verlobt.«

Sie begann wieder zu weinen, suchte in ihrer Handtasche nach dem nächsten Taschentuch und tupfte sich die Tränen ab, mit einer kleinen, hilflosen Bewegung, die Julia ans Herz ging.

»Frau Brambach, wir brauchen Ihre Hilfe. Vielleicht ist es wichtig, was der Baron regeln wollte. Können Sie sich denn überhaupt nicht vorstellen, worum es ging? Hatte der Baron denn Angehörige, von denen wir nichts wissen?«

Inge Brambach schüttelte ratlos den Kopf. »Wenn, dann weiß nicht einmal ich etwas davon. Er war nie verheiratet, hat keine Geschwister, und seine Eltern leben längst nicht mehr. Entfernte Verwandte vielleicht, das ist gut möglich. Aber niemand, zu dem er Kontakt gehabt hätte. Er war ein einsamer Wolf, so hat er immer gesagt. Vielleicht weiß ja der Notar mehr.«

»Bei wem hat er denn einen Termin gemacht?«

»Nicht einmal das kann ich Ihnen sagen. Aber das hat er mit Sicherheit in seinem Handy.«

Julia seufzte. »Das verschwunden ist.«

»Verschwunden? Er hatte es doch immer bei sich. Kann es denn sein, dass es von seinem Mörder gestohlen wurde?«

»Das würde bedeuten, dass sein Mörder ihm zuvor den vermutlich vergifteten Kuchen geschenkt hat und ihn dann quasi beobachtete, bis er starb. Das allerdings hätte ebenso gut in seiner Wohnung passieren können. Aber wenn es so war, dann wäre der Mörder ebenfalls beim Ball der Stadt gewesen. Ich halte es für wahrscheinlicher, dass er sein Handy verlegt oder verloren hat. Oder dass es ihm bei einer Zufallstat entwendet wurde. Frau Brambach, die Wohnung des Barons ist versiegelt und muss noch gründlich untersucht werden. Falls Sie irgendetwas von dort brauchen, wenden Sie sich bitte an uns.«

»Nein, nein. Was sollte ich denn von dort brauchen?«

»Wie gesagt, falls es so wäre, wenden Sie sich bitte an uns. Noch etwas: Warum haben Sie eigentlich ein derartiges Geheimnis aus Ihrer Beziehung gemacht?«

Die alte Dame sah Julia ratlos an. »Warum? Ich weiß es nicht. Wegen mir hätte es das nicht gebraucht, ich hätte es am liebsten aller Welt erzählt. Aber der Ferdi meinte immer, dass ein Junggeselle energischer wirkt als ein frisch verliebter alter Gockel. Er hatte Angst, dass er als Gegner dann weniger ernst genommen wird, dass die Öffentlichkeit ihn dann nicht mehr als streitbare Galionsfigur des Widerstands sieht. So hat er sich ausgedrückt: Galionsfigur des Widerstands.«

»Hatte er eine Putzfrau? Eine Zugehfrau?«

Jetzt lächelte Frau Brambach. »Nein, hatte er nicht. Das dachte nur seine neugierige Nachbarin. Der habe ich erzählt, ich würde seinen Haushalt machen, weil sie gar so aufdringlich war und partout wissen wollte, warum ich regelmäßig in seine Wohnung kam.«

»Tja, das erklärt einiges. Wenn Ihnen sonst noch etwas einfällt, dann melden Sie sich bitte.«

»Ja, natürlich. Sie müssen seinen Mörder finden. Versprechen Sie mir das?«

Inge Brambach sah Julia eindringlich an. In diesem Blick lag so viel Schmerz, dass Julia schlucken musste. Wieder kam ihr das Bild in den Sinn: Was, wenn es Jan gewesen wäre, der da kalt und tot im Siegfriedwald lag?

»Frau Brambach, ich verspreche Ihnen, dass wir alles dafür tun werden, was in unserer Macht steht.«

Stefan begleitete die alte Dame hinaus, während Julia auf ihre To-do-Liste eine kurze Notiz setzte: Notare anrufen. Das würde sie heute wohl nicht mehr schaffen. Kurz entschlossen lief sie ins Nebenzimmer, wo ihr Kollege Walter Bauer die letzten Tage bis zu seiner Pensionierung absaß.

»Walter, wie lange bist du jetzt noch hier?«

Er stand schwerfällig auf, zog den Hosenbund hoch und dehnte sich, wobei die Gelenke und Hemdknöpfe bedenklich knackten.

»Julia, des wisst ihr doch alle. Am ersten Februar is offiziell Schluss, kommenden Mittwoch tret ich mein Resturlaub an. Am Dienstag auf Middoch is die Ausstandsfeier, des is etz doch allgemein bekannt.«

Bauer strich beinahe zärtlich über seinen Bierbauch und setzte eine vorwurfsvolle Miene auf, die allerdings auf Julia wenig Eindruck machte.

»Gut, dann hast du ja heute Zeit, um uns zu unterstützen. Würdest du mir den Gefallen tun, bei allen

Notaren in Bayreuth und Umgebung anzurufen und zu fragen, ob der Baron für Anfang Februar einen Termin vereinbart hat? Und wenn du den richtigen Notar gefunden hast, wäre es toll, wenn du hinfahren und herausfinden könntest, worum es bei diesem Termin gegangen wäre. Und noch etwas – überprüfst du uns bitte, ob Inge Brambach tatsächlich in der Türkei war? Ich danke dir.«

Und schon war sie wieder draußen, zurück blieb ein verwirrter Kollege, der sich eigentlich darauf eingestellt hatte, die letzten paar Arbeitstage gemütlich verstreichen zu lassen.

Kapitel 8

Julia und Stefan liefen über den Marktplatz in Richtung Luitpoldplatz, um den Stadträten im Rathaus einen Besuch abzustatten. Sie waren spät dran, und Julia war heilfroh, dass sie bequeme Turnschuhe anhatte. Das Pflaster in der Fußgängerzone war tückisch rutschig, aber so konnten sie schnellen Schrittes Marktplatz samt ›Todesrinnla‹ überqueren, einem kleinen künstlichen Wasserlauf, in dem sich schon so mancher Träumer nasse Füße geholt hatte. Jetzt im Winter war es allerdings abgedeckt und harmlos. Der eisige Ostwind fegte vom Mühltürlein bis hinauf in die Richard-Wagner-Straße, und wieder einmal fragte sich die Kommissarin, warum der Marktplatz wohl vor vielen hundert Jahren so angelegt worden war, dass man sich alles abfror. Vielleicht eine städteplanerische Aktion zur besseren Belüftung des mittelalterlichen Stadtkerns? Der Wind trug erneut einen Hauch von Maischeduft in die Fußgängerzone, wie Julia schnuppernd zu erahnen glaubte. Vor einigen Jahren noch hatte man die Brauerei Maisel viel stärker wahrgenommen, aber dank moderner Filteranlagen waren diese Zeiten passé. Das war etwas, was Julia fehlte. Die Maiselmaische und der Tabakgeruch der BAT draußen im Industriegebiet. Längst verwehte Kindheitserinnerungen ... Stattdessen trieb von links Dönerduft herüber, traf sich vor der Eysserhauspassage mit dem Geruch frischer Pizza und weckte in Julias

Magen die heftige und aktuell unerfüllbare Sehnsucht nach einem Imbiss. Während Julia in der Passage automatisch den Schritt vor dem Sushiladen verlangsamte, trieb Stefan sie zur Eile an.

»Julia, komm schon! Es ist gleich zwei. Wie sieht das denn aus, wenn wir die Honoratioren warten lassen?«

»Ich komme ja schon«, seufzend wandte sie sich von dem Fenster ab und holte ihren Kollegen mit ein paar schnellen Schritten ein. Sie eilten die Treppen hinunter, traten in der Kanalstraße wieder ins Freie und liefen die letzten Meter zum Rathaus in schnellem Trab. Als sie den Aufzug betraten, wurden sie von der Parfümwolke einer früheren Benutzerin regelrecht überrollt, und Julias Magen verkrampfte sich erneut, diesmal vor Empörung. Sie atmete flach und gepresst, worauf Stefan natürlich aufmerksam wurde.

»He, alles okay mit dir?«, fragte er besorgt nach.

Sie versuchte ein schwaches Lächeln. »Das kommt davon, dass ich nichts gegessen hab. Die Kombination aus Unterzucker und diesem Duft ist wohl zu viel für mich.«

Stefan musterte sie aufmerksam. »Werd mir jetzt bloß nicht krank – es kursiert eh schon überall Magen-Darm. Hoffentlich hast du dir nichts eingefangen.«

»Nein, ich denke nicht. Ich bin nur etwas empfindlich, weil ich vorhin meinen Hunger übergangen habe. Jetzt rächt sich das eben.«

Eine nuschelnde Kinderstimme verkündete über den Lautsprecher, dass sie im zweiten Stockwerk angekommen waren. Hier war die Luft deutlich besser, und Julias zuvor grünlich gewordenes Gesicht nahm wieder normale Farbe an. Stefan zog mit einem triumphierenden Grinsen die Hand aus seiner Jackentasche und hielt ihr eine Rolle Traubenzucker hin.

»Wusst ich's doch, dass die Zwillinge mir gestern was in die Tasche gesteckt haben. Nimm dir, soviel du brauchst. Das puscht deinen Zuckerspiegel wieder hoch.«

»Ein Hoch auf deine Jungs! Sie retten mir gerade das Leben«, versuchte Julia zu scherzen. Schnell öffnete sie die Rolle und steckte sich zwei der Tabletten in den Mund. »Kakao, das war früher auch meine Lieblingssorte. Sag den beiden liebe Grüße von mir.«

Sie klopften bei der Sekretärin und meldeten sich an. Die Vorzimmerdame sah nicht so aus, als wäre sie besonders umgänglich. Mausgraues Kostüm, graubrauner Pagenschnitt, kritische Blicke über den Rand ihrer Lesebrille hinweg aus verwaschen braunen Augen, die irgendwie müde wirkten. »Ja, der Herr Burgmüller weiß Bescheid. Er und die Stadträte erwarten Sie schon. Sie hatten ja für zwei Uhr einen Termin.« Obwohl kein Vorwurf in ihrer Stimme mitschwang, wanderte ihr Blick vielsagend zu der großen Wanduhr, die bereits zwei Minuten nach zwei anzeigte. Julia unterdrückte einen Kommentar, auch sie fühlte sich müde. Sie hatte keine Nerven für Konfrontationen, sie würde vielmehr ihre Energie für das Sitzungszimmer nebenan benötigen. Also ging sie einen Schritt zur Seite, um Frau Mausgrau vorbeizulassen, die eilfertig die Führung übernahm, an der Tür des Sitzungszimmers anklopfte und in leicht pikiertem Ton verkündete, dass die Herrschaften von der Kripo jetzt hier wären. Der bewundernde Blick, den die Sekretärin

ihrem Chef zuwarf, entging Julia ebenso wenig wie
die Tatsache, dass er Burgmüller völlig kalt ließ.

Die beiden Ermittler betraten das großzügig ge-
schnittene Sitzungszimmer, und weit mehr als 40
Augenpaare waren auf sie gerichtet. Offensichtlich
waren tatsächlich alle Stadträte erschienen, was durchaus nicht selbstverständlich war. Nur zwei Stühle an
den zusammengeschobenen Tischen waren frei, und
Frau Mausgrau zog diese eilfertig ein Stück nach hinten, bevor sie mit dem Hintergrund verschmolz.

OB Burgmüller stand schwerfällig auf, ein großer,
korpulenter Mann Mitte fünfzig, Halbglatze, runde
schwarze Hornbrille, schwarzer Anzug. Seine zweite
Amtszeit neigte sich dem Ende zu, und aufgrund der
andauernden Proteste des Barons und seiner Mannen
stand Burgmüllers Wiederwahl auf der Kippe. Noch
hatte der Wahlkampf nicht wirklich begonnen, vermutlich wurden gerade erst die Plakate gedruckt. Im
März würden die Bayreuther zu den Urnen gehen.
Julia bemerkte, dass auch der OB müde wirkte, ver-
braucht. Ob er sich einen Gefallen damit tat, noch
einmal anzutreten?

Aber in diesem Moment war es, als hätte Burgmüller einen geheimen Schalter betätigt, die Energie-
zufuhr angeknipst. Sein Körper straffte sich, er setzte
ein durchaus freundliches Lächeln auf und begrüßte
die Beamten ebenso lautstark wie zuvorkommend.

»Ah, da sind Sie ja, Frau Lehmann und Herr Siems,
nicht wahr? Nehmen Sie doch bitte Platz. Wir sind
vollzählig versammelt, um Ihnen Rede und Antwort
zu stehen. Schließlich liegt es in unser aller Interesse,
dass der Tod des Barons schnell und umfassend auf-

geklärt wird. Dieser Schatten soll ja schließlich nicht über der bevorstehenden Wahl liegen, nicht wahr? Derartige Umstände könnten den Wählerwillen durchaus verzerren. Also fragen Sie alles, was Sie wissen wollen, und klären Sie diese unschöne Geschichte möglichst schnell auf. Wir stehen Ihnen zur Verfügung.«

Während er Frau Mausgrau beauftragte, Kaffee zu bringen, hatte der flüchtige positive Eindruck bei Julia bereits einem gewissen Widerwillen Platz gemacht. So war das also. Der Tod des Barons war für den OB nichts weiter als ein ungewollter Einfluss auf den Wahlkampf. Für die Kommissarin stand damit insgeheim fest, dass sie ihr Kreuz nicht bei Burgmüllers Namen machen würde. Sie nickte in die Runde und setzte sich, Stefan ebenso.

»Wie Ihnen allen bekannt sein dürfte, wurde Herr von Streibau am vergangenen Wochenende ermordet und ist nach dem Ball der Stadt tot im Siegfriedwald zusammengebrochen. Mittlerweile wissen wir, dass er vergiftet wurde –«

»Vergiftet? Womit denn?«, wollte der OB wissen.

Mit einer schalen Genugtuung mauerte Julia.

»Das können wir aktuell leider nicht preisgeben, um die Ermittlungen nicht zu gefährden. Aber Sie können sich sicher sein, dass ihn kein natürlicher Tod ereilt hat. Für uns ist jetzt relevant, wie gut jeder Einzelne von Ihnen den Baron kannte, wie Ihr Verhältnis zu ihm war, was Sie über eventuelle Feinde wissen, aber auch über seine Lebensgewohnheiten und seinen Bekanntenkreis.«

Sofort begannen alle Stadträte wild durcheinanderzureden. Julia warf einen resignierten Blick zu Stefan
hinüber. Sie hätte diese Leute für disziplinierter gehalten. Das war ja wie beim Eishockeytraining von
Jans Knaben! Stefan zwinkerte ihr belustigt zu, offenbar dachte er ähnlich wie sie. Dann räusperte er sich
vernehmlich und hob die Hand. Das wirkte tatsächlich, und alle blickten ihn erwartungsvoll an.

»So, meine Herrschaften. Wir werden uns aufteilen
und Sie alle einzeln befragen. Vielleicht können Sie
schnell zwei kleine Tische hier an die beiden Seiten
des Sitzungszimmers stellen? Wir haben selbstverständlich nicht vor, Sie über Gebühr zu strapazieren,
aber das muss jetzt leider sein. Wenn Sie alle gut mitarbeiten und sich vorab schon einmal Gedanken darüber machen, was Sie über den Baron wissen, dann
sind wir hoffentlich zügig durch. Vielen Dank!«

Als Frau Mausgrau wenig später mit dem frisch gebrühten Kaffee hereinkam, blickte sie erst irritiert,
dann missbilligend in die Runde. Burgmüller bedeutete ihr, zuerst die beiden Beamten zu versorgen, was
sie stirnrunzelnd tat. Julia schenkte ihr ein kurzes
Lächeln und fragte dann:

»Sagen Sie, Sie hatten doch sicherlich auch des
Öfteren mit dem Baron zu tun, oder? Und würden
Sie mir Ihren Namen verraten?«

Die Sekretärin wurde einen Ton blasser und antwortete gepresst: »Das ließ sich nicht vermeiden, er
lag ja oft genug mit meinem Chef im Clinch. Gemocht habe ich ihn nicht, daher habe ich versucht, die
Berührungspunkte auf ein Minimum zu reduzieren.
Was irgendwie ging, das habe ich schriftlich erledigt

oder sofort an Rechtsanwalt Dr. Schrüvers weitergegeben, der uns in diesen Dingen umfassend berät. Und mein Name ist Heike Kowalski.«

»Aber ganz vermeiden ließ sich der Kontakt sicherlich nicht? Wie war denn Ihr Eindruck vom Baron? Was wussten Sie über seine Gewohnheiten? Hat er zum Beispiel seine Briefe mit der Hand geschrieben oder am PC? Nahm er Zucker in den Kaffee? Was hat er gerne gegessen? Mit wem trat er gemeinsam auf, wen verabscheute er?«

Die Lippen der Sekretärin verschmolzen zu einem dünnen Strich, einer bitteren, welken Linie, die deutlich ausdrückte, was Heike Kowalski vom Baron hielt.

»So weit wäre es nie gekommen, dass ich ihm einen Kaffee angeboten hätte! Hören Sie, er wollte meinem Chef schaden, wo es nur ging. Und damit indirekt auch mir. Meinen Sie ernsthaft, so jemanden hätte ich bewirtet oder auch nur ein privates Wort mit ihm gewechselt? Ich weiß nichts über ihn, außer dass er immer alleine hier hereingekommen ist, und dass er immer mit mehreren hundert Leuten im Rücken außen vor dem Rathaus demonstriert hat. Ein einziges Mal hat er sich verkalkuliert, das war mit der neuen Probenbühne fürs Festspielhaus. Da haben ihn seine feinen Studenten sauber im Stich gelassen, aber der Reporter vom Kurier hat sich trotzdem auf seine Seite geschlagen und darauf bestanden, dass der Baron mit aufs Foto kommt. Dass der sich nicht schämt, so jemandem auch noch eine Bühne zu geben für seine destruktiven Spinnereien. Fragen Sie den doch mal, der kennt den Baron mit Sicherheit viel besser als jeder hier Anwesende.«

Mit einer lächerlichen kleinen Geste, die Julia an Miss Piggy aus der Muppet Show erinnerte, warf Frau Mausgrau den Kopf nach hinten und rauschte hinaus in ihr Vorzimmer. Kopfschüttelnd sah ihr die Kommissarin hinterher, bevor sie sich den Stadträten zuwandte.

Es dauerte bis weit nach vier, alle Aussagen aufzunehmen. Schließlich trank Julia den letzten, längst kalt gewordenen Schluck Kaffee, stand auf und streckte sich. Sie fröstelte grundlos und verschwendete einen kurzen Gedanken daran, ob Stefan wohl recht hatte und sie sich tatsächlich etwas eingefangen hatte. Nein, daran wollte sie gar nicht denken. Sie hatte einen Mörder zu fassen, da blieb keine Zeit für Krankheit oder Unwohlsein. Während sie ihren Laptop wegpackte und sich von Burgmüller verabschiedete, spürte sie den Kaffeegeschmack unangenehm im Rachen. Und immer noch nichts gegessen. Stefan nickte ihr aufmunternd zu, als sie zum Aufzug liefen. »Wollen wir noch eine Kleinigkeit essen? Vielleicht beim Inder in der Alexanderstraße?«, schlug er vor, und Julia nahm dankend an. Da Burgmüller bereits anwesend gewesen war, konnten sie den Termin mit ihm streichen und hatten somit ein wenig Zeit gewonnen. Als das dampfende Hühnchen mit Currysoße vor Julia stand, atmete sie erleichtert durch. Endlich etwas essen dürfen! Ihr Magen schnürte sich bereits schmerzhaft zusammen, und das scharfe Gericht erfüllte sie mit einer angenehmen Wärme. Zufrieden, wenn auch etwas zu schnell, aß sie es auf und lehnte sich dann entspannt zurück.

»Das hat jetzt gut getan! Aber zurück zur Arbeit: Hast du etwas herausgefunden? Ich nämlich nicht.«

Stefan hob bedauernd die Schultern. »Nur das, was wir eh schon wussten. Nämlich dass die junge Fürst die Einzige von dem ganzen Haufen war, die gut mit dem Baron zurechtgekommen ist. Alle anderen haben ihn wohl mehr oder weniger verachtet, verabscheut oder zumindest ignoriert, wo es nur ging. Aber diese Nina Fürst war wohl total auf einer Wellenlänge mit ihm. Wundert mich auch nicht – hast du dir die mal näher angesehen? Parteilos, aber offensichtlich total öko. Gefilzter Pulli – oder war es ein kurzes Kleid? –, weite Haremshose, derbe Lederschnürstiefel. Dazu blonde Rastalocken. Mich wundert es ja nur, dass die so überhaupt zu den Sitzungen gelassen wird von den ganzen biederen schwarzen und grauen Anzugträgern.«

Julia lachte herzhaft auf. »Mensch, Stefan! Die hast du dir aber genau angeschaut. Na ja, du hattest ja auch das Glück sie befragen zu dürfen. Was hat sie selbst denn über den Baron erzählt? Weiß sie etwas über seine Feinde, seine Gegner? Und woher kennen sich die beiden denn so gut?«

»Bedaure, Frau Kommissarin, da kann ich auch nicht viel mehr sagen. Sie haben sich wohl bei einer Demo kennengelernt, wo Frau Fürst als Einzige bereit war, überhaupt hinzugehen und denen Rede und Antwort zu stehen. Und wir kennen doch den Baron: Das hat ihm mit Sicherheit gefallen. Kein Wunder, dass sie in Kontakt geblieben sind. Sie sagte, dass sie ihn sehr geschätzt hat, dass hinter seiner sturen Fassade ein herzensguter Mensch zu finden war. Und dass wohl keiner der übrigen Stadträte bereit war, einen Blick hinter diese Fassade zu werfen. Der Architekt, der damals den Rheingoldbrunnen entworfen hat, und auch der Inhaber der Firma, die den Brunnen bauen sollte, haben ihn übelst verflucht, als das Projekt abgesagt wurde. Und jetzt wollte er ja gegen das Wahnfriedmuseum zu Felde ziehen, da hängt für das Bauunternehmen, das den Großteil der Arbeiten ausführen soll, offenbar das Überleben dran. Der Chef von denen hat wohl dem Baron öffentlich Schell'n angedroht. Und die Antwort von Streibau war, wie immer, das Projekt würde nur über seine Leiche zustande kommen. Die Fürst hat ihn am Freitag zuletzt getroffen, als sie mit ihm ein Paar Bratwürste gegessen hat. Er hat ihr wohl noch zugezwinkert und zugeraunt, bis bald – das Haus Wahnfried wartet schon auf mich. Und was ist bei deinen Leuten rausgekommen?«

Julia strich sich mit einer Hand über ihre Magengegend. Natürlich hatte sie viel zu schnell gegessen, und jetzt drückte das Hühnchen unangenehm. Sie nahm einen Schluck von ihrem Lassi, aber auch der schmeckte plötzlich schal und rutschte kalt die Speiseröhre hinunter, um sich dann mit dem Huhn in einer unheiligen Allianz zu verbrüdern.

»Nicht viel, leider. Am ergiebigsten war noch das Gespräch mit der Sekretärin« – sie schilderte kurz, was sie erfahren hatte.

Stefan kratzte resigniert mit dem Messer auf seinem leeren Teller herum, dann winkte er zum Tresen hinüber, um die Rechnung zu bekommen.

»Strasser wird nicht begeistert sein«, seufzte er, als er seinen Geldbeutel zückte. Julia nickte müde und holte ebenfalls ihr Geld heraus. Dem Staatsanwalt ging es ausnahmslos immer zu langsam, und dass ihre bislang einzige Spur sie ins Rathaus geführt hatte, würde ihm auch nicht gefallen. Morgen mussten sie unbedingt diese Baufirmen und Architekten genauer unter die Lupe nehmen. Denn was Strasser davon hielt, dass sie den Bürgermeister verdächtigten, das hatte er ja schon gezeigt. Es lag Ärger in der Luft, und sie würden dem tobenden Bonsai nichts entgegenzusetzen haben.

So war es dann auch, als sie wenig später in Strassers Zimmer Bericht erstatteten. Anfangs saß er noch in seinem dick gepolsterten schwarzen Ledersessel, aber schon nach wenigen Minuten sprang er auf und lief die kurze Strecke vom Schreibtisch zum Fenster ab wie ein Tiger im Käfig.

»Das ist alles, was Sie mir zu bieten haben? Diese paar dürftigen Spuren? Ich muss Ihnen doch wohl nicht erklären, dass statistisch mit jeder Stunde die Chance sinkt, den Mörder des Barons zu fassen! Ich dachte, Sie sind meine besten Leute – warum liefern Sie dann den Täter nicht? Der Baron ist doch kein Penner, der keinen kratzt. Streibau steht im Fokus! Wenn Sie den Mörder nicht finden, wirft das ein sehr schlechtes Licht auf uns und unsere Arbeit. Und dann diese unsägliche Idee, Burgmüller zu verdächtigen. Lassen Sie die Finger von ihm, er steht genauso im Mittelpunkt der Berichterstattung wie der Baron. Wie sieht das denn aus, wenn im Kurier steht, dass wir eine Amtsperson verdächtigen. Ein kurzes Interview mit dem OB und wir sind geliefert!«

Erstaunlicherweise war es diesmal nicht Julia, die sich mit dem Staatsanwalt anlegte, sondern Stefan.

»Herr Strasser, das sind wir nur, wenn er nicht der Täter ist. Und so lange wir uns da nicht sicher sind, müssen wir schon in sämtliche Richtungen ermitteln. Oder sollen wir uns Vetterlaswirtschaft nachsagen lassen?«

Julia lächelte schwach. Eigentlich wäre das ja ihr Part gewesen, aber Stefan hatte ihr wohl angemerkt, dass sie wirklich nicht fit war. Strasser stutzte, die Attacke von ungewohnter Seite irritierte ihn. Schließlich nickte er missmutig.

»Siems, da haben Sie nicht ganz Unrecht. Also gut, bleiben Sie dran. Aber unauffällig, hören Sie? Bauschen Sie das um Himmels Willen nicht auf. Und durchleuchten Sie mir gefälligst morgen früh sofort sämtliche Firmen, die durch den Baron um ihre Aufträge gekommen sind. Und Sie, Frau Lehmann, kippen Sie mir bloß nicht um! Sie sehen nicht gerade gesund aus – wir brauchen Sie hier, also fahren Sie jetzt nach Hause und legen sich ins Bett, damit Sie morgen einsatzfähig sind.«

Solche Worte aus Strassers Mund hatten definitiv Seltenheitswert. Julia nickte verblüfft, er lächelte ihr kurz zu und machte dann eine Kopfbewegung zur Tür hin. Die Audienz war beendet, sie durften gehen.

Noch ein kurzer Blick in ihr Büro – der Laborbericht lag im Postfach. Julia winkte Stefan heran, so viel Zeit musste sein. »Schau dir das an: der Kuchen war tatsächlich mit Digitalis vergiftet. Da, die Dosis hätte dir und mir nicht den Garaus gemacht, aber der

Baron mit seinem kranken Herz hat den Kuchen nicht verkraftet.«

Stefan blickte hoch. »Das würde ja bedeuten, dass jemand den Baron ermordet hat, der ihn ziemlich gut kannte. Seine Herzprobleme hat er jedenfalls nicht an die große Glocke gehängt.«

»Nicht unbedingt. Einfach so weggesteckt hätte ein Gesunder den Kuchen wohl auch nicht. Vielleicht hat sich der Täter grundsätzlich vertan in der Dosierung, aber der Zufall hat ihm dann in die Hände gespielt. Das kann auch passiert sein, ohne dass er etwas über den Gesundheitszustand des Barons wusste. Vielleicht aber wollte der Täter ihn gar nicht töten, sondern nur erschrecken, doch durch die Herzprobleme ist er quasi aus Versehen gestorben?«

Sie lasen weiter.

»Oha – und hier: Sie haben ein eingebackenes Haar gefunden. Leider kann durch die Hitzeeinwirkung nicht mehr viel über die DNA festgestellt werden. Offenbar weiblich. Könnte vom Mörder stammen, muss aber nicht. Es kann theoretisch auch zufällig in den Kuchen geraten sein. Sie haben versucht einen Abgleich mit der Kartei zu machen, aber sie haben niemanden gefunden, zu dem das Haar passen könnte. Auch das ist allerdings nicht hieb- und stichfest, eben aufgrund der Hitze.«

Julia seufzte. »Irgendwie hilft uns das alles auch nicht wirklich weiter. Okay, wir können den Fokus auf Frauen legen. Aber ob das zwingend richtig ist, wissen wir auch nicht. Was, wenn ein Mann gezielt falsche Spuren legt? Ein Giftmord, der auf eine Mör-

derin schließen lässt, dazu ein eingebackenes Frauen-
haar. Es bleibt kompliziert.«

Kapitel 9

Julia fuhr langsam durch die Dunkelheit den Nördlichen Ringweg hoch bis zu ihrer Reihenhauswohnung. Sie hatte Jan eine kurze Nachricht geschrieben, dass sie sich hinlegen und auskurieren würde – was auch immer sie sich eingefangen hatte. Das Hühnchen lag ihr wie ein Stein im Magen, der Kaffee, den sie über den Nachmittag verteilt getrunken hatte, putschte sie auf. Kurz gesagt: Die kommende Nacht würde keine ruhige werden.

Sie stellte das Auto in die Garage und lief die wenigen Schritte zur Haustür. Sie fühlte sich gerädert und zerschlagen, gleichzeitig hellwach durch das Koffein. Leo begrüßte sie aufgeregt maunzend und forderte sein Abendessen ein. Widerstrebend bückte Julia sich, streichelte ihrem Kater kurz über sein schwarzweiß geschecktes Fell und öffnete ihm dann eine Dose mit Katzenfutter. Das blecherne Geräusch ließ Leo regelrecht ausrasten, er miaute immer aufgeregter, sprang auf einen Küchenstuhl, wieder auf den Boden zurück, schubste Julias Beine und wurde erst wieder ruhig, als das Schüsselchen mit Nassfutter vor seiner Nase stand. Julia lächelte, als er sich darüber hermachte, als hätte er drei Tage nichts gefressen. Kein Wunder, dass Leo so kugelrund war – bei den Mengen, die er vertilgte.

Sie wusch sich flüchtig die Hände und langte nach dem Küchenhandtuch, das neben der Spüle hing. In diesem Moment klingelte es an der Haustür. Julia zog überrascht die Augenbrauen hoch. Sie erwartete keinen Besuch, und selbst wenn Jan käme, um nach dem Rechten zu sehen – er hatte mittlerweile schon längst einen Wohnungsschlüssel. Widerstrebend lief sie zur Haustür, trocknete sich unterwegs die Hände an dem mitgenommenen Handtuch ab. Als sie öffnete, fiel ihr vor Überraschung die Kinnlade nach unten.

»Kindchen, wie schön, dich zu sehen!«

Julias Mutter stand vor ihr, über das ganze Gesicht strahlend. Hinter ihr, mit einer etwas zurückhaltenderen Mimik, stand Julias Vater. Er zeigte ein eher verlegenes Grinsen.

»Wir wollten dich überraschen – das ist uns offensichtlich gelungen. Dürfen wir hereinkommen?«

Julia trat wortlos einen Schritt zur Seite. Während ihre Mutter voller Elan ins Haus eilte, kam deren Mann langsamer hinterher. Sein Blick traf sich mit Julias erstauntem Blick, und er erklärte lapidar:

»Wir haben deinen Bruder in Dresden besucht, die Enkel gehütet. Und da dachten wir, auf der Heimfahrt könnten wir bei dir eine Kaffeepause machen.«

Klar. Sie wären niemals zu Julia gekommen, wenn es nicht auf irgendeinem Weg läge. Wenn sie extra zu ihr fahren müssten. Das Verhältnis zwischen ihnen war mehr als gestört, seit Julia und Bernd sich getrennt hatten. Bernd, der Vorzeigeschwiegersohn. Bernd, der Tolle. Wie oft hatte sie sich schon während ihrer Ehe von ihren Eltern anhören müssen, dass sie froh und dankbar sein durfte, diesen Mann erwischt zu haben. Und als Bernd dann seine Sekretärin geschwängert hatte, war das selbstverständlich nicht seine Schuld gewesen, sondern die von Julia.

»Hättest du ihm ein Kind geschenkt, dann wäre es nie so weit gekommen. Es ist doch klar, dass so ein Mann irgendwann Kinder haben will. Und wenn er sie nicht mit dir bekommt, dann eben mit einer anderen Frau«, klangen die Worte ihres Vaters noch immer in Julias Ohren nach. Wie sehr sie selbst darunter litt, dass sie nicht schwanger werden konnte, das spielte keine Rolle für ihre Eltern. Sie hatten Julia nicht verziehen, dass sie Bernd offensichtlich in die Arme einer anderen Frau getrieben hatte. Und Julia hatte ihnen nicht verziehen, dass Bernd ihren Eltern wichtiger war als die eigene Tochter. Daher sahen sie sich kaum noch, seit Julia nach Bayreuth versetzt worden war. Bayreuth war die Stadt ihrer unbeschwerten Kindheit und Jugend, sie war damals nur widerstrebend mit ihren Eltern nach Nürnberg gezogen, als ihr Vater dort einen hoch-dotierten Posten angeboten bekam. Und dort geblieben war sie nur wegen Bernd …

Egal, das war abgeschlossen. Sie fuhr zu den Geburtstagen ihrer Eltern dorthin, sonst nicht. Und sie lud ihre Eltern nicht zu sich ein. Das letzte Treffen war im Mai gewesen. Und Julia hatte nichts vermisst seither.

Versteinert folgte sie ihren Eltern in die Wohnung. Julias Mutter war bereits ins Wohnzimmer gestürmt, wo sie sich neugierig umsah.

»Das ist ja traumhaft geschnitten – und sehr geschmackvoll eingerichtet. Das hätte ich dir gar nicht zugetraut, Juli. Und dein schreckliches Instrument ist weg – endlich bist du vernünftig geworden. Gerhard, schau doch nur, ist das nicht hübsch hier?«

Bevor ihr Vater antworten konnte, fauchte Julia schon los:

»Mutter, kannst du deine verletzenden Bemerkungen bitte für dich behalten? Falls es dich interessiert: ich habe einen extra Musikraum, in dem mein Saxophon steht. Und nenn mich nicht Juli! Das habe ich euch schon ein paarmal gesagt. Das war Bernds Ding mit der Juli, und Bernd ist passé.«

Auch jetzt noch zog sich ihr Magen schmerzhaft zusammen, wenn sie Juli genannt wurde. Was aber außer ihren Eltern niemand machte. Sie wussten nicht, wie der Name entstanden war, sie hatten ihn einfach übernommen. Julia wusste es noch, und es tat immer noch weh. Nach ihrer ersten gemeinsamen Nacht war es gewesen, als Bernd ihr ins Ohr geflüstert hatte: »Oh mein Gott, du bist heißer als die Julisonne. Du bist der Juli, der nur mir gehört.« Sie wollte nicht mehr daran erinnert werden. Bernd war erledigt. Sie hätte niemals mehr zu ihm zurückgewollt. Bernd selbst war ihr mittlerweile gleichgültig geworden. Sollte er mit seiner Sekretärin und dem Kind glücklich werden, es war ihr egal. Julia hatte Jan, und sie liebte ihn und vertraute ihm. Aber der Name Juli war trotz allem wie ein Messerstich in ihren Bauch.

Julias Vater räusperte sich verlegen, dann setzte er sich aufs Sofa. Julia seufzte resigniert. Sie würde ihre Eltern nicht hinauswerfen können, daher stellte sie sich auf einen anstrengenden und nervenzermürbenden Abend ein.

»Ich koche euch Kaffee«, seufzte sie und eilte in die Küche. Das Nächste, was sie aus dem Wohnzimmer hörte, war ein spitzer Schrei ihrer Mutter. Sofort war ihr klar, was geschehen war. Und tatsächlich, als sie ins Wohnzimmer eilte, strich ein begeisterter Leo um die Beine der Besucher.

»Was um Himmels Willen soll das denn sein?«, fragte Julias Mutter pikiert. Ihr Mann versuchte sie zu beruhigen:

»Traudl, reg dich nicht auf, das ist doch nur eine Katze.«

»Ja, nur eine Katze. Ihr wisst genau, dass ich keine Tiere mag.« Sie versuchte vor Leos Zuwendungen zurückzuweichen und begann einen eigenartigen Tänzelgang. Leo ging bereitwillig auf das neue Spiel ein und folgte ihr Schritt um Schritt.

»Mutter, vielleicht ist das ja auch einer der Gründe, warum ich euch nicht zu mir einlade. Tut mir leid, aber ich mag Tiere.«

»Steck ihn raus, Julia«, brummte ihr Vater unwillig. Er wollte einfach in Ruhe eine Tasse Kaffee trinken und Julia sagen, was ihm am Herzen lag. Da brauchte es keinen aufdringlichen Kater. Aber Julia schüttelte energisch den Kopf.

»Nein, Vater. Das werde ich nicht machen. Er war den ganzen Tag über draußen, ich bin auch vorhin erst heimgekommen. Und es ist kalt. Ihr seid unangemeldet hier aufgekreuzt, also müsst ihr damit klarkommen, dass Leo innen ist. Was wollt ihr überhaupt?«

»Erst mal einen Kaffee.«

Wütend drehte Julia sich um und stapfte zurück in die Küche, wo sie Geschirr aus dem Schrank holte und auf den Wohnzimmertisch knallte. »Milch und Zucker?«, fragte sie eisig. Ihre Eltern schüttelten die Köpfe.

»Juli, das müsstest du eigentlich wissen«, bemerkte ihre Mutter. Julia war sich sicher, dass der Spitzname absichtlich verwendet worden war. Sie holte den Kaffee, wobei sie in der Küche eine kurze Pause machte und langsam bis zehn zählte. Hätte sie nur nicht zu Jan gesagt, dass sie sich auskurieren wollte! Wäre sie doch nur zu ihm gefahren anstatt in ihre eigene Wohnung! Sie wusste, das war lächerlich. Sie wäre trotzdem nach Feierabend zuerst hierher gefahren, um Leo zu versorgen. Sie wäre ihren Eltern so oder so in die Arme gelaufen. Aber warum zum Henker waren die beiden hier? Tief durchatmend nahm sie die Kaffeekanne und ging zurück in die Höhle des Löwen.

Ihr Vater stieß die Luft zufrieden aus, als er die Tasse mit dem dampfenden Gebräu in die Hand nahm. Es erfüllte Julia mit leiser Genugtuung, dass er diesen Genuss wohl mit einer unruhigen Nacht würde bezahlen müssen – ihr Kaffee war grundsätzlich immer um einiges stärker als das, was ihre Eltern zu trinken pflegten. Sie selbst schob das Wissen um ihren verkorksten Magen zur Seite und schenkte sich ein Glas Rotwein ein, was Julias Mutter veranlasste, die Augenbrauen missbilligend hochzuziehen.

»Alkohol unter der Woche, einfach so? Juli, ich muss schon sagen, das finde ich befremdlich. Hast du ein Problem?«

›Ja, dass ihr hier seid‹ – manche Dinge sprach man einfach nicht laut aus, aber sie standen auch so im Raum.

»Also gut, was ist los? Warum seid ihr hier?« Vielleicht ließ sich dieser Abend ja irgendwie verkürzen, wenn man jetzt mal auf den Punkt brachte, worum es ging.

Julias Mutter trank noch einen hastigen Schluck, dann legte sie los:

»Stell dir vor, wen wir letzte Woche zufällig getroffen haben – deinen Bernd!«

Julias Begeisterung hielt sich in Grenzen und äußerte sich in einem gebrummten »Aha.«

»Der Ärmste, sie haben sich getrennt.«

Nein, so sehr Julia auch in sich hineinhörte, diese Neuigkeit löste bei ihr nichts aus.

»Julia – sie haben sich getrennt. Er ist wieder frei. Und er hat gesagt, dass er sehr bedauert, dass eure Ehe in die Brüche gegangen ist.«

Julia angelte sich ihr Glas, leerte es jedoch nicht. Vielmehr lehnte sie sich in ihrem Sessel weit zurück, zog die Füße nach oben, spielte mit dem Weinglas, drehte es gedankenverloren zwischen den Fingern. Sie überlegte sorgsam, bevor sie antwortete:

»Mutter, versteh mich bitte richtig: Ich bedauere das auch. Aber angesichts der Begleitumstände, die zu unserer Scheidung geführt haben, bereue ich nicht im Geringsten, dass ich nicht mehr mit ihm verheiratet bin. Es ist sehr schade, dass es so weit gekommen ist. Aber das ist längst abgehakt und vorbei. Ich wünsche ihm, dass er sein Glück findet. Ich bin jedenfalls glücklich ohne ihn.«

Julias Vater stellte die Tasse klirrend zurück auf den Tisch. »Kind, wie kannst du so reden? Bernd war so ein Glücksgriff für dich. Und wenn er auch nur im

Geringsten mit dem Gedanken spielt, das Rad der Zeit zurück zu drehen, dann solltest du diese Gelegenheit beim Schopf packen.«

Jetzt nahm Julia doch einen Schluck Wein und verdrehte genervt die Augen, bevor sie antwortete.

»Immerhin war er es, der seine Sekretärin gevögelt hat. Und nebenbei bemerkt: Ich liebe ihn nicht mehr. So was soll passieren. Also lasst mich in Ruhe mit dem Thema.«

Ihre Mutter schüttelte energisch den Kopf.

»Wir wollten dich für den nächsten Sonntag zu uns einladen. Mittagessen und Kaffee, ich mache Rouladen. Die magst du doch so gern. Und danach eine leckere Torte.«

Nein, es war nicht Julia, die Rouladen liebte. Es war Bernd, und das wussten alle im Raum. Julia spürte, wie ihr Kiefergelenk anfing zu mahlen. Aber jetzt war nicht der richtige Zeitpunkt für Entspannungsübungen.

»Lasst mich raten – Bernd habt ihr auch eingeladen?«

Julias Mutter errötete leicht, und sie hob schnell die Kaffeetasse, um ihre Verlegenheit zu verbergen. Es war Gerhard, der antwortete.

»Julia, sieh es doch als Chance, die das Universum dir schenkt. Was wäre denn so verkehrt daran, wenn ihr euch in Ruhe aussprecht und es nochmal miteinander probiert?«

Einen kurzen Moment lang war Julia versucht, ihren Eltern von Jan zu erzählen. Dem Mann, den sie liebte. Und der sie liebte. Der niemals etwas mit einer anderen anfangen würde. Nicht mit einer Sekretärin, nicht mit einer anderen Kollegin, nicht mit einer Betreuerin der Tigers. Der Julia so liebte, wie sie war. Nein! Das ging ihre Eltern nichts an. Julia hatte keine Lust mehr, sie teilhaben zu lassen an ihrem Leben. Daher ließ sie ihre Beziehung zu Jan außen vor und erklärte nur:

»Also passt auf, noch einmal für eure Akten. Was Bernd gemacht hat, ist für mich unverzeihlich. Nicht in dem Sinne, dass ich mit ihm nie mehr was zu tun haben will. Aber sehr wohl in dem Sinne, dass ich mit einem Mann, der fremdgeht, keine Beziehung haben könnte oder wollte. Ihr könnt ihn gerne zu euch einladen, wann immer ihr wollt. Aber lasst eure Kuppelei bleiben, das zieht bei mir nicht. Er war nicht so ein Glücksgriff, wie ihr immer tut. Ihr kennt nur die Schokoladenseiten von Bernd. Aber er kann auch anders. Und das will ich mir nicht mehr geben. Danke für die Einladung, aber ich hab schon was vor. Und wenn ihr mich nächstes Mal einladen wollt, dann bitte wegen mir und nicht wegen Bernd.«

»Julia!« Ihre Mutter war ehrlich empört. »Du trittst dein Glück mit Füßen. Wie kannst du da nur so stur sein? Wir wollen doch nur, dass du glücklich bist.«

Julia seufzte, mit einem Mal fühlte sie wieder Übelkeit aufsteigen. Schnell stellte sie ihr Weinglas ab, ihr Atem ging flach.

»Mutter, ihr wisst so gut wie nichts über mich. Woher wollt ihr wissen, ob ich glücklich bin oder was mich glücklich macht?«

Ihr Vater brummte: »Du warst glücklich, bevor du so einen Scherbenhaufen aus deiner Ehe gemacht hast.«

Die Worte hingen wie Eisbrocken in der Luft, es stieg sauer in Julias Speiseröhre hoch, sie sprang auf und schaffte es gerade noch auf die Gästetoilette, wo sie sich würgend übergab. Reis, Curry, Lassi und Wein bahnten sich ihren Weg nach oben, kalter Schweiß brach aus und perlte in winzigen Tröpfchen auf Julias Stirn. Während sie zitternd versuchte, ihren Körper unter Kontrolle zu bekommen, hörte sie, dass die Haustür ging. Konnte das wirklich sein? Fuhren ihre Eltern ab, ohne sich zu verabschieden? Julia war nicht böse darum. Sie wollte einfach nur ihre Ruhe haben, sich auskurieren, nicht Rede und Antwort stehen müssen. Fröstelnd blieb sie vor der Schüssel hocken, versuchte sich wieder zu fassen. Schließlich hatte sie das Gefühl, es sei ihr halbwegs gelungen, sie stand auf, wusch ihr Gesicht und die Hände mit eiskaltem Wasser, spülte das Erbrochene hinunter in die Kanalisation, verließ den winzigen Raum – und blieb abrupt stehen. Aus dem Wohnzimmer drangen aufgeregte Satzfetzen ihrer Mutter in den kleinen Hausflur, dazwischen unverkennbar Jans tiefer Bass. Nicht ihre Eltern waren gegangen, sondern er war gekommen! Julia wurde von warmem Glücksgefühl durchflutet. Jan war da. Er würde ihr beistehen, er würde ihre Eltern an die Luft setzen, wenn sie das nicht schaffte. Sie hörte die leicht hysterisch klingenden Worte ihrer Mutter:

»Wie sind Sie überhaupt hier herein gekommen? Und was wollen Sie hier? Wie können Sie einfach so in ein Familientreffen platzen?«

Und Jans Antwort, zwar leicht irritiert, aber doch ruhig:

»Wissen Sie, ich habe meinen Schlüssel benutzt und die Haustür aufgesperrt. Wie immer, wenn ich hier herein komme. Und ich wollte nach Julia sehen, weil sie leicht angeschlagen ist. Wo ist sie denn überhaupt?«

»Sie hat uns einfach hier sitzen gelassen und ist hinaus gestürmt. Das war ja schon immer ihr Ding, vor Problemen davonlaufen.«

Julia holte noch einmal tief Luft, dann öffnete sie schwungvoll die Wohnzimmertür und ging hinein. Jan stand mitten im Raum, Julias Eltern waren ebenfalls aufgestanden und starrten ihn feindselig an. Mit zwei schnellen Schritten war Julia bei ihm und schmiegte sich an den Trainer.

»Jan, wie lieb, dass du gekommen bist! Als hättest du geahnt, dass ich hier etwas Beistand gebrauchen könnte.«

Er lächelte sie an, aber sie kannte ihn gut genug. Er war verwirrt über das Szenario, das ihn hier überfallen hatte – auch wenn er seine Unsicherheit gekonnt überspielte.

»Hallo Lieblingskommissarin. Was ist denn mit dir passiert? Sei mir nicht böse, aber du siehst schrecklich aus. Alles okay?«

Julia lächelte schwach. »Zumindest ist mein Magen jetzt leer. Ich muss mir einen Virus eingefangen haben. Und ihr beiden« – damit wandte sie sich an ihre Eltern – »Ihr könnt wirklich von Glück reden, dass ihr mich überhaupt hier erwischt habt. Wenn ich gesund wäre, dann wäre ich nämlich heute Abend direkt zu Jan gefahren und ihr hättet eine verschlossene Haustür als Ansprechpartner gehabt.«

Ihre Mutter blickte so wütend zu Jan hinüber, als sei er der Teufel höchstpersönlich. »Hast du uns nichts zu sagen? Wer, um Himmels Willen, ist denn dieser Kerl?«

»Dieser Kerl, wie du es ausdrückst, ist mein Lebensgefährte Jan Keller. Und nein, eigentlich habe ich euch gar nichts zu sagen, außer dass ich am Sonntag nicht nach Nürnberg fahren werde. Nebenbei bemerkt bin ich nicht vor Problemen davongelaufen, das ist nicht meine Art. Doch wenn ihr unangekündigt hier hereinplatzt und ich gerade mit einem Magen-Darm-Virus zu kämpfen habe, dann setze ich meine Prioritäten eben so, dass ich auf meinen Magen höre. Aber das interessiert euch ja nicht, es war euch ja schon immer egal, wie es mir geht. Hättet ihr mich einmal genau angesehen, dann hättet ihr genau das bemerkt, was Jan sofort aufgefallen ist. Nämlich dass ich aussehe wie der Tod von Forchheim. Was soll's, ich hab nichts anderes erwartet. Jan, falls du es noch nicht bemerkt hast – das sind meine Eltern, Traudl und Gerhard Lehmann.«

Jan nickte den beiden kurz zu und hielt Julias Mutter die Hand hin, was diese geflissentlich übersah. Julia dagegen schmiegte sich für einen kurzen Moment lang noch etwas näher an ihn, dann lief sie schnell in die Küche, um ihm eine Tasse zu holen. Vor der offenen Schranktür zögerte sie und ließ den Blick über das Sammelsurium von Motivtassen gleiten, das den Schrank bevölkerte. Eigentlich hätte sie Jan die Tigers-Tasse in die Hand gedrückt, aber sie wollte ihren Eltern so wenig Informationen wie möglich preisgeben. Schließlich holte sie demonstrativ eine Tasse mit großen Herzen heraus, während ihr unglaublich viele Gedanken gleichzeitig durch den Kopf jagten. Die Erinnerung an den ersten Kaffee, den Jan im Spätsommer auf ihrer Terrasse getrunken hatte – heiß und süß wie die Liebe, hatte er gesagt und ihr damit das Blut in die Wangen getrieben. Welch ein Irrsinn, sich in einen Tatverdächtigen zu verlieben! Die unschöne Trennung von Bernd, ihre wilde Entschlossenheit, nach der Scheidung wieder ihren Mädchennamen Lehmann anzunehmen. Und wie schnell hatte sie das bereut, als die ersten Demütigungen seitens ihrer Eltern anklangen. Ihre Erleichterung darüber, dass Jan jetzt hier erschienen war und ihr den Rücken stärkte. Und vor allem: Jan hatte nicht nachgefragt, nicht gezweifelt, als Traudl von einem Familientreffen gefaselt hatte. Bernd hätte in derselben Situation mit Sicherheit eine Szene gemacht, dass Julia ihn angelogen hätte, um ihn nicht dabei zu haben. Jan dagegen zweifelte weder an ihr noch an ihren Gefühlen ihm gegenüber. Das Herz wurde ihr warm, sie ging zurück ins Wohnzimmer und schenkte ihm Kaffee ein. Mittlerweile hatten sich alle hingesetzt, ihre Eltern saßen stocksteif auf dem großen Sofa, während Jan Julias Sessel einnahm, die langen Beine weit ausgestreckt, Leo war sofort auf seinen Schoß gesprungen und ließ sich von ihm ausgiebig knuddeln. Julia setzte sich mangels anderer Sitzgelegenheit auf die Sessellehne, Jan legte mit entwaffnender Selbstverständlichkeit den Arm um ihre Hüften. Es war Traudl anzusehen, wie sehr sie das störte.

»Juli, wir können rutschen«, bemerkte sie, aber der Befehlston verhallte irgendwo über dem Couchtisch.

»Danke, ich sitze sehr gut hier. Und nenn mich nicht Juli. Nächstes Mal, wenn du das machst, kannst du sofort gehen.«

Ihre Blicke kreuzten sich, ein stummes Kräftemessen, das Julia gewann. Ihre Mutter presste die Lippen zu einem dünnen Strich zusammen und sah ihren Mann auffordernd an.

»Also, Julia. Wir sind nicht hierhergekommen, um uns eine Abfuhr zu holen. Wie gesagt, wir erwarten dich am Sonntag zum Mittagessen«, ergriff ihr Vater das Wort. Julia lachte kurz und freudlos auf.

»Was genau habt ihr nicht verstanden an meiner Antwort vorhin? Ich habe andere Pläne fürs Wochenende, ich werde euch nicht besuchen kommen«, fauchte sie. Jan legte ihr beruhigend die Hand auf den Arm.

»Julia, wir können unsere Pläne gerne ändern und deine Eltern besuchen, wenn ihnen das so wichtig ist.«

Traudl blitzte ihn wütend an. »Entschuldigung, aber von Ihnen hat ja wohl niemand geredet. Juli, das kann nicht dein Ernst sein, dass du diesen Kerl unserem Berndi vorziehst!«

Mit einem Satz sprang Julia auf und riss schwungvoll die Tür ins Treppenhaus auf.

»So, und das war einmal Juli zu viel! Weder muss ich mir anhören, wie ihr Jan beleidigt, noch dass ihr mich Juli nennt. Und schon gar nicht brauche ich diese Verkuppelungsaktion mit Bernd. Er ist nicht mehr Teil meines Lebens und wird es nie mehr werden. Und euch wünsche ich eine gute Heimfahrt.«

Ihre Mutter schien nicht bereit, das Feld zu räumen. Gerhard Lehmann jedoch stand auf, zog sein Jackett zurecht und nickte seiner Frau zu.

»Komm, Traudl. Wir sind hier nicht erwünscht. Unglaublich, sie wirft die eigenen Eltern hinaus. Das müssen wir uns nicht gefallen lassen. Wir gehen freiwillig. Du weißt ja, wo du uns findest, wenn du wieder zur Vernunft kommst, Julia.«

Er stürmte hinaus, seine Frau folgte ihm wesentlich langsamer, schlüpfte umständlich in ihren Mantel und zögerte an der Haustür, drehte sich nochmals zu Julia um.

»Überleg es dir, Kindchen. Julia.« Das war eine Entschuldigung, und Julia wusste das. Sie zwang sich zu einem schwachen Lächeln. »Da gibt es nichts zu überlegen, Mutter. Ich liebe Jan.«

Julia blieb in der offenen Tür stehen, bis die Rücklichter um die Kurve verschwunden waren. Jan war hinter sie getreten und nahm sie in die Arme, wärmend und beschützend.

»Komm rein, nicht dass du dich noch erkältest.«

Sie nickte, wieder stieg es sauer und brennend in ihrem Hals hoch, sie rannte erneut davon und erbrach, bis nur noch Galle kam. Jan hatte geduldig von der Toilettentür gewartet, und als sie herauskam, hob er sie hoch und trug sie ins Schlafzimmer, ohne viel Federlesen zu machen.

»So, du ruhst dich jetzt endlich aus. Und ich koche dir einen Kamillentee, oder willst du was anderes? Und wenn du magst, kannst du mir ja später erzählen, was das für ein gespenstischer Auftritt war.«

»Rinderbrühe. Ich hätte gerne Rinderbrühe. Im Schrank über dem Herd sind Brühwürfel.«

Er zog die Stirn in Falten. »Bist du dir sicher, dass du die verträgst?«

Julia lächelte. »Ja, das wird mir auf die Beine helfen, garantiert.«

Sie hörte Jan in der Küche rumoren, und der Appetit auf die Brühe ließ ihr das Wasser im Mund zusammenlaufen. Sie konnte es kaum erwarten, seine Schritte auf der Treppe zu hören. Seufzend zog sie sich aus und schlüpfte in einen karierten Flanellschlafanzug, eines ihrer Lieblingsteile. Sie wusste, Jan würde sie wieder damit aufziehen, aber das war ihr egal.

Endlich kam er zurück, stellte die dampfende Tasse auf den Nachttisch und legte eine CD von Abdullah Ibrahim ein. Julia fühlte sich geborgen und gewärmt, sie nippte an der Brühe und strahlte ihn an.

»So, viel besser. Danke! Ich war völlig überrollt von diesem Überraschungsbesuch. Bernd und seine Tussi haben sich wohl getrennt, und meine Eltern haben einen Narren an der Idee gefressen, mich wieder mit ihm zusammen zu sehen. Ich bin so froh, dass du hier aufgetaucht bist.«

Jan grinste spitzbübisch und nahm sie wieder in die Arme.

»Als hätte ich es geahnt. Du erzählst nie von deinen Eltern, ihr versteht euch nicht gut?«

»Nein, das tun wir nicht. Und das wird sich auch nicht mehr ändern. Ihrer Meinung nach bin ich daran schuld, dass Bernd mich betrogen hat. Das muss ich mir nicht antun. Ich denke nicht, dass sie noch mal hier auftauchen.«

»Okay, dann sind sie es nicht wert, dass wir über sie reden. Was macht dein Magen?«

»Viel besser.«

»Und dein Fall?«

Julia seufzte. »Nicht gut. Wir dümpeln auf der Stelle. Ich muss den Mörder des Barons finden, sonst werde ich verrückt. Ich bin es ihm schuldig. Und seiner Freundin.«

»Du wirst ihn finden, da bin ich mir sicher. Aber zuerst wirst du mir gesund, okay?«

Sie nickte und kuschelte sich in seine Armbeuge. »Versprochen. Bleibst du hier?«

»Na klar. Meinst du echt, ich würde dich allein lassen, wenn du krank bist?«

Kapitel 10

Mittwoch

Am nächsten Morgen erwachte Julia, wie schon so oft, durch das Babygeschrei nebenan. Heute allerdings machte es ihr nichts aus, sie spürte Jan dicht neben sich, lauschte seinen gleichmäßigen Atemzügen, atmete seinen Duft ein. Ihr Magen war wieder friedlich, sie selbst fest entschlossen den Mörder zu finden. Gott, das Universum oder wer auch immer hatte andere Pläne mit Julia als so zu werden wie die Nachbarin. Sie würde das akzeptieren, und zum ersten Mal seit vielen Jahren war da weder trotziges Aufbegehren noch wütende Trauer in ihr. Verwundert überlegte sie, woher dieser plötzliche Sinneswandel kam, doch sie konnte es sich nicht erklären. Vielleicht lag es einfach daran, dass sie verinnerlicht hatte, wie gut es ihr ging? Sie hatte einen Mann gefunden, den sie liebte und der diese Liebe aufrichtig erwiderte. Das war mehr, als sie vor einem Jahr zu hoffen gewagt hätte. Kein Grund zum Hadern, kein Grund für Depressionen. Fünf Minuten noch, dann würde sie aufstehen und Kaffee kochen …

Beim Frühstück sprachen sie noch einmal den gestrigen Tag durch. Auch wenn Julia nicht ins Detail gehen durfte, was den Fall betraf, tat es ihr doch gut, Jans Meinung zu hören. Er als Außenstehender hatte oft eine überraschende Sicht der Dinge, was wiederum Julia half, den Mord ebenfalls aus einer anderen Perspektive zu betrachten. Als sie erzählte, dass sie im Rathaus gewesen waren, musste Jan lächeln.

»Ihr verdächtigt aber nicht Burgmüller, oder?«, wollte er wissen.

»Jan, aktuell verdächtigen wir jeden. Wir haben keine heiße Spur, also müssen wir in alle Richtungen ermitteln. Das hat ausnahmsweise sogar Strasser eingesehen. Rathaus, Baubranche, nicht einmal bei seinen Schülern und Studenten können wir sicher sein, dass keiner ihm Böses wollte.«

»Seine Freundin?«

»Die war zur Tatzeit gar nicht in Deutschland, sie scheidet aus.«

Jan grinste breiter. »Vielleicht hat sie einen Auftragskiller engagiert?«, scherzte er.

Jetzt musste auch Julia lachen. »Jan, wenn ich viel glaube – aber das nicht. Die alte Dame trauert ehrlich.«

»Oder sie schauspielert«, kam die lapidare Antwort.

Julia trank ihren Kaffee aus und erhob sich. »Bevor du mir da einen Floh ins Ohr setzt, gehe ich lieber. Ich habe einen Mörder zu fassen.«

Besorgt musterte er sie. »Bist du dir sicher, dass du wieder fit bist?«, wollte er wissen. Julia nickte. Eine ausgedehnte Umarmung, noch einmal seine Wärme und seinen Duft spüren, dann machte sie sich energisch los und schlüpfte in ihren Anorak. Leo sauste zur Haustür und maunzte auffordernd, und als sie öffnete, war er blitzschnell im Gebüsch verschwunden. Tief atmete Julia die eisige Luft ein. Auf der Straße glitzerte Reif, ihr Atem stand als kleine Wolke vor ihrem Gesicht. Es roch nach Schnee, und Julia war froh darum, dass Jan heute Abend wiederkommen wollte. Wenn sie etwas wirklich hasste, dann war das Schneeschippen. Er würde ihr das abnehmen, ohne überhaupt zu fragen. Kurz entschlossen drehte sie sich noch einmal um, sperrte die Haustür auf und lief hinein. Jan stand in der Küche und räumte gerade das Frühstücksgeschirr weg, in wenigen Minuten würde auch er losfahren. Erstaunt zog er die Augenbrauen hoch, als er seine Freundin bemerkte.

»Lieblingskommissarin, was ist denn los, hast du was vergessen?«

Sie schmiegte sich an ihn. »Ja, hab ich. Wir wollten doch gestern Abend über eine gemeinsame Wohnung reden. Wie schnell kannst du deine kündigen?«

Jan strahlte über das ganze Gesicht, als er das hörte. »Und hier einziehen? Oder willst du, dass wir was ganz anderes suchen?«

»Nein, das ist wirklich Quatsch. Du hattest Recht – meine Wohnung ist wahrlich groß genug für uns beide. Ich freu mich drauf. Und wenn du einen Rückzugsort nur für dich möchtest, dann steht ja der komplette zweite Stock leer.«

»Rückzugsort? Da hab ich noch gar nicht drüber nachgedacht. Ich will nur meinen Schaukelstuhl im Wohnzimmer haben, alles andere ist für mich nebensächlich. Aber eine Bitte habe ich: Lass uns das alles ganz genau besprechen, sobald du deinen Mörder gefasst hast. Denn vielleicht wäre es ja wirklich eine Option, beide Wohnungen zu kündigen und irgendwo anders ganz von vorne anzufangen.«

»Okay, sobald der Fall gelöst ist, klären wir das mit der Wohnung.«

Er küsste sie leidenschaftlich, bis sie sich schließlich mit einer ruckartigen Bewegung von ihm löste.

»Jan, ich muss zur Arbeit, tut mir leid.«

Sein Grinsen verriet, dass er ähnliche Gedanken gehabt hatte wie sie selbst, aber heute konnte sie sich keine Verspätung erlauben.

Eine halbe Stunde später saß sie leise vor sich hin summend an ihrem Schreibtisch, die Nase in die Vernehmungsprotokolle von gestern gesteckt. Sie studierte die Aussagen aller Schüler und Studenten, die Stefan befragt hatte und umgekehrt ihr Kollege die ihrigen.

»Nichts, einfach überhaupt nichts«, stöhnte sie irgendwann genervt. Die Befragung der Schüler und Studenten hatte tatsächlich nicht einmal den Hauch einer neuen Erkenntnis gebracht, wenn man von den Namen einiger Baulöwen absah, die sie ebenso hätten googeln können. Schlagartig stieg schaler Kaffeegeschmack in ihr hoch, und ihr wurde erneut flau im Magen.

»Mist, ich habe gedacht, mein Magen wäre wieder fit.«

»Hast du was gefrühstückt, oder wieder nur deinen Kaffee in dich rein geschüttet?«, zog Stefan sie auf.

»Hast ja Recht – ich glaub, ich hab noch Knäckebrot in der Schublade.«

Julia ging auf Tauchstation, fand tatsächlich eine Tupperdose und begann zu knuspern. Langsam beruhigte sich ihr Innenleben wieder.

»Okay, wie sieht es im Rathaus aus? Hast du da was rausgefunden?«, fragte sie kauend.

Stefan seufzte und schob ihr einen Stoß Protokolle hinüber.

»Was willst du denn hören? Dass so gut wie niemand den Baron ausstehen konnte? Die einzige Ausnahme heißt Nina Fürst, hab ich gestern ja schon gesagt, und wenn du mich fragst, passt die besser zu seinen Studenten als ins Rathaus. Das war diese kleine Blonde, die so öko ausschaut. Hab ich ja gestern schon erzählt. Lange blonde Haare, zu Rastazöpfen geflochten. Grün/rot geschecktes Filzkleid, Wanderschuhe.«

Julia nickte. Die junge Frau war auch ihr aufgefallen, weil sie optisch so gar nicht in die Runde der Stadträte passen wollte.

»Was weißt du über sie? Kandidiert die nicht sogar für die Bürgermeisterwahl?«, fragte sie nach.

»Stimmt. Parteilos, aber keineswegs planlos. Sie will eine E-Bahn quer durch die Innenstadt, um die Fußgängerzone attraktiver zu machen. Und sie will Bayreuth zur radfahrerfreundlichsten Stadt Deutschlands machen. Und wenn du mich fragst: Mit dem Baron als Verbündetem hätte sie gute Chancen gehabt, an Burgmüllers Stuhl zu sägen. Jetzt allerdings … Sie hat erzählt, dass sie sich gut mit Streibau verstanden hat. Sie waren wohl sogar ab und zu gemeinsam beim Spiro zum Essen. Das hat ja Rositta bereits vorab bestätigt. Aber ansonsten hat sie nichts Neues gesagt. Nur, dass der Baron fast allen Stadträten ein Dorn im Auge war, weil er einfach sämtliche Projekte blockiert oder verzögert hat mit seinen Demos. Sie schien mir ehrlich betroffen über seinen Tod zu sein.«

116

Julia nickte. »Dann liegt es ihr am Herzen, dass der Mord aufgeklärt wird. Und darum sollten wir noch mal mit ihr reden. Vielleicht kann sie uns helfen, vielleicht fällt ihr noch irgend etwas ein. Und wir können ein wenig Hilfe wirklich brauchen.«

Sie verschluckte sich an einem Krümel, musste husten und sprang dann plötzlich auf, um zur Toilette zu rennen. Der Husten hatte Brechreiz im Schlepptau.

Als sie wenig später auf den Gang trat, lief ihr Strasser über den Weg. Er musterte sie besorgt – eine Regung, die sie an ihm überhaupt noch nicht kannte.

»Frau Lehmann, machen Sie uns bloß nicht schlapp!«

Julia rang sich ein schwaches Lächeln ab.

»Keine Sorge, ich hatte mich nur verschluckt. Eigentlich ist mein Magen wieder okay, nur noch etwas empfindlich. Erst kommt der Mörder, dann der Arzt.«

Strasser zog eine Augenbraue hoch. »Wissen Sie, ich brauche Sie für die Ermittlungen. Aber wenn es Ihnen nicht gut geht, ist es besser, Sie kurieren sich erst einmal aus, bevor Sie mir noch die halbe Belegschaft infizieren.«

Sie winkte ab. »Nein, nein. Es geht schon. Wie gesagt, ich habe mich nur verschluckt. Keine Sorge – wir werden den Mörder schon schnappen.«

Eilig lief sie zurück in ihr Büro, wo ihr Beinahe-Ruheständler Walter schon auf sie wartete.

»Morgn, ich hab a weng wos rausfundn, des euch interessiern werd: Zuerst amoll zu eurer Inge Brambach, des stimmt. Sie war in der Türkei. Am 28.12. issa higflong und gestern mit der ersten Maschin zurück auf Närnberch. Aber der Rest wird indressand:

Also, der Baron hat an Termin beim Notariat Pinzer ghabt, und die hammer gsochd, es gängerd wohl um sei Testament. Genaue wissns die aa ned, doch zwei Fagdn hab ich erfahrn. Erstens hat der Baron dort scho seit längerer Zeit a Testament hinterlecht, und da steht die Frau Brambach als Alleinerbin drin. Und dann – sitzt ihr gut? Die ham gsochd, sei Anwaltskanzlei wär die Kanzlei Schönbrunn in Aachich draußn. Ich bin natürlich higfohrn. Der zuständige Anwalt hat erschd ziemlich rumgadruggsd, aber weil mir in aaner Mordermittlung steckn, hat er dann doch rausglassn, was er waaß. Der Baron hat bei ihm ogrufn und gsochd, dass er ann Termin braucherd, weil er Anfang Februar zum Notar wollerd. Er wollt sein Testament ändern und hat wohl wörtlich gsochd: ›Stellen Sie sich vor, ich bin auf meine alten Tage noch Papa geworden, und da muss ich natürlich einiges ändern, bevor ich die Frau Brambach im Mai heirate.‹ Is des a Hammer oder is des a Hammer?«

Julia starrte ihn entgeistert an, Stefan schüttelte den Kopf.

»Streibau soll seine Freundin betrogen haben? Also, das kann ich mir beim besten Willen nicht vorstellen«, brummte er dann unwillig.

Walter grinste breit. »War wohl a olda Schwerenöter, eier Baron.«

»Nein, das war er mit Sicherheit nicht, sonst wäre da längst was durchgesickert. Vielleicht ein Ausrutscher? Wie auch immer, Frau Brambach war davon bestimmt nicht angetan«, murmelte Julia nachdenklich.

»Falls sie des überhaupt gwussd ham solld«, konterte Walter, immer noch feixend. »Und dann hätt sa gleich zwei Tatmotive habt: Einmal müsserd sa um ihr Erbe bangen, und zum anderen war sa bestimmt stinksauer aufern Baron.«

Julia starrte ihren Kollegen an. »Walter, das ist nicht dein Ernst, oder? Du glaubst tatsächlich, Inge Brambach hätte den Baron ermordet? Sie war nicht einmal in Deutschland! Und ich habe gesehen, wie sie getrauert hat.«

Jetzt mischte Stefan sich ein. »Julia, theoretisch hätte sie den Kuchen vor ihrer Abreise präparieren und ins Gefrierfach stellen können. Sie kannte mit Sicherheit die kulinarischen und auch sonstige Vorlieben des Barons. Also, ganz von der Hand zu weisen ist der Verdacht nicht. Ich bin neugierig, wie Strasser das sieht.«

Als wäre das sein Stichwort gewesen, riss der Staatsanwalt die Bürotür bis zum Anschlag auf und rauschte herein.

»Wie ich was sehe, Siems?«, wollte er wissen. Julia biss sich auf die Lippen, das war das Letzte, was sie gewollt hatte. Sie glaubte nicht daran, dass Streibaus Lebensgefährtin etwas mit seinem Tod zu tun hatte.

Widerstrebend erzählte Stefan, was sie gerade erfahren hatten. Auch er hätte es lieber gesehen, wenn sie handfestere Argumente hätten vorbringen können. Strasser war nur zu bekannt dafür, dass er stets schnelle Ergebnisse sehen wollte und dabei manchmal übereifrig war. Tatsächlich begann Strasser zu strahlen und schlug vor Begeisterung mit der flachen Hand auf den Schreibtisch.

»Sehr gut, sehr gut! So lobe ich mir das. Holen Sie die Dame zum Verhör, ich mache in der Zwischenzeit schon mal den Haftbefehl fertig. Und suchen Sie mir die Kindsmutter, das ist garantiert eine von den Studentinnen, die auf jeder Demonstration dabei waren.«

Walter Bauer mischte sich ein: »Also, ich hab am Standesamt nachgfrochd, da ist nix bekannt. Die Dame hat na Baron offensichtlich ned als Vater angehm.«

»Noch schlimmer – die Brambach weiß am Ende mehr als wir und kann gerade dabei sein, den nächsten Mord zu planen, während wir das Opfer noch gar nicht kennen. Bringen Sie die Alte sofort hierher!«

Julia schnappte nach Luft. »Herr Strasser, das kann nicht Ihr Ernst sein. Geben Sie mir etwas Zeit, um genauer zu recherchieren, ich bitte Sie.«

Doch bevor der nächste Streit zwischen ihr und ihrem Vorgesetzten entbrennen konnte, klingelte ihr Telefon. Unwillig nahm sie das Gespräch an, doch plötzlich weiteten sich ihre Augen, und sie machte Strasser ein Zeichen sich zu setzen.

»Ja, natürlich. Wir schicken sofort jemanden vorbei, Frau Brambach. Bitte fassen Sie bis dahin nichts an. Nein, das war genau richtig. Danke, bis gleich.«

Triumphierend drehte sie sich zu ihren Kollegen um.

»Das war Frau Brambach. Vor ihrer Haustür steht ein Topf, und dabei war ein Brief, an sie adressiert. Sie hat Angst, dass der Mörder jetzt versucht, sie ebenfalls zu vergiften.«

Strasser grinste selbstgefällig, stand ruckartig auf und schnarrte los:

»So, so – die Brambach meint also, sie kann ihren Kopf aus der Schlinge ziehen, indem sie sich einen verdächtigen Topf vor die Haustür stellt. Als ob das etwas am Haftbefehl ändern würde.«

Jetzt gingen Julia und Stefan gleichzeitig auf die Barrikaden.

»Herr Strasser, geben Sie uns mehr Zeit!«, fauchte Julia, und Stefan fügte hinzu: »Lassen Sie uns ermitteln, und ich verspreche Ihnen: Sobald wir glauben, dass sie wirklich die Mörderin ist, servieren wir sie Ihnen auf einem Silbertablett. Aber wir brauchen mehr, das ist alles zu dünn.«

»Papperlapapp! Sie fahren da jetzt hin und holen mir die Brambach her. Wir können es uns nicht leisten, die Mörderin des Barons frei herumlaufen zu lassen. Wer weiß, wer ihr nächstes Opfer ist? Vielleicht das unschuldige Baby? Oder die Kindsmutter? Bringen Sie die Frau hierher, und zwar flott!«

Ohne sich auf eine weitere Diskussion einzulassen rauschte der Staatsanwalt hinaus und knallte die Tür hinter sich zu. Während seine zackigen Schritte langsam auf dem Gang verhallten, stand Julia mit einem resignierten Seufzer auf und griff nach ihrem Anorak.

»Also los, Stefan. Du hast es ja gehört – er will sich und uns unbedingt in etwas hineinreiten, was nach hinten losgehen wird. Nie und nimmer ist Frau Brambach die Mörderin.«

In ihrem Hinterkopf jedoch pochte die Erkenntnis, dass auch Jan denselben Verdacht geäußert hatte. War sie selbst zu vernagelt, wollte sie der Wahrheit nicht ins Gesicht sehen?

Während der Fahrt nach Eckersdorf sprachen die beiden kein Wort. Stefan fuhr, Julia blickte gedankenverloren durch das Seitenfenster nach draußen. Die vorbeihuschende Landschaft erinnerte sie wieder daran, dass ihr Magen immer noch revoltierte, aber sie hatte sich so weit im Griff, dass Stefan nicht anhalten musste.

Erst als sie vor dem alten Sandsteinhaus bremsten, das von Inge Brambach bewohnt wurde, brummte Stefan: »Mensch Julia, ich glaub das doch auch nicht wirklich. Aber was ist, wenn Strasser Recht hat? Es stimmt ja, das Motiv wäre da. Die Gelegenheit auch. Wir müssen sie zumindest zum Verhör mitnehmen, ob uns das gefällt oder nicht. Das heißt ja nicht, dass wir den Fall schon abgeschlossen haben. Wir können ja weiterhin in alle denkbaren Richtungen ermitteln.«

Julia nickte. »Das sind wir den beiden schuldig, dem Baron selbst und ihr auch. Ich bin überzeugt, dass ihre Trauer nicht gespielt war. Nur, wie überzeugen wir Strasser?«

Achselzucken. »Das müssen wir der Brambach wohl selbst überlassen, ihn zu überzeugen. Jetzt komm erst mal.«

Sie stiegen aus, und jetzt erst bemerkte Julia, dass es angefangen hatte, ganz sacht zu schneien. Vereinzelte winzige Flocken tanzten herunter, landeten auf dem gefrorenen Boden, wo sie liegenblieben. Unwirklich kleine weiße Flecken, die erst mit der Zeit zusammenwachsen würden zu einer geschlossenen Decke. Auf der Motorhaube dagegen perlte der geschmolzene Schnee zu Wassertröpfchen, und ohne dass sie gewusst hätte, warum, machte dieser Anblick Julia wehmütig.

Die Verlobte des Barons stand schon an der offenen Haustür, sie hatte wohl das Motorengeräusch gehört.

Aufgeregt deutete sie auf einen kleinen Topf, der auf der Treppe stand.

»Guten Morgen! Hier, sehen Sie? Hier ist es.«

Stefan stülpte sich Einweghandschuhe über und sicherte die beiden Beweisstücke. Ein kurzer Blick in den Topf – der Inhalt sah nach Chili con Carne aus. Zwischen braunen Bohnen dümpelten Hackfleisch und ein paar Maiskörner in Tomatensoße vor sich hin. Alles war in der Januarkälte gefroren. Daneben ein Kuvert, worauf der Name Inge Brambach gedruckt war.

»Kommen Sie herein, ich habe gerade Tee gekocht«, freundlich hielt die alte Dame die Haustür für die beiden Beamten auf. Julia fühlte sich noch miserabler als eh schon bei der Vorstellung, dass diese Frau in Untersuchungshaft gesteckt werden sollte.

»Als ich vorhin zum Briefkasten gehen wollte, da bin ich fast über das Töpfchen gestolpert. Ich wollte hineinsehen, aber dann ist mir aufgegangen, dass das vielleicht vom Täter stammt, der mich jetzt auch um die Ecke bringen will. Ganz ehrlich: warum sollte mir jemand etwas zu Essen vor die Haustür stellen und nicht klingeln? Ich war doch seit gestern Abend ständig daheim. Und außerdem ist mir das noch nie passiert, dass mir jemand ungefragt Essen gebracht hätte. Deshalb hab ich gar nichts angefasst, sondern sofort bei Ihnen angerufen.«

Der Tee dampfte verführerisch duftend in den Tassen, Earl Grey, heiß. Unwillkürlich musste Julia an Jean-Luc Picard von der Enterprise denken, das war sein Lieblingsgetränk.

»Mögen Sie Milch hinein? Ist nicht jedermanns Sache, aber der Ferdi hat Earl Grey mit Milch geliebt …«

Ein paar Sekunden lang stand das Schweigen wie eine drückende Wolke im Raum, Inge Brambach starrte in ihre Teetasse, eine einzelne Träne bahnte sich ihren Weg über die faltige Wange. Dann aber wischte sie sich mit einer schnellen, energischen Bewegung das Gesicht ab und blickte hoch, direkt in Julias Augen.

»Sie müssen den Kerl finden, der meinem Ferdi das angetan hat. Er muss bestraft werden, es muss Gerechtigkeit geben.«

Julia schluckte, bevor sie krächzend antwortete.

»Frau Brambach«, sie räusperte sich und fand ihre Stimme wieder, »Wir müssen Sie leider zum Verhör mit auf die Dienststelle nehmen. Sie stehen unter dem Verdacht, Ihren Verlobten vergiftet zu haben. Es tut mir sehr leid, aber wir müssen jetzt austrinken und gehen.«

Julia musste den Blick abwenden, sie ertrug die Fassungslosigkeit nicht, die sich in Inge Brambachs Augen spiegelte.

»Aber, Frau Kommissar, das kann doch nicht Ihr Ernst sein. Ich war doch überhaupt nicht hier, ich war in der Türkei und habe auf ihn gewartet. Wie können Sie nur auf so eine Idee kommen?«

»Es war nicht unsere Idee, Frau Brambach.«

Stefan runzelte die Stirn und warf Julia einen tadelnden Blick zu. Diese Bemerkung war ebenso unangebracht wie überflüssig gewesen.

»Frau Kommissar, versprechen Sie mir bitte, dass Sie weitersuchen! Ich war es nicht, ich hab den Ferdi geliebt. Wir wollten heiraten. Sie müssen den wahren Mörder finden, ich bitte Sie!«

Ohne eine Antwort zu erwarten trank Inge Brambach ihren Tee aus, winkte den beiden, es ihr gleich zu tun und räumte die Tassen in die Spülmaschine.

»Wenn ich das richtig sehe, könnte es länger dauern, oder?«, sie schaltete das Gerät ein. »Wenigstens will ich keine Unordnung zurück lassen. Fahren wir!«

Unterwegs tippte sie Julia auf die Schulter.

»Frau Lehmann, ich habe noch eine Bitte, außer dass Sie den wahren Mörder fassen. Falls ich wirklich länger wegbleibe, würden Sie dann alle zwei Tage meine Blumen gießen? Nur im Erdgeschoss, oben hab ich keine. Aber in Küche und Wohnzimmer, da stehen auf jedem Fensterbrett Blumentöpfe. Es wäre traurig, wenn sie diese Verwechslung nicht überleben würden.«

Ein Schlüsselbund wurde von hinten über Julias Schulter gehalten und klimperte leise, als Stefan etwas zu schnell die Kurve am Matzenberg nahm. Widerstrebend fasste Julia zu und steckte die Schlüssel ein. Wirklich wohl war ihr nicht dabei, aber Inge Brambach tat ihr leid. Sie war überzeugt davon, dass sie die Falsche verhaftet hatten.

Ganz im Gegensatz zu Staatsanwalt Strasser, der schon regelrecht mit den Hufen scharrte, um die Mörderin zu einem Geständnis zu bringen. Umso erboster war er, als Frau Brambach auch nach mehrstündigem Verhör nicht bereit war, von ihrer Version des Geschehens abzuweichen.

»Herr Staatsanwalt, ich habe es Ihnen doch schon mehrfach gesagt. Ich bin nach Weihnachten in die Türkei geflogen, aber Ferdinand wollte mich nicht begleiten. Er meinte, er müsse auf den Ball der Stadt, quasi sein letzter öffentlicher Auftritt als Junggeselle. Also bin ich allein voraus, er wollte nach dem Ball zu mir kommen. Ich habe dann vergeblich in Antalya am Flugplatz auf ihn gewartet. Das Flugpersonal hat mir die Auskunft gegeben, dass er gar nicht mitgeflogen sei. Daraufhin habe ich versucht ihn telefonisch zu erreichen. Zuerst auf seinem Handy, aber das war ausgeschaltet. Dann auf der Festnetznummer, da war nur der Anrufbeantworter dran. Irgendwann hatte ich endlich Glück und wurde zurückgerufen. Aber nicht von Ferdinand, sondern von Ihrer Kollegin, der Kommissarin. Ich bin mit dem nächstmöglichen Flug hierher gekommen.«

Strasser blitzte sie wütend an, nahm wieder seinen unruhigen Raubtiergang auf. Drei Schritte nach links, Kehrtwendung, drei Schritte nach rechts. Inge Brambach blieb unbeeindruckt.

Schließlich schnarrte er los, merklich aufgebracht.

»Und der Kuchen? Was haben Sie mir über den Kuchen zu sagen?«, wollte er wissen.

Aber auch so kam er nicht weiter.

»Nichts. Ich weiß, dass Ferdinand Mohnkuchen über alles liebte. Wenn man ihm eine Freude bereiten wollte, mit Mohnkuchen schaffte man es immer. Am besten mit Streuseln und nicht zu süß. Also nicht mit dieser halbfesten Zuckerglasur obendrauf. Und schön saftig. Ich habe ihm immer mal wieder ein Stückchen mitgebracht, wenn ich an einer Bäckerei vorbei gekommen bin.«

Strasser schnaubte wie ein wütender Stier. »Und ihm zum Abschied einen gebacken, mit Digitalis drin!

Vielleicht als Überraschung in den Gefrierschrank gestellt? Oder wie haben Sie es geschafft, dass er nicht sofort davon gegessen hat? Sie mussten zu dem Zeitpunkt ja schon weit weg sein, um ein Alibi zu haben. Packen Sie endlich aus, wir wissen eh, dass Sie ihn auf dem Gewissen haben!«

Inge Brambach begann leise zu weinen, immer wieder tupfte sie mit einem Taschentuch die Augenwinkel ab. Julia hätte am liebsten mitgeweint. Sie glaubte der alten Frau jedes Wort und war mehr denn je überzeugt von deren Unschuld. Aber Strasser führte das Verhör persönlich und mit eiserner Hand, er ließ ihr nicht einmal die Chance sich einzumischen.

Endlich hatte Inge Brambach sich wieder im Griff. Ihre Lippen wurden zu einem schmalen Strich, sie starrte den Staatsanwalt verächtlich an.

»Sie haben ja keine Ahnung. Erstens backe ich nie selbst, warum sollte ich denn für zwei alternde Leutchen einen ganzen Kuchen backen? Damit wir eine Woche lang davon essen, nur damit er nicht schlecht wird? Nein danke, da holen wir uns lieber zwischendurch einen frischen Kuchen, wenn uns der Sinn danach steht. Und mal ganz ehrlich: Wenn ich – oder auch der Ferdinand – uns einen Kuchen eingefroren hätten, dann hätten wir den vorher in einzelne Stücke geschnitten und uns immer nur ein Stück aufgetaut. Alles andere wäre doch unsinnig. Und soweit ich weiß, haben Ihre Mitarbeiter ja noch ein großes Stück Kuchen im Kühlschrank gefunden. Das würde bedeuten, Ferdinand hätte sich das alles aufgetaut, ein Stück davon am Abend seines Todes gegessen und den Rest einfach in den Kühlschrank geschoben. Warum das

denn? Am nächsten Tag wollte er zu mir fliegen, da
wäre der Kuchen doch kaputt gegangen.«

Aber Strasser, wenn er einmal Blut geleckt hatte,
war nicht mehr von der Fährte abzubringen. »Er hätte
ihn zum Frühstück essen können. Oder mitnehmen
können für unterwegs«, konterte er.

»Also zum Frühstück pflegte er Haferflocken zu
sich zu nehmen, mit einem halben Apfel und einer
Banane darin. Und Milch. Keinen Kuchen, keine
Marmelade, kein Brot. Gut fürs Cholesterin, sagte er
immer. Vermutlich hatte er nicht vor, auf einmal von
dieser Gewohnheit abzuweichen. Und mitnehmen?
Wie oft sind Sie schon in die Türkei geflogen? Da
können Sie nicht einfach offene Lebensmittel mitnehmen wie Sie wollen. Um Ärger bei den Kontrollen
zu vermeiden und weil wir uns nicht genau auskennen,
nehmen wir da nie was mit für unterwegs. So lange
dauert der Flug ja nicht. Also hören Sie bitte auf damit, mich zu verdächtigen. Suchen Sie lieber den tatsächlichen Mörder!«

Während Strasser immer wütender wurde, hatte Julia
plötzlich das Gefühl, sie müsse ersticken in diesem
kleinen Raum. Die Luft war tatsächlich mittlerweile
zum Schneiden, aber als sie ein Fenster öffnen wollte,
winkte Strasser ab. Vermutlich wollte er nicht, dass die
alte Dame einen klaren und kühlen Kopf bewahrte.
Julia jedenfalls hielt es nicht länger aus hier drinnen,
sie nickte Inge Brambach aufmunternd zu und ging
leise hinaus. Auf dem Gang riss sie das nächste Fenster
weit auf und sog die schneidend kalte Luft gierig ein,
bis sie husten musste. Wieder wurde ihr flau im Magen, aber sie konnte sich beherrschen. Ein kurzer Blick

auf die Uhr – schon halb fünf durch. Außer dem Knäckebrot am Vormittag hatte sie den ganzen Tag nichts gegessen. Kein Wunder, wenn ihr Magen ständig beleidigt war. Kurz entschlossen lief sie ins Erdgeschoss, wo ein Automat stand. Es kam so gut wie nie vor, dass sie sich dort etwas holte, aber heute war es unumgänglich. Wusste der Geier, wie lange der Bonsai seine Spielchen mit Inge Brambach noch spielen würde. Sie musste konzentriert bleiben, wenn sie der alten Dame helfen wollte. Ihr suchender Blick glitt über die verschiedenen Schildchen, schließlich wählte sie einen Erdnussriegel und ließ sich noch einen Kaffee heraus. Vom Heißhunger regelrecht überwältigt packte sie den Riegel aus und schlug die Zähne hinein.

»Na, da hat wer aber an gscheidn Hunger«, erklang es auf der Treppe. Der Beinahe-Pensionär Walter kam gerade herbei, offenbar auf dem Heimweg.

»Ach Walter, du bist es. Ja, der Bonsai mit seim Gwaaf raubt mir die letzte Energie. Der ist sowas von überzeugt davon, dass die Inge Brambach die Täterin ist, der lässt nicht locker.«

»Du wohl ned?« Walter fuhr sich durch sein schütteres Haar und schaute Julia forschend ins Gesicht.

»Nein, überhaupt nicht. Ich war diejenige, die ihr gesagt hat, dass der Baron ermordet worden ist. Du hättest sie sehen sollen – so gut kann man nicht spielen, das glaube ich einfach nicht. Ich bin felsenfest überzeugt davon, dass sie ihn geliebt hat und aufrichtig trauert. Sie hat ihn nicht getötet.«

»Dann müssmer zuseng, dassmer na Mörder findn. Der Bonsai is so versessn drauf, na Kurier a Schlagzeile zu liefern, dass er am End noch die Objektivität verliert. Und die Brambach is sei Bauernopfer. Die Indizien sprecherdn ja durchaus für die als Täterin. Sag mer, was ich machn soll, und ich du, was ich koo.«

Walter klopfte ihr auf die Schulter und ging hinaus. Er hatte recht, sie mussten etwas unternehmen. Julia steckte schnell den Rest des Riegels in den Mund, kaute kurz darauf herum und spülte mit einem Schluck Kaffee nach. Dann lief sie zurück in den ersten Stock. Auf dem Treppenabsatz bekam sie Schluckauf, der Automatenkaffee stieß ihr bitter auf, und bevor sie realisierte, was los war, rannte sie schon in Richtung Toilette, wo ihr erboster Magen Erdnussriegel samt Kaffee in hohem Bogen zurück ans Tageslicht beförderte.

Fünf Minuten später stand sie vor dem Waschbecken, klatschte sich eiskaltes Wasser ins blasse Gesicht und versuchte mühsam, ihre Fassung wieder zu finden. Aus dem Spiegel starrte eine ausgemergelte Frau heraus, bestimmt zehn Jahre älter als Julia. Sie erschrak vor sich selbst, vor ihrem Spiegelbild, vor dem, was mit ihr los war.

»Scheiß Darmgrippe!«, schimpfte sie und wandte sich schnell ab. Besser sah sie dadurch jedoch nicht aus, und als sie zurück ins Verhörzimmer kam, blickte Inge Brambach die Ermittlerin überrascht an.

»Kindchen, was ist denn mit Ihnen los? Sind Sie am Ende schwanger?«, fragte sie mitfühlend.

Julia lachte freudlos auf. »Nein, mit Sicherheit nicht. Ich hab mir wohl den Magen verkorkst, das ist alles. Geht schon wieder.«

»Wenn Sie meine Blumen gießen, schauen Sie mal im Hängeschrank über der Spüle. Da stehen Teedosen drin mit selbst gemischtem Kräutertee. Auf einer Dose steht ›Magen und Verdauung‹, die nehmen Sie sich mit nach Hause. Dreimal täglich eine Tasse davon, zehn Minuten ziehen lassen.«

»Ich höre ja wohl nicht richtig«, tobte Strasser los. »Was wird das denn jetzt, wenn es fertig wird? Sie gießen die Blumen einer Person, die unter dringendem Tatverdacht steht? Frau Lehmann, sind Sie noch zu retten? Das kommt überhaupt nicht in Frage!«

Julia blitzte ihn wütend an. »Wollen Sie das übernehmen? Was ich in meiner Freizeit mache, das ist meine Sache, oder etwa nicht? Und nachdem Frau Brambach bereits festgenommen wurde, können Sie mir schlecht vorwerfen, dass ich befangen wäre. Davon abgesehen möchte ich Sie bitten, hier eine kurze Pause zu machen. Ich möchte mit Ihnen reden. Nebenan.«

Der Staatsanwalt überlegte nur kurz, dann nickte er. »Von einer Pause kann nicht die Rede sein. Wir beenden das Desaster für heute. Frau Brambach, Sie können ja über Nacht in der Zelle darüber nachdenken, ob Sie morgen kooperativer sein wollen. Guten Abend.«

Damit rauschte er hinaus. Julia seufzte und zwinkerte der alten Dame zu. »Ich werde sehen, was ich machen kann. Ich für meinen Teil bin überzeugt von Ihrer Unschuld. Haben Sie nur ein wenig Geduld, wir werden das Kind schon schaukeln.«

Kapitel 11

Staatsanwalt Strasser war ausgesprochen unmutig ob der Tatsache, dass er in Gegenwart einer Verdächtigen derart in Frage gestellt worden war. Mit zackigen Schritten lief er voraus in sein Büro, das nur vier Türen weiter war. Julia hatte zu tun, um mit ihm mitzukommen. Einen flüchtigen Gedanken verschwendete sie an die Frage, um wie viel kürzer Beine und Schritte des Bonsai wohl waren im Vergleich zu ihren eigenen. Dann allerdings wurde sie von einem Naturereignis überrollt, das in Form eines explodierenden Strassers über ihr hereinbrach.

»Frau Lehmann, was bilden Sie sich eigentlich ein? Wie kommen Sie dazu, mein Handeln permanent derart anzuzweifeln, noch dazu vor Dritten? Es ist doch glasklar, dass diese Frau ihren Verlobten aus Habgier und Rachsucht vergiftet hat. Sie war kurz davor einzuknicken, und da kommen Sie hereinspaziert und nehmen mir den Wind aus den Segeln. Noch eine solche Aktion, und ich schicke Sie zum Strafzettelschreiben in die Innenstadt, nur damit Sie Bescheid wissen!«

Er packte seinen dicken Strafrechtskommentar und ließ ihn ebenso schwungvoll wie laut auf den Schreibtisch knallen. Julia spürte, wie sie vor Wut zu zittern begann, und zwang sich bis zehn zu zählen, bevor sie antwortete. Was, wenn sie doch falsch lag, wenn es diesmal Strasser war, der den richtigen Riecher hatte?

Nein, das konnte sie sich beim besten Willen nicht vorstellen.

»Herr Staatsanwalt, bitte hören Sie mir kurz zu. Erstens haben wir immer noch keinerlei Beweise im Hinblick auf Frau Brambachs Täterschaft. Zweitens besteht weder Flucht- noch Verdunklungsgefahr. Drittens, wäre sie tatsächlich schuldig, dann wäre sie doch in der Türkei geblieben und nicht aus freien Stücken hierher gekommen. Viertens sollten wir im Labor anrufen und die Kollegen bitten, ihr Augenmerk darauf zu richten, ob der Kuchen eingefroren war. Vielleicht kann man das ja irgendwie nachweisen? Sehen Sie, Frau Brambach hat nicht Unrecht mit ihrem Einwand, dass man den Kuchen ja vor dem Einfrieren zerteilen und dann nur jeweils ein Stück auftauen würde. Warum also stand dieses Viertel im Kühlschrank? Wäre es nicht sinnvoller gewesen, es im Tiefkühlfach zu lassen, wenn es schon dort war? Und außerdem, es sah nicht mehr so ganz taufrisch aus. Die eine Seite war leicht angetrocknet, so als hätte er ein größeres Stück Kuchen gehabt, von dem er sich etwas abgeschnitten und gegessen hat. Den Rest hat er in den Kühlschrank gestellt. Auch das spricht gegen Ihre Theorie, dass Frau Brambach den Kuchen vor ihrer Abreise ins Gefrierfach gestellt hat.«

Strasser begann wieder auf und ab zu laufen, aber nach wenigen Umdrehungen blieb er kurz stehen und zeigte auf einen Besucherstuhl. Julia setzte sich. Sie wusste, jetzt würde er sich beruhigen und anfangen, über ihre Worte ernsthaft nachzudenken. Während er seinen Lauf wieder aufnahm, lehnte sie sich entspannt zurück und wartete ab. Diesmal konnte er sie nicht nervös machen mit seiner Tigernummer, diesmal hatte sie die besseren Karten.

»Sie könnte den Kuchen in ihrem eigenen Kühlschrank deponiert und heimlich nach der Tat in die Wohnung des Barons gebracht haben«, sinnierte er laut. Ein triumphierender Blick hinüber zu Julia, aber die winkte ab.

»Wie hätte sie das denn machen sollen? Sie war in der Türkei und ist erst nach Deutschland gekommen, als wir die Wohnung schon aufgesucht hatten. Das haben wir überprüft. Das kann gar nicht sein.«

Der Bonsai grübelte weiter. »Sie könnte jemanden beauftragt haben«, meinte er schließlich. Auch diese Idee zwang Julia nur ein müdes Lächeln ab.

»Sich einen Mitwisser schaffen? Wenn sie es wesentlich einfacher hätte haben können, indem sie – wie von Ihnen vermutet – den Kuchen einfach ins Gefrierfach des Barons gestellt hätte? Nein, so dumm wäre sie nicht. Warum gehen wir nicht einfach davon aus, dass Frau Brambach schlicht und ergreifend tatsächlich unschuldig ist? Lassen Sie den Kuchen genauer analysieren, vielleicht hilft uns das weiter. Und bis dahin lassen Sie um Himmels Willen diese alte Frau zurück nach Hause!«

Strassers Gesichtszüge erstarrten zu beleidigtem Beton, aber er musste Julia Recht geben. Die Indizien waren wirklich gar zu dürftig. Schließlich nickte er missmutig.

»In Ordnung. Aber unter der Auflage, dass Sie Bayreuth beziehungsweise Eckersdorf nicht verlässt, so lange der Fall nicht geklärt ist. Und ich werde Sie persönlich dafür verantwortlich machen, wenn die

Brambach untertaucht. Außerdem machen Sie sich morgen früh sofort daran, sämtliche Bauunternehmen zu überprüfen, die jemals durch die Aktionen des Barons geschädigt worden sind. Und Sie finden heute noch heraus, ob die Brambach von dem Kind wusste. Das hatte ich als Joker zurückgehalten.«

Julia atmete erleichtert auf. »Abgemacht, Herr Strasser. Ich wünsche einen schönen Abend.«

Sie nickte ihm kurz zu und ging hinaus, um Inge Brambach die guten Neuigkeiten zu verkünden und ihr den Schlüsselbund zurückzugeben.

»Frau Brambach, darf ich Sie nach Hause fahren?«, bot Julia der alten Lady an, was diese dankend annahm.

»Aber nur, wenn Sie dann noch einen Magentee bei mir daheim trinken«, machte sie zur Bedingung.

Dadurch hatte Julia die ideale Gelegenheit, das Gespräch auf den offensichtlichen Seitensprung des Barons zu bringen. Strasser wäre begeistert gewesen, denn auch völlig ungeplant ging das alte Spiel ›guter Cop – böser Cop‹ wieder einmal auf. Inge Brambach war derartig erschüttert über das endlose Verhör durch den gereizten Staatsanwalt, dass sie nur zu bereitwillig ihr Herz bei Julia ausschütten wollte. Nachdem diese die alte Dame eine Zeitlang beruhigt und getröstet hatte, fragte sie vorsichtig:

»Wie war eigentlich Ihre Beziehung zum Baron? Hat er manchmal nehmnaus g'haut?«

Die Silberlöckchen zitterten empört. »Wie meinen Sie das denn? Ob er treu war? Natürlich war er das. Ich hab einmal einen Schürzenjäger als Mann gehabt, ein zweites Mal hätte ich mich auf so etwas nicht eingelassen. Wie kommen Sie denn überhaupt auf so eine Idee?«

Julia rührte angelegentlich in ihrem Tee, der sehr gesund schmeckte. »Frau Brambach, ich will jetzt nichts unterstellen oder spekulieren. Aber es wäre doch möglich, dass er bei seinen diversen Auftritten die eine oder andere Gelegenheit genutzt hat. Dass Sie nichts gemerkt haben, bedeutet ja noch lange nicht, dass da wirklich nichts war.«

Inge Brambach ließ die Hand sinken und stellte ihre Teetasse zurück auf den Tisch. Sie machte einen beunruhigten Eindruck, rang um Fassung. Schließlich holte sie vernehmlich Luft und fragte gerade heraus:

»Frau Kommissar, Sie reden gewiss nicht grundlos so über Ferdi. Wollen Sie nicht die Katze aus dem Sack lassen und mir verraten, was Sie im Gegensatz zu mir herausgefunden haben?«

Ihre Stimme zitterte ganz leicht, und die graubraunen Augen blickten angstvoll auf Julia. Die alte Frau tat ihr so leid. Erst der Kummer um den Tod des Verlobten, dann die Tatsache, dass er ermordet worden war und sie selbst verdächtigt wurde. Und selbst jetzt durfte sie nicht zur Ruhe kommen, sondern wurde mit unschönen Wahrheiten konfrontiert.

»Frau Brambach, wussten Sie tatsächlich nichts davon, dass Herr von Streibau vor kurzem erst Vater geworden ist?«

Inge Brambach starrte die Kommissarin einige Sekunden lang sprachlos an, aber dann brach sie in herzliches Gelächter aus.

»Das glauben Sie jetzt aber nicht wirklich, oder? Der Ferdi und Vater, ohne dass er mir davon erzählt hätte? Nein, der hat mit Sicherheit nicht nehmnaus g'haut, wie Sie das nennen. Das kann ich mir beim besten Willen nicht vorstellen. Wie kommen Sie denn auf diese hanebüchene Idee?«

Julia konnte nicht mitlachen. »Wir haben uns erkundigt. Bei dem Notar, in dessen Büro der Baron einen Termin vereinbart hatte. Der hat uns an einen Rechtsanwalt verwiesen, und den wollte der Baron wohl aufsuchen, um sein Testament zu ändern. Dort hat er wörtlich gesagt, er sei auf seine alten Tage überraschend Vater geworden.«

Das Lachen blieb der alten Dame regelrecht im Hals stecken. Sie fiel in sich zusammen, lautlose Tränen rollten über ihre faltigen Wangen.

»Das kann doch nicht wahr sein. Das hätte er nie getan. Das hätte ich nie vermutet. Warum? Wann? Und wer? War das eine flüchtige Nacht? Oder ein festes Verhältnis? Was wissen Sie darüber?«, flüsterte sie.

Julia zuckte ratlos die Schultern. »Das ist alles, was wir wissen. Der Termin beim Anwalt wäre ja erst nach dem Türkeiurlaub gewesen. Details waren noch nicht besprochen.«

Sie zog eine Packung Tempo aus ihrer Tasche und reichte sie über den Tisch. Inge Brambach nickte dankbar und nahm sich ein Taschentuch, mit dem sie ihr Gesicht abtupfte.

»Frau Brambach, es ist wirklich sehr wichtig. Haben Sie tatsächlich nichts gewusst, nichts geahnt?«

Julia musste die Antwort nicht abwarten. Es war auch so offensichtlich, dass für die alte Dame soeben eine Welt eingestürzt war.

»Wir müssen herausfinden, was an der Sache dran ist. Die Mutter finden, das Kind finden. Bitte helfen Sie uns. Jede Kleinigkeit könnte wichtig sein, auch wenn sie in Ihren Augen unbedeutend ist.«

Trotz ihres Schocks bemühte sich Frau Brambach wirklich. Sie grübelte hin und her, aber außer der Stadträtin Fürst fiel ihr niemand ein.

»Mit der war er sehr speziell, der Ferdi. Er meinte mal, ich würde sie über kurz oder lang schon auch noch kennenlernen. Aber das hat sich ja jetzt erledigt. Heiliger Bimbam, wissen Sie, ob die Frau ein Kind hat?«

Julia schüttelte den Kopf. »Nein, das müssen wir erst noch herausfinden. Sonst vielleicht noch jemand? Vielleicht eine Studentin von den Demos, von der er ab und zu geredet hat?«

»Glauben Sie ernsthaft, er hätte von der Dame geredet, mit der er ein Verhältnis hatte? Er hat von mir doch auch nichts erzählt. Da fällt mir ein, können Sie nicht beim Standesamt nachfragen?«

Julia lächelte traurig. »Haben wir schon. Das hat nichts ergeben. Wer auch immer sein Kind bekommen hat, als Vater wurde er nicht offiziell angegeben.«

»Und was ist mit Ihnen, wenn ich fragen darf? Sie haben verbittert reagiert, als ich Sie vorhin gefragt habe, ob Sie schwanger sind. Oder wollen Sie nicht darüber reden?«

Julia trank ihren Magentee in kleinen Schlucken aus und nutzte die so gewonnene Zeit, um darüber nachzudenken, ob sie reden wollte. Schließlich entschied sie sich für Offenheit.

»Frau Brambach, ich kann keine Kinder bekommen. Und mein Exmann hat mich deswegen verlassen. Ich leide sehr darunter.«

Die alte Dame legte ihr mitfühlend die Hand auf den Arm. Überraschend warm, registrierte Julia unbewusst.

»Kindchen, das muss schlimm sein. Und jetzt sind Sie ganz alleine?«

»Nein, ich habe Gott sei Dank einen sehr lieben Lebensgefährten, mit dem ich demnächst zusammenziehen werde. Aber in diesem Punkt versteht er mich nicht. Er selbst will keine Kinder und kann von daher auch nicht nachvollziehen, warum das für mich so ein Problem ist.«

»Oh, da haben Sie aber einiges zu klären, denke ich. Aber haben Sie schon einmal darüber nachgedacht, welche Streitigkeiten Sie sich dadurch ersparen?«

»Streitigkeiten?«

Julia wusste nicht so recht, worauf Inge Brambach hinauswollte.

»Ja, denken Sie nur, wenn Sie Kinder bekommen könnten und das auch wollten, er aber nicht. Daran können Beziehungen zerbrechen. Schauen Sie, mein erster Mann wollte partout nicht, dass ich ein zweites Kind bekomme. Ich hätte es mir so sehr gewünscht, aber er war strikt dagegen. Natürlich sind wir verheiratet geblieben, eine Scheidung stand gar nicht zur Debatte. Aber in mir ist dadurch so viel kaputt gegangen. Geliebt habe ich ihn nicht mehr, und das lag nicht nur an seiner chronischen Leidenschaft für andere Frauen. Er hat sich genommen, was er wollte. Aber mir hat er es verwehrt. Sie müssen versuchen sich selbst zu finden, auch ohne Kind. Das musste ich auch. Wenn Sie mit sich selbst zurecht kommen, so wie Sie sind, dann ist das der Schlüssel zur Zufriedenheit. So lange Sie aber mit Dingen hadern, die Sie eh nicht ändern können, so lange können Sie auch ihr Leben, ihre Situation, sich selbst nicht annehmen. Glauben Sie mir, ich hab das auf meine Art auch durchmachen und lernen müssen.«

Julia nickte nachdenklich, aber dann schaute sie auf ihre Uhr und sprang erschrocken auf. »Frau Brambach, ich muss leider gehen, ich bin schon viel zu spät dran. Gute Nacht!«

Kapitel 12

Donnerstag

Der nächste Arbeitstag versprach wenig Abwechslung. Die durch die Demonstrationen geschädigten Firmen mussten ermittelt werden, und das würde mit Sicherheit den kompletten Vormittag in Anspruch nehmen. Erst danach konnten Julia und Stefan daran denken, weitere Befragungen durchzuführen. Aber wie so oft kam es auch diesmal ganz anders als geplant.

Die beiden Ermittler waren in alte Zeitungsartikel vertieft, die Aufschluss über die Proteste des Barons geben sollten, als plötzlich ihr Kollege Walter Bauer ins Büro kam.

»Leut, etzt werds intressand. Lechd amoll na Kurier wech.«

Julia und Stefan sahen erwartungsvoll hoch. Walter holte übertrieben tief Luft, um die Spannung zu erhöhen. Dann legte er los:

»Die Nachbara vom Baron hat grad an Einbruch gmeld. Des Siegel an der Wohnungstür is gebrochn worn und die Tür steht an Spaltbreit offn.«

Julia sprang auf und schnappte sich ihren Anorak, Stefan war kaum langsamer. »Schick die SpuSi hin«, rief er im Hinauslaufen Walter zu.

Als die beiden Beamten wenig später atemlos bei der Wohnung von Streibaus ankamen, stand die Nachbarin, Frau Geisner, bereits aufgeregt im Treppenhaus.

»Schaun's ner her – des hab ich vorhin gseng, wie ich die Post holn wollt. Und ich habs ja versprochn, ich meld wenn was is.«

Sie deutete hektisch auf die Wohnungstür nebenan, die einen Spalt breit geöffnet war, so als sei die Tür nur flüchtig zugezogen worden, aber nicht ins Schloss geschnappt. Die Versiegelung war durchtrennt, es sah aus, als sei das Klebeband durchgeschnitten worden: klare, saubere Kanten.

»Frau Geisner, haben Sie etwas angefasst? Oder eventuell in die Wohnung geschaut, die Räume betreten?«, wollte Julia wissen. Die Zeugin schüttelte so energisch den Kopf, dass der hochtoupierte blonde Turm gefährlich wankte. »Naa, wo denken's denn hie? G'juckt hätts mich ja scho, aber ma sicht ja immer im Fernseng beim Tatort, dass nocherd Spurn verwischt wern känntn.«

»Alles klar, das haben Sie gut gemacht. Vielen Dank für Ihren Anruf. Haben Sie irgendetwas bemerkt, Geräusche gehört, jemanden gesehen?«

»Naa, nix g'hörd und kann gseng. Tut mer leid. Der muss in da Nochd dogwesn saa, wie ich g'schlofn hab.«

»Ist die Haustür unten nachts denn nicht zugesperrt?«, fragte Stefan.

Frau Geisner seufzte theatralisch. »Sollerd se eingtlich scho. Oba die Studendn vo oom, die vergessn des fast alla Doch.«

»In Ordnung. Vielen Dank, Sie können jetzt in Ihre Wohnung zurück. Die Spurensicherung ist gleich da, die brauchen Platz.«

Sie ernteten noch einen beleidigten Blick über die Schulter, dann verschwand Frau Geisner hinter ihrer Wohnungstür, die allerdings nur angelehnt wurde. Vom Erdgeschoss hörte man Stimmengewirr herauf, die Kollegen waren wirklich schnell gekommen. Stefan zwinkerte Julia zu, ging zwei Schritte über den Flur und zog Frau Geisners Wohnungstür vernehmlich ins Schloss. Sollte sie beleidigt sein.

Julia und Stefan warteten geduldig, bis die SpuSi ihre Arbeit erledigt hatte. Endlich konnten sie in die Wohnung des Barons. Wie nicht anders zu erwarten gewesen war, hatten ihre Kollegen keine verwertbaren Spuren gefunden. Eine Schreibtischschublade stand einen Spalt weit offen, ansonsten sah alles aus wie neulich.

»Habt ihr alles erfasst, als ihr letztes Mal hier wart?«, fragte Julia.

»So ziemlich.«

»So ziemlich? Was soll das denn heißen?«

Der Beamte zuckte die Schultern. »Na ja, wir haben nicht jedes einzelne Blatt Papier fotografiert, wenn ihr das meint.«

Julia starrte ihn frustriert an. »Das bedeutet, wenn der Einbrecher ein Dokument oder ein Foto mitgenommen hat, könnt ihr das nicht zu hundert Prozent nachweisen?«

»Genau. Der Baron ist hier ja nicht gestorben, deswegen haben wir nicht alles so akribisch untersucht wie an einem Tatort. Also die Fotos haben wir, aber nicht jedes einzelne Schreiben.«

Die Kommissarin ballte die Hände zu Fäusten, sie spürte kaum, wie ihre Fingernägel sich in die Handballen gruben. »Nur dass es sehr wohl der Tatort war, denn hier hat der Baron den Kuchen gegessen, der ihn umgebracht hat! Schaut bloß, dass ihr heute gründlicher arbeitet! Wenn es hier auch nur ein Staubkorn gibt, das uns weiterhelfen kann, dann will ich das vorgelegt bekommen. Wir haben keine heiße Spur, Strasser tobt, der Mörder läuft fröhlich durch die Innenstadt, und ihr pfuscht hier herum!«

»Julia, beruhige dich«, raunte Stefan ihr zu und zog sie mit sich hinaus. Erst im Treppenhaus ließ er ihren Arm los. Ein kurzer Blick zur Nachbarstür, erneut ließ er sie ins Schloss fallen, und dann fragte er seine Kollegin leise:

»Julia, was ist denn los mit dir? Du bist doch sonst nicht der Typ, der schnelle Vorwürfe macht. Und wir wissen ja nicht einmal, ob tatsächlich etwas verschwunden ist. Wir haben keine Ahnung, wonach wir suchen sollten oder wonach der Einbrecher gesucht hat. Vielleicht steht der Einbruch in gar keinem Zusammenhang mit dem Mord. Vielleicht hat jemand auf der Mainwelle gehört, dass der Baron tot ist, und dachte sich, da kann man ja mal schauen, was die Wohnung so hergibt.«

Julia schüttelte unwillig den Kopf. »Du weißt genau, dass das nicht so ist. Sonst wäre alles durchwühlt, würden auffällige Sachen fehlen. Da hat jemand etwas ganz Bestimmtes gesucht. Und wir wissen weder was noch ob er es gefunden hat. Vielleicht hat der Bonsai

Recht und das Kind ist in Gefahr. Oder seine Mutter. Scheiße.«

Wieder einmal stieg Würgereiz in ihrem Hals hoch, und sie sah zu, dass sie an die frische Luft kam. Die Dönerbude schräg gegenüber lockte mit verführerischem Duft, aber als Julia ein paar Schritte darauf zu lief und den sich drehenden Fleischspieß anschaute, hatte sie urplötzlich das Gefühl, ein schreiendes Tier vor sich zu sehen, das in den Schlachthof gezerrt wurde, und ruckartig drehte sie ab.

»Julia? Alles okay mit dir?«, hörte sie Stefans Stimme wie von weit her. Sie zwang sich zu einem schwachen Lächeln.

»Ja, passt schon. Mein Magen will immer noch nicht so recht. Ich glaub, ich hol mir lieber eine Anisbreze beim Bäcker vorn am Kircheneck.«

»Du hast wieder nicht vernünftig gefrühstückt, oder?«

Hartnäckig blieb Stefan um Julias Wohl besorgt. »Ich glaube, ich muss mal ein ernstes Wort mit deinem Jan reden. Wenn du so unvernünftig bist, muss er halt auf dich aufpassen.«

»Ja, mach das. Ob‘s halt was bringt …«

Julia grinste in sich hinein. Wenn Jan die Wahl hatte zwischen einem nahrhaften Frühstück und einer Viertelstunde länger im Bett, dann wusste sie genau, wie er sich entschied. Die Ladenglocke klingelte leise, als sie die Bäckerei betrat. Ein suchender Blick über die Auslagen – keine Anisbrezen zu sehen. Enttäuscht fragte sie nach, aber es waren tatsächlich keine mehr da. Sie sah sich ratlos um, ihr Appetit war verflogen, der Magen grollte wie ein schwerer Stein in ihrem Bauch. Einzig Stefans vorwurfsvoller Blick hinderte sie daran, den Laden wieder zu verlassen. Schließlich entschied sie sich für eine Salzstange. »Aber wenn's geht mit wenig Salz und viel Kümmel«, schob sie hinterher. Die junge Frau hinter der Theke lächelte sie freundlich an, stöberte ein wenig in einem Korb herum und hielt dann eine der Salzstangen hoch. »Schaun's amoll, die?«

Julia nickte, zählte das Geld ab und biss sofort herzhaft in das Gebäckstück. Das kräftige Kümmelaroma füllte ihren Mund und stieg ihr in die Nase. Gleich fühlte sie sich besser. »So, gehen wir. Ade!«

Stefan grinste. »Ich hoff ja nur, dass du bald wieder fit bist. Werd mir bloß nicht krank – allein schaff ich den Fall nicht.«

»Keine Sorge, Stefan. Ich hab doch gesagt, das sind wir dem Baron schuldig, dass wir seinen Mörder schnappen.«

Frisch gestärkt liefen sie zurück zur Wohnung des Barons, um auch die übrigen Hausbewohner noch zu befragen. Wie nicht anders zu erwarten gewesen war, hatte Herr Spengler, der alte Herr aus dem Erdgeschoss, nichts gesehen und nichts gehört. Auch die Studenten von oben schüttelten bedauernd die Köpfe. Daher hatten Julia und Stefan überhaupt keine Fakten, nicht einmal neue Vermutungen vorzuweisen, die im Zusammenhang mit dem Einbruch standen.

Sie waren sich sicher, dass Strasser erneut explodieren würde, sobald er von dem Debakel der SpuSi Wind bekam. Daher war es ihnen wichtig, dem Staatsanwalt zumindest brauchbare Ergebnisse vorlegen zu können, was die Spur mit den Baufirmen betraf. Akribisch sortierten sie sämtliche Projekte, die auf Eis gelegt oder gar gestorben waren, und das waren einige. Am schlimmsten hätte es die Firma getroffen, die mit dem Umbau der Villa Wahnfried beauftragt worden war, denn über dieser kreiste tatsächlich der Pleitegeier, und der Wahnfried-Auftrag war der einzige Strohhalm weit und breit. Jetzt, wo der Baron tot war, war auch der organisierte Widerstand gegen den Umbau zusammengebrochen, und den Arbeiten stand nichts mehr im Wege. Grund genug, um dem Geschäftsführer Robert Klein einen Besuch abzustatten. Sie erwischten ihn gerade auf dem Sprung zu einer Baustelle, und es war offenkundig, dass er weder Zeit noch Lust hatte, sich mit der Polizei zu befassen.

»Hören Sie, dass der Baron tot ist, bedaure ich nicht im Geringsten. Das ist kein Geheimnis. Es rettet uns vermutlich, wir hatten den Kopf ja schon fast in der Schlinge. Aber ganz ehrlich – was hätte ich denn zu verlieren gehabt durch eine Insolvenz? Ich hafte nicht persönlich, dafür hat unser Rechtsanwalt gesorgt. Und für einen Mord würde ich etliche Jahre hinter Gittern landen, da wär ich ja schön blöd. Ich hab ihm die Pest an den Hals gewünscht, ja. Aber wir leben nicht mehr im Mittelalter, das mit dem Verfluchen klappt heutzutage nicht mehr zuverlässig. Wer auch immer es war, ich bin ihm nicht böse. Aber ich war es nicht und ich hab auch niemanden beauftragt. Wenn Sie mehr wissen wollen, vereinbaren Sie einen Termin, aber aktuell habe ich leider keine Zeit mehr für Sie.«

»Moment noch!«, Julia ließ sich nicht so leicht abhängen.

»Können Sie uns sagen, wer sonst noch etwas vom Tod des Barons hat? Sie waren doch sicher nicht der Einzige.«

»Nein, war ich nicht. Im Prinzip jeder, dem er in ein Bauvorhaben reingepfuscht hat. Also an erster Stelle wohl der OB Burgmüller, den hat er ja ständig vorgeführt. Etliche Baufirmen. Der Künstler, der den Rheingoldbrunnen entworfen hat. Der Ausschuss, der den Brunnenwettbewerb damals ins Leben gerufen hat. So viel Geld verschwendet, für nichts. Vielleicht sogar der Wagner-Clan, im Endeffekt sind es ja Negativschlagzeilen für die Festspiele, wenn solche Sachen wie der Rheingoldbrunnen oder das Wahnfriedmuseum ausgebremst werden. Vielleicht suchen Sie auch an der völlig falschen Stelle, vielleicht war es eine eifersüchtige Frau.«

»Aha – jetzt müssen Sie uns doch noch fünf Minuten Ihrer kostbaren Zeit schenken, Herr Klein. Was wissen Sie denn über eifersüchtige Frauen im Umfeld des Barons?«, hakte Stefan nach. Er erntete ein genervtes Augenrollen.

»Ach herrje – nichts weiß ich darüber. Das war nur so dahingeredet. Morde kenne ich nur aus dem Fernsehen, und da werden Giftmorde halt meistens von Frauen verübt. Ich weiß ja nicht einmal, ob der Baron eine hatte oder ob es für ihn nur den Widerstand gegen alles und jeden gegeben hat. Jetzt bitte, ich muss weiter!«

Er ließ die beiden einfach stehen und fuhr mit seinem alten Benz davon.

»Das war wohl nichts«, bemerkte Julia und ging zurück zum Auto. Wieder schneite es leicht, diesmal jedoch war es wärmer als in den letzten Tagen. Wässrige Pampe lag auf dem Gehsteig und am Straßenrand, und die feuchte Kälte kroch ihr unter den Kragen. Der Duftbaum am Rückspiegel, der sie noch nie gestört hatte, verbreitete heute einen eigenwilligen Vanilleduft, und sie nahm ihn kurz entschlossen ab, um ihn im Handschuhfach verschwinden zu lassen. Stefan musterte sie besorgt.

»Sicher alles okay?«, fragte er, und sie nickte eine Spur zu schnell. Die Salzstange brannte in ihrem Magen wie Säure, und Julia drückte unauffällig die Hand gegen ihren Bauch. Wenn das nicht bald besser wurde, dann musste sie wohl wirklich zum Arzt, das Letzte, was sie wollte.

Im Büro wartete Kollege Walter schon mit Neuigkeiten aus dem Labor.

»Mensch, stellt euch nur vor – der Eintopf von der Brambach war wirklich vergiftet! Zwischen die roten Bohnen waren Rizinuskerne gemischt. Die sehen fast genauso aus wie Bohnen und sind ziemlich giftig. Laut Labor reichen 20 Samen als tödliche Dosis, und in dem Eintopf waren etliche mehr. Wenn die Brambach das gegessen hätte, dann wär sie hopps gegangen. War ja grad eine schöne Portion für einen.«

Julia ließ sich fassungslos auf ihren Bürostuhl fallen. »Das kann doch nicht wahr sein! Wenn wir jetzt mal davon ausgehen, dass Frau Brambach nicht die Mörderin ist, dann schwebt sie in Gefahr. Da will jemand nicht, dass sie ihm dazwischenfunkt, warum auch immer. Wir müssen mit Strasser reden, sie braucht Personenschutz.«

»Meinst du, das kriegen wir durch?« Stefan war skeptisch. »Du weißt doch, dass er sich auf die Frau als Täterin eingeschossen hat. Er wird das für ein Ablenkungsmanöver halten, fürchte ich.«

»Versuchen müssen wir es zumindest. Walter, was war denn mit dem Brief? Gibt es da auch schon Erkenntnisse?«

Ihr Kollege nickte. »Ja, der wurde auf einem 08/15 Laserdrucker ausgedruckt, Fingerabdrücke negativ.«

»Und was stand drin?«

»Sehr geehrte Frau Brambach, ich trauere mit Ihnen über den Verlust des Freiherrn Ferdinand von Streibau. Da ich mir gut vorstellen kann, dass Sie sich derzeit außerstande sehen, den alltäglichen Routinen nachzugehen, habe ich mir erlaubt, Ihnen eine Portion des heute von mir gekochten Chili con Carne abzutreten, damit Sie bei Kräften bleiben. In tiefer Verbundenheit, Gudrun Münster«

»Kennt man die Frau?«

Walter zuckte mit den Schultern. »Gemeldet ist sie hier nicht, wenn du das meinst. Fahndung läuft jedenfalls, aber bisher erfolglos.«

Während Walter Bauer zurück in sein eigenes Büro ging, versuchte Julia vergeblich, Staatsanwalt Strasser telefonisch zu erreichen.

»Mist, vermutlich macht er grad Mittag.« Frustriert warf sie das Telefon auf den Schreibtisch. »Handy ist auch aus. Ich versteh's nicht. Wenn wir das machen würden und nicht erreichbar wären, so lang ein Mörder frei rum läuft, dann wär der Teufel los.«

Dann jedoch nahm sie kurz entschlossen das Telefon wieder in die Hand und wählte Ingrid Brambachs

Nummer.

»Hallo Frau Brambach, Julia Lehmann. Hören Sie, das Essen in dem kleinen Topf gestern war tatsächlich vergiftet. Ich versuche, Ihnen Personenschutz zu organisieren. Bis dahin seien Sie bitte ausgesprochen vorsichtig, öffnen Sie keinem Fremden die Tür, machen Sie keine verdächtigen Päckchen auf, bitten Sie ihre Nachbarn ein Auge auf Ihr Haus zu haben. Falls Ihnen irgendetwas verdächtig vorkommt, rufen Sie mich sofort an. Wenn es Ihnen lieber ist, können Sie auch bei uns vorbeikommen und den Tag hier verbringen.«

Während sie Inge Brambachs Antwort lauschte, wurde Julias Gesicht länger.

»Okay, wenn Sie das partout nicht wollen, muss ich das akzeptieren. Aber ich möchte Sie doch ausdrücklich darauf hinweisen, dass es nur Ihrer eigenen Sicherheit dient … Nein, ich kann Sie schlecht dazu zwingen, wie gesagt, das ist Ihre Entscheidung … Sie können mich aber jederzeit anrufen, wenn Sie es sich anders überlegen sollten. Ach ja, noch eine letzte Frage: Sagt Ihnen der Name Gudrun Münster etwas? … Nicht? Hmmm, der Brief, der bei dem Topf lag, ist im Namen einer gewissen Gudrun Münster verfasst. Sagen Sie, wer wusste denn alles Bescheid darüber, dass Sie mit dem Baron liiert waren? … Niemand? Das ist sonderbar, denn diese Gudrun Münster zumindest wusste es wohl, es war nämlich ein Kondolenzschreiben … Ja, das ist wahr, der Baron könnte es jemandem erzählt haben. Aber nicht einmal die Wirtin vom Spiro wusste offiziell Bescheid, und dort war er ja wirklich oft … Nein, das geht schon klar. Wenn etwas ist, rufen Sie an. Auf Wiederhören.«

Verwirrt schaute sie Stefan ins Gesicht. »Verstehst du das? Sie meinte, sie und der Baron hätten ausgemacht, niemandem von ihrer Beziehung zu erzählen bis zur Bekanntgabe der Verlobung. Und sie waren ja auch sehr diskret. Vielleicht hat dieser Baulöwe ja tatsächlich Recht und es war ein Mord aus Eifersucht? Eine Dame, die hinter dem Baron her war, ihn gestalkt hat? Dabei hat sie das von seinem Verhältnis herausgefunden und ihn vergiftet. Und weil ihr das noch nicht genug war, wollte sie seine Verlobte auch noch um die Ecke bringen. Es würde zumindest Sinn machen.«

Stefan nickte langsam und nachdenklich. »Ja, das könnte durchaus sein. Wir müssen noch mal mit diesen DEO-Leuten reden, vielleicht weiß einer von denen doch noch etwas. Wir haben sie ja nur nach eventuellen Feinden der Barons befragt, nicht jedoch nach verliebten Stalkerinnen. Und wir müssen herausfinden, ob eine der Damen kürzlich entbunden hat.«

»Na, das ist einfach – wir haben ja die Listen, die jagen wir einfach durch den Computer. Das Standesamt müsste ja mit den entsprechenden Daten gefüttert sein. Walter kann das bestimmt erledigen. Und weißt du, mit wem ich mich unbedingt auch noch unterhalten möchte? Mit dieser Frau Fürst. Ich seh mal zu, dass ich sie für heute Nachmittag noch herbestellen kann.«

»Da haben wir ja wieder endlose Telefonate zu führen. Du rufst die Fürst an, und dann die Schülersprecher. Ich kümmere mich in der Zwischenzeit um die übrigen Köpfe vom Team DEO. Also, nochmal für die Akten: Wir fragen nach dieser Gudrun Münster und ob ihnen Frauen bekannt sind, die sich für den

Baron interessiert haben oder auch umgekehrt. Nach frisch gebackenen Müttern sicherheitshalber auch?«

Julia überlegte nur kurz. »Wäre kein Schaden. Lass mal eine nach Norddeutschland ziehen und dort gerade erst entbunden haben. Theoretisch wäre es schon denkbar, dass die uns durch die Lappen geht. Ja, fragen wir auch danach.«

So kam es, dass Staatsanwalt Strasser die beiden Ermittler mit heißen Ohren antraf, als er satt und halbwegs gut gelaunt aus seiner Mittagspause zurückkam. Er wartete ungeduldig darauf, dass einer der beiden sein Telefonat beendete, wie so oft rannte er seine Drei-Schritte-Endlosschleife. Es war Julia, die zuerst auflegte, und damit war das nächste Geplänkel schon vorprogrammiert.

»Frau Lehmann, wie kommt es, dass Sie hier gemütlich im Warmen sitzen und plaudern, wo ich Sie doch hinaus beordert habe zu den diversen Baufirmen?«, gatzte er los, kaum dass sie hochblickte.

»Herr Strasser, und wie kommt es, dass Sie telefonisch nicht erreichbar sind, während wir Polizeischutz für Frau Brambach beantragen wollten?«, kam sofort der Konter.

Der Staatsanwalt setzte eine verlegene Miene auf. »Tut mir leid, mein Akku war wohl leer, ohne dass ich es bemerkt habe. Sie wollen Polizeischutz für die Dame? Was ist denn so gefährlich?«

»Das Essen in dem Topf war tatsächlich vergiftet. Dazu kommt, dass offenbar jemand Bescheid wusste über ihr Verhältnis mit dem Baron. Obwohl die beiden es absolut diskret behandelt haben und ihnen Geheimhaltung wichtig war. Eine denkbare Variante wäre Mord aus Eifersucht oder vielmehr aus unerwiderter Liebe, und da sieht es ganz danach aus, als wolle die Mörderin auch noch ihre Nebenbuhlerin umbringen. Inge Brambach ist in Lebensgefahr, aber sie verweigert jede Unterstützung durch die Polizei. Insofern ist es nicht dramatisch, dass Sie nicht erreichbar waren«, fasste Julia kurz zusammen.

Strasser lächelte, er hatte sehr wohl gemerkt, dass seine Mitarbeiterin heute relativ friedlich blieb.

»Nebenbuhlerin, das kling nett aus Ihrem Mund. So ein altmodisches Wort, ich wusste gar nicht, dass es in Ihrem Wortschatz existiert«, sinnierte er, bevor er überraschend hinzufügte: »Und wie geht es Ihnen heute gesundheitlich? Ich hoffe doch sehr, dass Sie sich wieder gefangen haben?«

Verblüfft nickte Julia. »Ja, danke der Nachfrage. Es war wohl echt nur ein verkorkster Magen.«

»Und was machen Sie hier eigentlich gerade?«

Mit ein paar kurzen Sätzen wurde Strasser auf den aktuellen Stand gebracht. Ausnahmsweise hatte er nichts an dem Vorgehen der beiden auszusetzen und rauschte nach kurzem Gruß hinaus. Während seine zackigen Schritte im Treppenhaus verklangen, griffen Julia und Stefan wieder zu ihren Telefonen.

Immer und immer wieder die gleichen Fragen. Nein, es war niemandem aufgefallen, dass der Baron mit einem der Mädels ein vertrauteres Verhältnis gepflegt hätte. Und es wusste auch keiner von irgendwelchen jungen Damen, die den alten Knaben angehimmelt hätten. Allerdings berichteten fünf der Studenten übereinstimmend von einer jungen Frau, die früher regelmäßig im Team DEO dabei gewesen wäre, ihr Studium hochschwanger beendet hätte und dann von einem Jobangebot in der Schweiz erzählt hatte.

»Wie hieß die denn nur? Klara auf jeden Fall. Aber wie noch? Jülich? Jälich? Ich kann es nicht mehr genau sagen. Und was sie studiert hat? Boah, keine Ahnung mehr. Nichts, wo ich sie in der Uni getroffen hätte. Ihre Handynummer haben wir von der DEO-Liste. Kuchen? Ja, jeder hat reihum mal Kuchen gebacken für unsere Treffen. Wir wollten ja nicht verhungern.«

»Ja, die Klara, die war schwanger. Das mit ihrem Freund ging dann aber wohl in die Brüche. Nein, ich hab den nicht gekannt, und seinen Namen weiß ich auch nicht. Der Nachname von der Klara? Jalsen? Johlsen? Ohlsen? Nein, nicht Ohlsen. Ich kann es Ihnen wirklich nicht sagen. Studiengang? Nein. Seltsam, ich hab sie auch fast nie in der Uni gesehen. Kuchen? Käsekuchen hat sie gebacken, glaube ich. Tut mir leid, mehr weiß ich nicht.«

»Klara Juttich. Denke ich zumindest. Kann auch Jüttich gewesen sein. Oder Jüttlich? Irgend so etwas in der Art. Und ganz ehrlich, ich bin mir nicht mal sicher, ob die überhaupt eingeschrieben war in der Uni. Man hat die nie dort gesehen, also ich zumindest nicht. Und die ganze Story von dem Traumjob in der Schweiz, ich weiß nicht, ob man das glauben kann. Ich kenne keinen Firmennamen, ich weiß nicht mal wo genau in der Schweiz das sein sollte. Die hat einen ziemlich schrägen Eindruck gemacht, so als würde sie komplett in einer Scheinwelt leben. Es hätte mich nicht mal gewundert, wenn die gar nicht schwanger gewesen wäre, sondern sich nur einen Babybauch umgeschnallt hätte. Ihren angeblichen Freund hat ja auch nie ein Mensch zu Gesicht bekommen. Ja klar hat sie auch Kuchen gebacken. Hat ja jeder von uns mal. Käsekuchen war das, immer. Sie hat mal gelacht und gesagt, was anderes kann sie nicht.«

»Klara Jülicher. Ja, da bin ich mir sicher. Also zumindest bei der Klara. Oder hieß sie Jänichen? Ach, Sie machen mich ganz konfus. Jedenfalls war die immer mit dabei und vorn dran. Aber was die genau studiert hat – keine Ahnung. Irgendwann war sie schwanger, hat aber gesagt, vom Kindsvater hätte sie sich getrennt. Nein, den hab ich nie gesehen. Sie ist dann irgendwann im Spätherbst verschwunden, so im November dürfte das gewesen sein. Adresse? Hab ich keine mehr von ihr. Nur ihre Handynummer. Sie hat was erzählt, dass sie in die Schweiz gehen will. Nein, das Baby war da noch nicht auf der Welt. Aber mal ganz ehrlich – ein wenig sonderbar war die schon. Ich hab die immer nur beim Team DEO gesehen, nie in der Uni. Keine Ahnung, was die eigentlich studiert hat.«

»Die Klara, tja. Die kenn ich nur als Klara. Ich hab die auch nur ganz flüchtig gekannt, nur durch die Demos. In der Uni hatten wir gar keinen Kontakt, ich weiß nicht mal, was die studiert hat. Sie war schwanger, und vor ein paar Wochen hat sie gesagt, sie hätte einen Traumjob in der Schweiz gefunden. Mehr weiß ich nicht. Handynummer hätte ich zu bieten, wenn Ihnen das weiterhilft?«

Sie half nicht weiter, sondern lief ins Leere.

Kapitel 13

Schließlich befragten Julia und Stefan das Verwaltungspersonal in der Uni, aber auch das war ein aussichtsloses Unterfangen. Zwar wirkte die Drohung mit einer richterlichen Verfügung ziemlich gut, was die Kooperation betraf, aber wie auch immer diese Klara mit Nachnamen hieß, sie war unauffindbar. Kein Wunder, dass Strasser mal wieder tobte.

»Die Dame kann sich doch nicht in Luft auflösen! Es kann doch nicht so schwer sein, eine Klara zu finden, die seit November mit dem Studium fertig ist, auch ohne Nachnamen. Die muss doch irgendwo in der Unibürokratie gespeichert sein. Strengen Sie sich gefälligst mal mehr an, Herrschaften!«

Stefan starrte ihn wütend an. »Und was, wenn sie gar nicht immatrikuliert war? Dann suchen wir uns einen Wolf und werden nichts finden.«

Strasser unterbrach seinen Lauf so abrupt, dass er sich an Julias Schreibtisch festhalten musste und leicht schwankte.

»Wie kommen Sie denn auf diese abstruse Idee?«, wollte er wissen.

»Na ja, wir finden sie nicht in den Immatrikulationslisten. Keiner weiß genau, wie sie mit Nachnamen heißt, keiner kennt ihren neuen Wohnort. Keiner kann uns sagen, was sie eigentlich studiert hat oder was ihr Traumjob ist, für den sie weggezogen ist.«

»Haben Sie schon beim Einwohnermeldeamt nachgefragt?« Strasser ließ nicht locker, aber Julia winkte nur müde ab.

»Natürlich, haben wir. Halten Sie uns für Anfänger? Aber offenbar war die Gute nicht hier gemeldet, oder aber sie hieß völlig anders.«

»Unter falschem Namen im Team DEO? Ja, haben wir hier sizilianische Verhältnisse? Sie wollen mir aber jetzt nicht andeuten, dass da ein Maulwurf von einer Baufirma eingeschmuggelt war?« Strasser schnappte nach Luft.

»Oder vom Rathaus«, warf Stefan trocken ein, was Strasser erneut auf die Palme brachte.

»Hören Sie endlich auf mit Ihren haltlosen Verdächtigungen gegen Burgmüller und seine Stadträte! Das ist doch absolut an den Haaren herbeigezogen. Warum sollte der OB so etwas machen?«

»Um über die nächsten Aktionen seines Gegners informiert zu sein?«, fragte Julia. »Ich habe mich mal schlau gemacht, warum die Studenten damals die Proteste gegen die Probenbühne am Festspielhaus nicht unterstützt haben. Dreimal dürfen Sie raten, auf wessen Mist das gewachsen ist, dass der Baron da allein im Regen stehen gelassen wurde.«

»Was?« Strasser schüttelte den Kopf. »Selbst wenn das die Idee dieser Klara war, die anderen waren ja derselben Ansicht wie sie, und das zu Recht. Das könnte Zufall sein.«

»Ja, und rein zufällig ist sie verschwunden, drei Tage nachdem die DEO-Leute dem Baron die Hilfe verweigert haben. Also, wenn Sie mich fragen – so ganz an den Haaren herbeigezogen ist das ja nicht.

Wenn ich Burgmüller wäre, dann wüsste ich auch ganz gerne, was der Baron als nächstes vorhat. Zumal kurz vor den Wahlen. Überlegen Sie doch mal: Wenn man da informiert ist, kann man entsprechend durchdacht reagieren. Und je näher diese Klara am Baron dran war, desto detaillierter waren natürlich auch die Insiderinformationen. Und wann verplappern sich Männer am ehesten? Wenn sie eine große Schlacht gewonnen haben. Oder im Bett. Klara war schwanger, der Baron hat erzählt, dass er Vater geworden ist. Für mich klingt das durchaus schlüssig.«

Strasser war noch nicht wirklich überzeugt. »Und was, wenn dieser eine Student Recht hatte? Wenn sie sich einen Babybauch umgeschnallt hatte als plausible Begründung dafür, dass sie aufgehört hat?«

Julia schüttelte den Kopf. »Dann hätte sie doch nicht erzählen müssen, dass sie in die Schweiz geht. Um unterzutauchen hätte allein diese Aussage ausgereicht. Ich bin überzeugt, dass sie tatsächlich schwanger war.«

Der Staatsanwalt überlegte kurz. »Okay, mal angenommen, dass Ihre Vermutung stimmt. Dann muss sie doch bei irgend einem Frauenarzt gewesen sein, heutzutage rennen doch alle Schwangeren ständig zur Vorsorge. Haben Sie das schon gecheckt?«

»Das, Herr Strasser, wäre jetzt unser nächster Schritt gewesen.«

»Dann mal los!« Kurzes Kopfnicken, und er rauschte aus ihrem Büro. Julia erlaubte sich ein knappes Lächeln. Selten genug kam es vor, dass Strasser sich überzeugen ließ.

»Okay, wir brauchen Walter, er kann uns bestimmt einige Telefonate abnehmen. Wir suchen also nach einer Patientin, die im November hochschwanger war und dann aus der Patientenkartei verschwunden ist. Und die im Idealfall tatsächlich Klara heißt, was aber kein Muss ist.«

Wieder einmal lag reine Schreibtischrecherche vor ihnen, aber sie hatten immerhin einen Ansatzpunkt für ihre Ermittlungen. Während Stefan bereits eine Liste aller Frauenärzte zusammenstellte – »Denk auch an die im Umland. Wenn ich nicht aufgespürt werden will, dann suche ich mir keinen Arzt am Marktplatz, sondern eher im Landkreis. Wenn wir gar nichts finden, müssen wir auf Kulmbach ausweiten.« –, rief Julia bei Inge Brambach an und fragte diese, ob ihr der Name Klara etwas sagte.

»Klara … Kindchen, lassen Sie mich mal kurz nachdenken. Klara, Klara … ja, da hat er mal was erwähnt. Eine Klara war bei seinen Studenten dabei, beim Team DEO, die waren ja der Kopf der Aktionen. Klara … ich weiß nicht wie die noch geheißen hat.«

»Haben Sie die Frau mal gesehen? Vielleicht auf einem Foto?«

»Da müsste ich mal nachsehen. Ich weiß zumindest, dass Ferdi ein Fotoalbum in seiner Wohnung hatte, mit vielen Fotos von den Demonstrationen und auch einigen vom Team DEO. Wir könnten uns später dort treffen, dann zeige ich Ihnen, was ich meine.«

»Frau Brambach, Sie könnten auch direkt zu uns ins Büro kommen, wir haben alle Fotos archiviert, vielleicht wäre das am einfachsten?«

Sie verabredeten sich für den späten Nachmittag, zuvor hatte Julia ja auch noch einen Termin mit Frau Fürst, der nicht in fünf Minuten abgetan sein würde. Ein kurzer Blick auf die Uhr – dreiviertel Zwei war es mittlerweile. Um Zwei würde die Fürst kommen, da wären gerade noch zwei Telefonate mit Ärzten möglich gewesen, wenn, ja wenn die Praxen besetzt gewesen wären. Aber damit war um diese Uhrzeit natürlich nicht zu rechnen, daher musste Julia die Anrufe ihren Kollegen überlassen. Widerstrebend suchte sie in ihrem Schreibtisch nach etwas Essbaren. Sie war nicht ganz ehrlich zu Strasser gewesen, ihr Magen grollte immer noch ein wenig. Und eigentlich hatte sie überhaupt keinen Appetit, nur die Vernunft zwang sie zu einem Snack. Schließlich fand sich ganz hinten in der untersten Schublade, verdeckt von alten Kurier-Ausgaben, ein Müsliriegel, der definitiv schon bessere Zeiten gesehen hatte. Julia drehte ihn unschlüssig hin und her, bis sie seitlich das Haltbarkeitsdatum entdeckte. Oktober letzten Jahres, das konnte noch gehen. Was sollte an so einem Teil schon groß schlecht werden? Sie riss die Verpackung auf und biss hinein. Der Riegel schmeckte nach alten Nüssen, leicht ranzig und viel zu süß für Julias Geschmack. Hatte sie diese Dinger wirklich im letzten Herbst im Dutzend verschlungen? Sie konnte es nicht mehr verstehen. Angewidert kaute sie auf dem zähen Teil herum, schluckte schließlich mit Todesverachtung hinunter und warf den Rest des Riegels in den Mülleimer.

»Stefan, hast du was zu essen dabei? Das Ding hier ist von anno Tobak, das bring ich nicht mehr runter.«

Ihr Kollege zückte die Brotzeitbox, die ihm seine Frau eingepackt hatte. »Ein Leberwurstbrot hätte ich noch, mit Gurke. Magst du?«

Sie nickte und spürte, wie ihr das Wasser im Mund zusammenlief. Dankbar griff sie nach der Brotzeit und grub ihre Zähne hinein. »Danke, das ist doch schon viel besser. Ich werde mich revanchieren.«

Die Leberwurst schmolz zart im Mund, die saure Gurke fügte eine herzhafte Note hinzu. »Etzt noch a Seidla, dann däd alles bassn«, scherzte Julia, und in diesem Moment hatte sie wirklich Lust auf einen Schluck Bier, was selten genug vorkam. Stefan sah sie irritiert an, sagte aber nichts. Schließlich war das Brot aufgegessen, die Turmuhr nebenan schlug Zwei, Stefan begann mit seinem Telefonmarathon und gleich darauf klopfte Nina Fürst an der Tür.

Julia begrüßte sie freundlich und musterte die junge Frau interessiert. Sie sah tatsächlich sehr alternativ aus, einen Teil der blonden Zöpfe in einem wilden Vogelnest um den Kopf gewickelt, während der andere Teil lang herabhing. Ein blau kariertes Flanellhemd unter einem grauen Trägerkleid aus Filzwolle, dazu eine blaue Haremshose mit psychedelischen roten Spiralmustern darauf und wieder die obligatorischen derben Schnürschuhe. Ihr Gesicht war kaum geschminkt, und das war auch gar nicht nötig, denn die blauen Augen leuchteten derart, dass ein schmaler türkisfarbener Lidstrich ausreichte, um das strahlende Blau noch mehr hervorzuheben. Ein freundliches Gesicht mit einem offenen Lächeln war es, in das Julia blickte. Sie konnte auf Anhieb nachvollziehen, warum der Baron sich mit dieser Frau gut verstanden hatte. Sie war völlig anders als sämtliche anderen Stadträte, wirkte aufgeschlossen und neugierig aufs Leben, interessiert und tolerant. Und kaum hatten sie ein paar Sätze gewechselt, als sich dieser Eindruck noch vertiefte.

»Frau Lehmann, ich werde alles tun, was in meiner Macht steht, um Ihnen zu helfen. Der Baron und ich, wir waren gut befreundet. Wir standen uns nahe. Nicht falsch verstehen, wir waren nur Freunde. Aber enge Freunde. Es ist mir sehr wichtig, dass sein Mörder gefunden wird. Wir sind über die Jahre irgendwie zusammengewachsen, der Ferdinand und ich. Ich kann überhaupt nicht verstehen, wie ihn wer umbringen konnte. Also, nicht dass er keine Feinde gehabt hätte. Ist ja klar, dass seine Aktionen, gegen wirklich jeden einzelnen Plan des OB, etliche Leute auf die Palme gebracht haben, nicht nur Burgmüller selbst. Die meisten Stadträte hatten ihren Prass auf ihn, etliche Bauunternehmer, der Architekt vom Rheingoldbrunnen, das sind diejenigen, die mir jetzt spontan einfallen. Aber ihn deshalb töten? Meinen Sie nicht, dass es dafür einen triftigeren Grund bräuchte? Ich jedenfalls schon.« Nina Fürst wischte mit einer trotzigen Bewegung eine kleine Träne weg, die in ihrem Augenwinkel schimmerte. Auch Julia spürte wieder Trauer um den Baron in sich aufsteigen, in einer ungestümen und ungewohnten Heftigkeit, die auch ihr das Wasser in die Augen trieb. Nina Fürst wurde dadurch irritiert und fragte: »Haben Sie ihn gut gekannt?«

Julia nickte unter Tränen, tauchte ab und suchte nach einem Taschentuch. Schließlich hatte sie sich wieder gefasst und erklärte der Stadträtin:

»Ja, er war oft hier bei uns, er hatte ja ständig Ärger mit der Polizei. Und ab und zu kam er auch her, weil er bedroht wurde. Kurz vor seinem Tod habe ich mich noch mit ihm unterhalten und sogar getanzt, das war auf dem Ball der Stadt.«

»Ach, da waren Sie auch – stimmt! Haben Sie da nicht Musik gemacht, oder täusche ich mich da?«

Julia wurde ein wenig verlegen, sie vermischte nur ungern das Private mit dem Dienstlichen.

»Ja, unsere Band hat da gespielt, Indigo Swing. In der Pause habe ich den Baron getroffen. Und Sie waren auch auf dem Ball der Stadt? Ja, ich erinnere mich. Sie hatten ein Mittelalterkleid an, dunkelgrün, oder?«

Jetzt war es an Nina Fürst verlegen zu werden. »Wissen Sie, Frau Lehmann, als Stadtrat ist das ja fast schon Pflicht, dort zu erscheinen. Sehen und gesehen werden, das ist die Devise. Und noch mehr, wenn man gegen Burgmüller in den Ring steigen will.«

»Ja eben, Sie kandidieren ja ebenfalls für die Bürgermeisterwahl. Lang ist da ja nicht mehr hin, oder? Wie stehen Ihre Aussichten denn?«, wollte Julia wissen.

Nina Fürst grinste verschmitzt. »Na ja, ich hoffe es dem Knaben so schwer wie möglich zu machen. Mit Ferdinand von Streibau auf meiner Seite wäre es vermutlich einfacher gewesen, aber auch so will ich eine ernsthafte Konkurrenz für den OB sein. Er hat sich zu viele Fehler erlaubt in den letzten Monaten, stand zu oft dumm da, wenn der Baron ihm wieder mal eine ausgewischt hatte. Für die Öffentlichkeit sieht es aus, als wäre er angezählt. Noch nicht k.o., aber in die Knie gegangen. Und mit etwas Glück kann ich die

Wähler davon überzeugen, dass sie aus dem alten Fahrwasser raus müssen. Ich stehe halt für eine gänzlich andere Zukunft als Burgmüller. Der denkt immer nur in den gleichen alten Kreisen. Kein Mut zu wirklichen Innovationen, zu neuer Denkweise, zu neuen Zielen.«

Es war, als wäre Nina Fürst um einige Zentimeter gewachsen bei diesen Worten. Als hätte sie einen Schalter umgelegt, um jetzt im Wahlkampfmodus zu sein. Julia nickte, sie selbst war ebenfalls kein Fan von OB Burgmüller. Da war ihr diese aufgeweckte junge Frau schon wesentlich lieber.

»Vermutlich werden Sie das Team DEO und sämtliche Schulen hinter sich haben, denn die brauchen ja dringend eine neue Frontfigur. Ob sich das allerdings mit dem Bürgermeisteramt vereinbaren lässt?«, sinnierte Julia.

»Nun, ich werde mich tatsächlich nächste Woche mit den jungen Leuten treffen, wir kennen uns ja alle gut. Aber Frontfigur kann ich keine sein, da braucht es schon jemanden, der nicht im Rathaus sitzt. Trotzdem ist mir ein guter Draht zu den Demonstranten wichtig. Wir waren ja in vielerlei Hinsicht einer Meinung. Kommen Sie, Frau Lehmann, dass müssen auch Sie zugeben, dass viel Schindluder getrieben wurde mit den Steuergeldern. Ich möchte mich dafür einsetzen, dafür stehen, dass sich das ändert. Wenn wir schon viel Geld in neue Projekte investieren, dann müssen die auch umweltpolitisch in trockenen Tüchern sein. Nehmen Sie als Beispiel das Wahnfried-Projekt: Nach den aktuellen Plänen sollen da viele Bäume fallen, ökologische Gesichtspunkte spielen eine untergeordnete Rolle. Ich bin Verfechterin eines anderen Konzepts, mit vorsichtiger, ordnender Hand eingepasst in die bestehenden Anlagen. Solarstrom auf dem Dach, dazu ein kleines Windrad in den Grünanlagen. Wussten Sie, dass es Windräder gibt, die gar nicht groß und wuchtig sind, nicht diese Dinger mit den weit ausladenden Flügeln – also vertikale Drehrichtung anstatt horizontaler? Der Wirkungsgrad ich schlechter, okay. Aber dafür sind die Dinger unauffälliger, leiser, weniger gefährlich für Vögel. Der Baron wusste schon, warum er gegen das Projekt war. Burgmüller mag ja durchaus kein schlechter Politiker sein, aber ökologische Gesichtspunkte haben ihn nie interessiert. Und darum ist sein Stern am Sinken. Die Leute werden umweltbewusster, die Ökowelle gewinnt immer mehr an Schwung. Burgmüller hat es versäumt, auf diesen Zug aufzuspringen.«

»Okay, Frau Fürst – jetzt mal weg vom Wahlkampf. Haben Sie auf dem Ball der Stadt noch mit dem Baron gesprochen?«

Nina Fürst errötete leicht und fuhr sich verlegen durch die Haare. »Natürlich, warum auch nicht? Er hat mir erzählt, dass er ein paar Tage unterwegs wäre und dass danach ein Treffen stattfinden würde mit dem Team DEO, eben wegen der Wahnfriedgeschichte. Da wollte ich selbstverständlich dabei sein, das war mir wichtig.«

»Hat er Ihnen auch gesagt, wohin er fahren wollte?«

Julia war sich noch nicht ganz klar darüber, wie vertraut Nina Fürst tatsächlich mit von Streibau gewesen war.

»Ja, er wollte in die Türkei fliegen. Wissen Sie, dass er vorhatte zu heiraten?«

Julia nickte. »Erzählen Sie weiter.«

»Na ja, ich kenne seine Freundin nicht persönlich, wenn Sie das meinen. Er hat mir nur gesagt, dass er demnächst seine Verlobung offiziell bekannt geben möchte und dass ich bis dahin den Mund noch halten soll. Natürlich war ich neugierig, aber er hat weiter nichts verraten. Er hat mir nur gesagt, dass die beiden sich jetzt erst einmal ein paar schöne Tage in der Türkei machen würden. Dazu ist es ja leider nicht mehr gekommen.« Sie schaute traurig aus dem Fenster.

»Frau Fürst, es tut mir leid, dass Sie das so mitnimmt. Aber ich brauche trotzdem noch ein paar Informationen von Ihnen. Wissen Sie, wann genau der Baron den Ball verlassen hat?«

»Ich denke mal, kurz vor mir. Das war so um halb eins, dass ich gegangen bin. Und da habe ich ihn nicht mehr bewusst wahrgenommen.«

»Waren Sie denn allein unterwegs, oder in Begleitung? Und wie sind Sie nach Haus gekommen?«, hakte Julia nach.

Nina Fürst starrte sie schockiert an. »Sie vermuten aber nicht ernsthaft, dass ich etwas mit seinem Tod zu tun habe, oder?«

Diese Reaktion brachte Julia zum Lächeln. »Nein, keineswegs. Ich versuche nur, seine letzten Stunden möglichst lückenlos zu rekonstruieren. Da bin ich auf jeden einzelnen Zeugen angewiesen, und es macht auch einen Unterschied, ob Sie die Stadthalle nach vorne zum Siegfriedwald hin verlassen haben oder hinten über den Geißmarkt.«

Nina Fürst lachte erleichtert. »Na, Gott sei Dank, ich hatte schon Angst gleich verhaftet zu werden. Also, wenn Sie es so genau wissen wollen: ich war in Begleitung eines guten Bekannten unterwegs, der allerdings den Ball schon vor mir verlassen musste, weil er einen dringenden Anruf erhalten hatte. Sein Name ist Jens Mayer. Er hat sich ein Taxi genommen, denn wir waren mit meinem E-Mobil dort, das auf dem Geißmarkt geparkt war. War kein Problem für mich, ich trinke eh nur selten Alkohol. Ich bin dann später bei der hinteren Schranke hinausgefahren und von dort stadtauswärts in Richtung Hohlmühle, wo ich wohne. Leider habe ich nicht mehr auf die Uhr geschaut, als ich daheim war, sondern bin nur noch todmüde ins Bett gefallen. Als ich mich auf dem Ball mit Ferdinand unterhalten habe, wirkte er auf mich völlig normal. Ich kann mir nicht vorstellen, dass er da schon gesundheitliche Probleme hatte.«

»Er hat nicht erwähnt, dass ihm flau im Magen war?« Julia erinnerte sich noch genau an die Worte des Barons. Das Kopfschütteln ihres Gegenübers ließ nur den einen Schluss zu, dass die Unterredung mit Frau Fürst schon vor dem besagten letzten Tanz mit Julia stattgefunden haben musste.

»Sie haben eine ziemlich alternative Lebenseinstellung – wie schaffen Sie es, das alles im Alltag durchzuziehen? Also, das ist jetzt rein privates Interesse.«

Ein regelrechtes Leuchten zog über das Gesicht der Stadträtin. »Ach Frau Lehmann, früher war ich nicht so. Aber vor ungefähr zehn Jahren habe ich angefangen mich für Umweltschutz zu interessieren und zu engagieren. Es ist so deprimierend, wenn man sich mal näher damit befasst. Wir zerstören unsere Erde, aber keiner ist bereit, seinen Teil an der Kollektivschuld einzusehen und sein Leben zu ändern. Ich weiß, dass ich allein nicht viel ausrichten kann. Aber zumindest habe ich ein besseres Gewissen als früher. Wissen Sie, diesen Wahlkampf – ich mache den nicht für mich persönlich, nicht für mein Ego oder meine Karriere. Ich mache das einzig und allein aus dem Grund, weil ich mir erhoffe dann mehr bewirken zu können. Je bekannter man ist, desto mehr Gewicht hat die eigene Stimme. Vielleicht kann ich als OB erreichen, dass Bayreuth als Stadt umweltfreundlicher wird als bisher, und dass die Bürger sich kritischer mit der Problematik auseinandersetzen. Dann wäre meine Mission bereits erfüllt. Der Baron hatte ähnliche Ansichten wie ich, von daher war ich mir seiner Unterstützung sicher. Gemeinsam hätten wir viel bewirken können. Es ist traurig, dass ihm ein anderes Schicksal bestimmt war.«

Wieder eine kleine Träne, die hastig weggewischt wurde. Eine warme Welle der Sympathie stieg in Julia hoch. Was war Bayreuth durch diesen Mord entgangen?!?

»Frau Fürst, noch etwas: Sie sagten, dass Sie die Freundin des Barons nicht persönlich kennen. Haben Sie überhaupt jemals etwas mitbekommen, hat er sich je mit einer Frau in der Öffentlichkeit gezeigt, Ihnen gegenüber etwas erwähnt?«

Nina Fürst dachte angestrengt nach, dann schüttelte sie so entschieden den Kopf, dass das Vogelnest ins Rutschen geriet und die blonden Rastalocken flogen. »Nein, nie. Er war immer so … unantastbar. So über jeden fleischlichen Genuss erhaben. Er wirkte irgendwie keusch. Ich weiß nicht, wie ich das ausdrücken soll – eine Frau hätte nicht in das Bild gepasst, das ich von ihm hatte. Ich war ja schon völlig überrascht, als er von seiner geplanten Hochzeit erzählte.«

»Und der Name Klara, sagt Ihnen der etwas?«, kam Julia auf den Punkt.

»Klara – ja, natürlich. Die war im Team DEO, eine Studentin, die in die Schweiz gegangen ist. Sie war schwanger.«

»Vom Baron?«

»Was?«

Die Fürst kippte fast vom Stuhl. »Wie kommen Sie denn auf diese absurde Idee? Ich hab Ihnen doch gerade gesagt, der Baron war über solche Dinge erhaben.«

»Wer war dann der Vater?«, forschte Julia nach.

»Woher soll ich das denn wissen? Ich hab das Mädel doch nur ab und zu auf den DEO-Sitzungen getroffen. Ich geh doch nicht hin und frage sie, von wem sie sich hat schwängern lassen. Da müssen Sie schon ihre Mitstudenten fragen. Wie kommen Sie überhaupt auf die Idee, dass der Baron der Vater sein könnte? Ich habe selten etwas Verrückteres gehört, tut mir leid, aber das ist so.«

Julia winkte ab. »Spielt keine Rolle. Sie wissen also nichts über sein Liebesleben?«

»Zum Teufel, nein. Ich war ja nicht Teil davon, hab ich Ihnen doch vorhin schon gesagt. Hören Sie, ich würde Ihnen ja wirklich gern helfen, aber ich weiß nichts darüber. Es liegt mir echt am Herzen, dass der Mörder des Barons geschnappt wird. Ich verspreche Ihnen, dass ich mein Möglichstes dazu tun werde.

Aber mir fällt weiter nichts ein. Ich rufe Sie an, wenn sich das ändert, garantiert.«

Mit einem resignierten Seufzer zückte Julia ihre Karte. »Hier haben Sie sowohl meine Dienstdurchwahl als auch die Handynummer. Vielen Dank einstweilen, Frau Fürst.«

Nina Fürst stand schon in der geöffneten Bürotür, als sie sich noch einmal umdrehte und Julia mit großen Augen anschaute.

»Frau Lehmann, diese Freundin des Barons, haben Sie die schon gefunden? Vielleicht kann die Ihnen ja weiterhelfen?«

Die Kommissarin musste lächeln, es rührte sie, dass die Fürst offenbar so an der Klärung des Mordes interessiert war.

»Ja, wir haben sie gefunden. Aber sie weiß leider auch überhaupt nichts, was uns weiterhelfen könnte.«

»Aber sie kann doch gewiss diese absurde Idee entkräften, dass der Baron ein Kind mit dieser Klara hat? Wenn er sie heiraten wollte, dann muss sie doch am ehesten über seine Geheimnisse Bescheid wissen?«

Es war der Stadträtin anzusehen, wie sehr dieses Thema sie beschäftigte, aber Julia winkte ab.

»Leider nein, denn so wie es aussah, war sie ebenso überrascht von dieser Theorie wie Sie selbst soeben.«

»Ach so, na ja dann … Ade, ich melde mich, wenn mir noch etwas einfällt.«

Kapitel 14

Die Unterhaltung mit Nina Fürst hatte länger gedauert als geplant, und als die Tür hinter der Stadträtin ins Schloss fiel, machte sich Julias Magen wieder bemerkbar. Seltsam, dass ihr Unwohlsein nicht besser werden wollte. Der Appetit auf einen Schluck Bier war ihr gründlich vergangen, und der Kaffee, der bereits zwei Stunden auf der Heizplatte schmorte, weckte auch nur Ekel in der Kommissarin. Genervt drückte sie die Hand auf den Bauch, aber das änderte auch nichts daran, dass es ihr schlecht ging. Stefan Siems schaute sie besorgt an, sagte aber nichts dazu, da er gerade mit einem der Frauenärzte telefonierte.

Schließlich stand Julia auf und griff nach ihrem Anorak.

»Ich hol mir schnell was zu essen, soll ich dir was mitbringen?«

Er winkte ab und sah ihr nachdenklich hinterher, als sie das Büro verließ.

Draußen hob Julia schnuppernd den Kopf und sah sich überrascht um. Das kurze Tauwetter war weggefegt von eisigem Ostwind, und ein Tief aus dem hohen Norden brachte gscheid Schnee. Große, dicke Flocken wirbelten fast waagrecht durch die Luft, getrieben vom pfeifenden Wind, der surreale Schlangen aus Schnee über die Gehsteige und Straßen tanzen ließ. Julia zog ihre Kapuze tief ins Gesicht und machte sich auf den Weg zur nächsten Bäckerei, wo sie unentschlossen in die Auslagen starrte. Sie wusste, dass sie etwas essen musste, um ihren Magen zufrieden zu stellen – aber was? Schließlich deutete sie auf ein üppig mit Käse, Schinken und Salat belegtes Brötchen.

Als sie wieder vor die Tür trat, hatte der Wind sich gelegt und die Flocken fielen nun sacht und senkrecht zu Boden. Der alltägliche Lärm wurde gedämpft von der weißen Stille, und Julia stand einen Moment lang vor der Ladentür, fast andächtig, und ließ diese eigentümliche Stimmung auf sich wirken. Doch dann war es ihr, als wispere die Stimme des Barons durch das Schneegestöber, dass sie seinen Mörder finden müsse, und sie eilte mit schnellen Schritten zurück zur Dienststelle.

Dort angekommen schüttelte sie sich den Schnee vom Anorak und hängte ihn zum Trocknen über die Heizung. Während sie eilig ihr Brötchen auspackte und zu essen begann, ließ sie sich von Stefan berichten, was er und Walter mittlerweile herausgefunden hatten, und das war erschreckend wenig.

»Wir haben jetzt insgesamt sieben Frauen, die im November entbunden haben. Aber alle sind noch zur Nachsorge erschienen, also kann unsere Klara nicht dabei sein – es sei denn, die Geschichte mit der Schweiz wäre gelogen. Eine Klara kennt jedenfalls keiner der Ärzte, die wir schon erreicht haben. Und allzu viele haben wir nicht mehr auf unserer Liste stehen.«

Julia biss ein großes Stück ab und kaute ausgiebig. Als sie hinuntergeschluckt hatte, meinte sie:

»Vielleicht wäre es effektiver, die umliegenden Krankenhäuser anzurufen? Das Klinikum, dann in Pegnitz und Kulmbach?«

»Nur wenn sie hier tatsächlich noch entbunden hat, bevor sie in die Schweiz gezogen ist. Es könnte ja durchaus sein, dass sie da schon nicht mehr hier war. Vielleicht in ihrer Heimatstadt, vielleicht schon in der Schweiz? Wenn wir über die Ärzte nichts herausfinden, dann nehmen wir uns die Krankenhäuser und die Hebammen vor. Aber wir suchen irgendwie nach der Nadel im Heuhaufen. Hoffentlich hat deine Frau Brambach was beizutragen.«

Während sie ihr Brötchen verspeiste, suchte Julia schon einmal die betreffenden Fotos aus den Archivdateien der SpuSi. »Wenigstens das haben sie fotografiert«, brummte sie missmutig vor sich hin. Die Vorstellung, dass der Einbrecher sonst etwas mitgenommen haben könnte und sie völlig im Dunkeln tappten, machte sie wütend. Sie wusste, dass sie den Kollegen Unrecht tat, aber trotzdem war sie sauer bei der Vorstellung, es könnten wichtige Beweise oder Indizien gestohlen worden sein, ohne dass sie zuvor katalogisiert worden waren. Sie musste aufstoßen und bekam schalen Mayonnaisegeschmack in den Mund. Angewidert verzog sie ihr Gesicht, und Stefan runzelte die Stirn.

»Immer noch Magenprobleme?«, wollte er wissen.

Julia nickte erbittert. »Das wird und wird nicht besser. Ich glaube, diesmal liegt es an der Mayonnaise. Vielleicht sollte ich doch mal zum Doc.«

Ihr Gegenüber biss sich auf die Lippen, sagte jedoch nichts, was Julia sehr wohl bemerkte.

»Ich weiß doch selbst, dass es der denkbar schlechteste Zeitpunkt ist, um krank zu werden. Ich kann es auch nicht ändern«, fauchte sie verletzt.

»Vielleicht wäre dir ja schon sehr geholfen, wenn du dir mal regelmäßige und vernünftige Mahlzeiten angewöhnen würdest«, konterte Stefan und hängte sich wieder ans Telefon.

Julia drückte die Hand noch einmal fest auf die Magengrube, und tatsächlich verschwand das flaue Gefühl. Sie wusste genau, dass Stefan Recht hatte. Sie lebte permanent ungesund, ihr einziger Pluspunkt war, dass sie nicht rauchte. Aber frühmorgens meistens nur ein Kaffee, der obendrein viel zu stark war und dem über den Tag verteilt noch mindestens 8 große Tassen folgten. Mittags ein hastig verschlungenes Brötchen oder ein süßer Riegel, mit viel Glück nach Feierabend ein Essen beim Spiro, aber meistens nur ein belegtes Brot vor dem Fernseher, dazu der obligatorische Rotwein und eine halbe Tüte Kartoffelchips. Kein Sport – wie sie die Polizeiprüfung damals geschafft hatte, war ihr im Nachhinein ein Rätsel. Dass sie trotzdem gertenschlank war, das war also keineswegs ihr Verdienst, sondern eine Laune der Natur. Die sich vielleicht gerade eben an Julia rächte für all die Nachlässigkeiten der letzten Jahre. Sie zwang sich, vernünftig zu sein und zu akzeptieren, dass Stefan ihr nichts Böses wollte, sondern wirklich Recht hatte mit seinen Worten. Schließlich stand sie wortlos auf und schüttete ihre halb volle Kaffeetasse weg, was ihn zumindest zum Lächeln brachte.

Als Inge Brambach wenig später das Büro betrat, dümpelte hellgelber Pfefferminztee in Julias Tasse.

»Grüß Gott miteinander. Ah, Frau Kommissar, Sie sind auf Tee umgestiegen. Sehr vernünftig. Kurieren Sie Ihren Magen erst einmal so richtig aus, bevor Sie sich den nächsten Kaffee gönnen. Ich habe Ihnen übrigens etwas mitgebracht.«

Inge Brambach öffnete ihre Handtasche und zauberte ein Päckchen daraus hervor, das sie Julia in die Hand drückte. »Verdauungstee, selbst gemischt. Keine Sorge, ich weiß genau, welche Kräuter ich sammle. Tausendgüldenkraut, Schafgarbe, Fenchel und Oregano sind da drin. Für die Optik Ringelblume und Kornblume. Dann noch Ingwer und Pfefferminze, zum einen geben die einen guten Geschmack, zum anderen ist Ingwer auch bewährt bei Übelkeit. Früh, mittags und abends je eine Tasse von dem Tee in kleinen Schlucken getrunken, und es geht Ihnen bestimmt bald besser.«

Julia lächelte sie dankbar an. »Ich vermute mal, bei dieser Menge kann man noch nicht von Beamtenbestechung reden, deswegen nehme ich den Tee gerne an. Frau Brambach, jetzt aber zum eigentlichen Grund Ihres Besuchs: Ich habe die archivierten Fotos schon hier, können Sie die bitte mal durchsehen und uns sagen, ob diese ominöse Klara darauf zu sehen ist?«

Sie drehte ihren Laptop so, dass Inge Brambach den Bildschirm gut sehen konnte, und begann sich durch die Bilder zu klicken. Die alte Dame saß aufmerksam neben ihr, sie kannte tatsächlich zu jedem einzelnen Gesicht einen Namen, und soweit Julia das nach ihrem eigenen Treffen mit dem Team DEO beurteilen konnte, lag sie jedes Mal richtig. Nur Klara fand sich auf keinem der Fotos. Schließlich wollte Julia schon enttäuscht aufgeben, als noch ein Bild auftauchte, auf dem der Baron zu sehen war, der eine demonstrierende Menge anführte. Bei der Vielzahl der Köpfe waren die einzelnen Leute kaum erkennbar.

»Halt!«, rief Frau Brambach. »Können Sie das irgendwie größer machen, damit ich mehr erkennen kann?«

Julia nickte und zoomte näher heran.

»Hier, sehen Sie? Diese Demonstrationen laufen immer nach demselben Schema ab. Vorneweg der Ferdi, dicht hinter ihm die Schüler- und Studentensprecher und in der dritten Reihe das restliche Team DEO. Hier haben wir also alle wichtigen Leute beisammen. Sehen Sie hier – die Sprecher vom WWG, hier die vom RWG, das da ist das GCE, das Musische, hier das Graf-Münster. Die hier sind R I und R II, die verwechsle ich leider immer und weiß nicht, wer zu welcher Schule gehört. Private und städtische Wirtschaftsschule. Studentensprecher. Die meisten von denen sind eh im Team DEO dabei. Und hier, das sind die übrigen Mitglieder. Jonas Braun, ein ganz engagierter Biologe, am Lindenhof beschäftigt. Felicitas Zehner, Pastorentochter. Alexandra Sittig, das ist so eine Öko- und Mittelalterbraut. Die drei jungen Männer, von denen weiß ich nur die Vornamen. Tim, Julius und Kevin, studieren alle BWL. Die hier, das ist die Johanna Schwarz, genannt Jeanne d'Arc, gesprochen natürlich Jeanne Dark, also schwarz. Finden die jungen Leute witzig, solche Wortspiele. Die arbeitet im Bioladen am Luitpoldplatz. Frederic Klein, auch ein Student, Biologie denke ich. Dieses Mädchen ist eine Russin, hervorragende Musikerin. Die spielt Geige, da fangen Sie an zu weinen. Wie heißt sie doch nur? Natascha. Mehr weiß ich nicht. Noch nicht lange in Bayreuth, aber sehr engagiert. Und hier, ganz links außen, hier haben wir die Klara. Wenn mir doch nur ihr Nachname einfallen würde! Ich wusste ihn mal. Ich habe die ganze Zeit überlegt, aber er ist einfach wie weggeblasen. Vielleicht, wenn ich eine Nacht drüber geschlafen habe, dass er mir dann wieder einfällt. Aber aktuell leider nicht. Können Sie das noch größer machen? Ach, jetzt wird es unscharf, wie schade.«

Inge Brambach schüttelte bedauernd den Kopf, aber Julia versicherte ihr, dass es für ihre Kollegen kein Problem darstellte, mit der entsprechenden Software ein scharfes Bild von Klara zu erzeugen. Und tatsächlich konnten sie schon wenige Minuten später Klara gestochen scharf erkennen.

»Ganz sicher, dass das Klara ist?«, wollte Julia nochmals wissen. Inge Brambach nickte. »Ja, völlig sicher. Sie war bis vor ein paar Wochen wohl immer mit dabei im Team DEO, hat der Ferdi gesagt. Und dann ist sie weggezogen. Wussten Sie, dass Klara schwanger war?«

Noch während die Frage der alten Dame verklang, wurde ihr der Zusammenhang bewusst und sie begann zu zittern. »Ach du liebe Zeit – deswegen suchen Sie diese Klara? Sie denken, sie wäre die Affäre von meinem Ferdi? Aber dann … dann hätte er mir doch nicht von ihr erzählt. Das glaube ich nicht, das kann ich mir nicht vorstellen. Ich kann ja nicht einmal glauben, dass er überhaupt eine Affäre hatte. Aber wenn, dann doch mit Sicherheit diskret. So geschmacklos wäre er nicht gewesen, mir dann lang und breit von ihr zu erzählen.«

Eine Träne rollte über die welke Wange.

Julia wurde ganz wehmütig bei diesem Anblick, aber dann riss sie sich zusammen. Sie hatte immerhin zu ermitteln.

»Frau Brambach, was hat er denn so lang und breit erzählt?«, hakte sie nach.

Inge Brambach wischte verstohlen die Träne ab, bevor sie antwortete. »Warten Sie mal, das ist eine gute Frage. Er hat ja von allen etwas zu erzählen gewusst, aber es stimmt schon, über die Klara eigentlich nichts Konkretes. Sie hat studiert, aber was? Ich weiß es nicht. Sie kam wohl von hier, war aber jahrelang im Saarland, hat er mal erwähnt. Und dass sie Burgmüller genauso wenig leiden konnte wie er selbst. Er hat mir gesagt, mit ihrem Freund, das wäre in die Brüche gegangen, als er von ihrer Schwangerschaft erfahren hat. Er hätte wohl eine Abtreibung gewollt, und daran ging es kaputt. Und Sie glauben wirklich …? Nein, das kann nicht sein. Dann hätte er mir doch nicht so eine Geschichte aufgetischt. Frau Lehmann, das kann ich einfach nicht glauben. Nein, so war mein Ferdi nicht.«

Julia seufzte, die Erinnerung an Bernd und sein Techtelmechtel mit seiner Sekretärin stieg in ihr auf. Hätte sie jemals gedacht, dass Bernd so wäre? Sie war sich nicht mehr sicher. Von Streibau jedoch, der war auch in ihren eigenen Augen über jeden Zweifel erhaben, sie konnte ebenfalls nicht glauben, dass er Inge Brambach betrogen haben sollte. Zumal er aus diesem Alter eigentlich heraus gewesen sein sollte.

»Frau Brambach, ich habe da auch meine Zweifel. Andererseits, für wen kann man denn schon die Hand ins Feuer legen? Und warum sollte er geäußert haben, dass er Vater geworden ist, wenn es nicht stimmt? Das ergibt doch keinen Sinn. Auch wenn es Ihnen schwer fällt, ich fürchte, dass Sie sich der Realität stellen müssen. Und wenn wir diese Klara ausfindig gemacht haben, erfahren wir hoffentlich Genaueres.«

»Ja, Sie haben schon Recht, Kindchen.« Ihr Gegenüber suchte nach einem Taschentuch und betupfte sich die Augenwinkel. »Aber traurig ist es trotz allem, wenn man im Nachhinein erfährt, dass der geliebte Mensch ein doppeltes Spiel gespielt haben soll. Als ob es nicht reichen würde, dass er tot ist, dass er ermordet wurde, dass man mich vergiften wollte … Was kommt als Nächstes?«

Julia richtete sich entschlossen im Stuhl auf. »Wir werden herausfinden, wer das Kind des Barons ist. Und wir werden den Mörder finden. Ich kann Ihnen nur noch einmal anbieten, dass wir eine Streife abstellen, damit Ihre Sicherheit erhöht wird. Und ich würde Ihnen das ganz dringend raten.«

Inge Brambach wehrte erschrocken ab. »Um Himmels Willen, nein! Das braucht es nicht, ich passe schon auf mich auf. Mein Haus ist immer abgeschlossen, und wenn ich noch einmal einen Topf auf der Vortreppe finden sollte, werde ich Sie wieder anrufen. Was soll denn schon groß passieren? Will der Kerl mich vor dem Haus abfangen und mir eine Flasche überbraten? Am helllichten Tag bestimmt nicht, und nachts pflege ich zu schlafen und nicht etwa zu schlafwandeln. Also, was bleibt noch? Er könnte mir das Haus anzünden, und so verrückt ist keiner. Außerdem habe ich in jedem Zimmer einen Rauchmelder installiert, das wollte Ferdi unbedingt so haben. Er war immer so besorgt um mich. Nein, ich kann mir ganz gut selbst helfen, keine Sorge.«

Sie stand umständlich auf, knöpfte ihrem Mantel zu und setzte ihre Mütze auf. »Es hat ziemlich arg geschneit. Wenn das so weitergeht, hängt mein Taxi später am Matzenberg fest.«

Julia stand ebenfalls auf und trat ans Fenster. Sie schaute hinaus in die Dämmerung, auf die tanzenden Flocken.

»Das wünsche ich Ihnen nicht, Frau Brambach. Ich würde Sie ja gerne heimfahren, aber ich habe noch einiges zu erledigen, bis ich Feierabend machen kann. Es tut mir leid.«

»Aber nein, das hätte ich doch eh nicht erwartet. Ihre Aufgabe ist es, den Mörder zu finden. Das hat Vorrang vor irgendwelchen Chauffeurtätigkeiten. Ade, auf Wiedersehen. Halten Sie mich bitte auf dem Laufenden.«

»Frau Brambach, das ist doch selbstverständlich. Auf Wiedersehen.«

Kaum war die Zimmertür ins Schloss gefallen, als Julia auch schon nach dem Telefon griff und Strassers Nummer wählte.

»Herr Strasser, haben Sie kurz Zeit? Soll ich rüber kommen, oder kommen Sie zu uns? Ah, in Ordnung.«

Sie nickte Stefan zu. »Er kommt gleich her, er ist eh grad im Haus unterwegs.«

Wie auf Kommando ließen beide ihre Tassen in den Schreibtischschubladen verschwinden. Sie wussten, worauf der Staatsanwalt allergisch reagierte.

Als er wenig später in ihrem Büro stand, berichteten sie ihm, was im Lauf des Nachmittags herausgekommen war.

»Ich bin dafür, dass wir das Foto von dieser Klara veröffentlichen und die Frau zur Fahndung ausschreiben«, erklärte Julia entschlossen. Strasser legte den Kopf schief und überlegte kurz, bevor er zustimmend nickte. »In Ordnung, Frau Lehmann. Veranlassen Sie das noch, bevor Sie gehen. Das Foto soll morgen im Kurier erscheinen. Irgendjemand muss diese Frau doch kennen. Und ansonsten, bleiben Sie an den Ärzten und Hebammen dran. Haben Sie noch viele auf der Liste stehen, Herr Siems?«

Stefan nahm den Ausdruck in die Hand. »Die Ärzte aus Bayreuth und dem Landkreis haben wir abgeklappert. Morgen früh kommen die Hebammen dran und dann die Ärzte aus dem Kulmbacher Land.«

»Na, da haben Sie ja noch einiges vor sich. Aber vielleicht haben wir ja auch Glück, und es meldet sich jemand auf das Kurierfoto hin. Ich wünsche Ihnen einen angenehmen Feierabend, seien Sie morgen fit.«

Kapitel 15

Julia Lehmann hatte ihr Auto im Parkhaus Albrecht-Dürer-Straße abgestellt und lief mit schnellen Schritten durch das dichte Schneetreiben zum Eisstadion hinüber. Da die Eisfläche nicht in einer Halle lag, sondern lediglich überdacht war, wurden vereinzelte Flocken auch hierher geweht, aber es war wesentlich angenehmer als draußen auf dem Gehweg. Das Knabentraining war noch in vollem Gange, die Kinder waren in zwei Teams aufgeteilt und führten ein Übungsspiel durch. Jan stand an der Bande, die Arme lässig aufgestützt, und beobachtete das Geschehen genau. Immer wieder gab er Kommentare ab, verbesserte hier und da, pfiff kurz ab und erklärte den Spielern, was sie gerade gut oder falsch gemacht hatten. Er bemerkte Julia erst, als sie neben ihn trat.

»Hallo Lieblingskommissarin.« Die Sonne ging in seinem Gesicht auf, als er sie sah. Vor den Jungs reichte es nur zu einer knappen Umarmung, ansonsten wäre es vorerst vorbei gewesen mit dem Respekt vor dem Trainer. Und auf anzügliche Kommentare der pubertierenden Jungen konnten beide gut verzichten.

»Und, geht es vorwärts bei euren Ermittlungen?«, fragte Jan. Ihm war dran gelegen, dass der Mörder schnell gefasst wurde, und das nicht ganz uneigennützig, denn dann hätten Julias Überstunden ein Ende und ihr Leben würde wieder in geregelteren Bahnen verlaufen. Der Blick seiner Freundin verhieß allerdings wenig Gutes.

»Wenn es doch nur so wäre!«, schimpfte sie. »Ich hab das Gefühl, wir dümpeln die ganze Zeit auf der Stelle herum. Wir haben einfach nichts Greifbares, das ist zum Haare raufen. Die einzige Spur, die wir auch nur ansatzweise haben, die verliert sich irgendwo im Nirwana zwischen Bayreuth-Süd und der Schweiz. Eine Studentin, die im Team DEO war, aber im November verschwunden ist. Keiner weiß was Genaues über sie, aber sie war hochschwanger, und es wäre denkbar, dass der Baron der Vater ihres Kindes war. Mordmotiv haben wir damit immer noch keines, aber wir konzentrieren uns jetzt auf diese Frau. Die Fahndung ist rausgegangen, morgen ist ihr Foto im Kurier.«

Jan runzelte die Stirn. »Also, für mich als Laien klingt das allerdings wirklich ziemlich dünn. Hast du ein Bild von ihr dabei?«

»Na klar, was denkst du denn? Ich kann sie dir schon zeigen, vielleicht war sie ja ein Tigers-Fan und hat euch die Bude eingerannt«, scherzte Julia und zückte ihr Handy. »Hier, das ist sie. Alles, was wir wissen, ist, dass sie unter dem Namen Klara bekannt war.«

Jan nahm ihr das Mobilteil aus der Hand und zoomte das Foto größer. Seine Stirn legte sich noch mehr in Falten als vorhin schon, als er angestrengt auf das Bild starrte. Eine junge Frau mit schulterlangen hellbraunen Haaren schaute ihm eindringlich entgegen, und ohne es zu bemerken rieb er sich vor Anspannung mit dem gekrümmten Zeigefinger über die Nase.

»Julia, ich kenn die!«, rief er schließlich und sah fast erschrocken hoch. Die Kommissarin war auf einmal wie elektrisiert.

»Wie, du kennst sie? Woher denn? Wer ist sie und wo wohnt sie? Ist sie wirklich weggezogen? Wie heißt sie mit vollem Namen?«, sprudelte es aus ihr heraus.

Jan schüttelte verwirrt den Kopf. »Jedenfalls nicht Klara, da bin ich mir sicher. Die Gute hat bei zwei Heimspielen meiner Knaben zugesehen, deswegen ist sie mir aufgefallen. Normalerweise sind ja nur die Eltern oder auch mal die Großeltern bei den Spielen dabei, sonst verirrt sich hier niemand her. Da bemerkt man jedes neue Gesicht. Sie hat einen der Jungs angefeuert, und zwar … lass mich mal nachdenken … das muss Moritz gewesen sein, wenn mich nicht alles täuscht.«

Er drehte sich wieder zur Eisfläche und pfiff das Spiel ab. »Moritz, komm mal schnell her, bitte«, rief er, und einer der Jungs kam vom Mittelkreis an die Bande gefahren. Mit einem lauten »Ratsch« bremste er direkt vor den Erwachsenen.

»Was gibt's, Trainer? Hallo Julia.«

Moritz zog einen Handschuh aus, winkte Julia lässig zu und griff nach seiner Trinkflasche. Mit geübtem Griff setzte er sie an und trank durch das Gitter seines Helms hindurch.

Jan wartete geduldig, bis Moritz getrunken hatte. In der Zwischenzeit rief er dem Rest der Mannschaft zu: »Feierabend für heute, räumt bitte schon mal auf.«

Dann hielt er Moritz das Handy hin und zeigte auf das Bild. »Schau mal, die war doch zwei Mal hier und hat dich angefeuert. Kannst du uns sagen, wer das ist?«

Moritz schaute von Jan zu Julia. »Hat sie was ausgefressen?«, wollte er wissen. Julia zwang sich zu einem belanglosen Lächeln.

»Nein, wir wollen nur mit ihr reden, weil sie den Baron kannte und wir nicht wissen, wo sie sich aufhält. Das ist alles.«

Der Junge setzte einen verstockten Blick auf. »Schade, ich hätte ihr ein wenig Ärger gegönnt«, knurrte er.

»Warum das denn?«, fragte Julia erstaunt. Moritz spuckte verächtlich aufs Eis, was ihm ein warnendes »Moritz, lass das!« von Jan einbrachte.

»Weil sie eine dumme Kuh ist«, brach es aus ihm heraus. »Wegen der haben sich meine Eltern getrennt. Von mir aus kann die tot umfallen, und ich helfe ihr nicht.«

Julia und Jan tauschten einen raschen Blick. Jan verstand sofort, dass er mit Moritz reden sollte.

»Deine Eltern haben sich getrennt? Das habe ich ja gar nicht gewusst. Seit wann das denn?«

Moritz spuckte noch einmal, und diesmal sagte Jan nichts. Die anderen Kinder hatten die Tore vom Eis geräumt und die Trainingspucks eingesammelt, jetzt öffneten sie die Tür an der Bande und liefen zur Kabine 3. Die Pucks klapperten in dem alten Kanister, den Jonas außen neben die Bande stellte. Moritz wartete, bis alle im Mittelgang verschwunden waren, dann redete er weiter.

»War ja auch jetzt erst. Nach Weihnachten ist meine Mutter ausgezogen. Und die blöde Schnalln ist schuld.«

»Ist das die Freundin von deinem Vater?«, fragte Jan leise.

Moritz starrte ihn verblüfft an, dann begann er zu grinsen. »Nein, Trainer, was denkst denn du! Mein Papa ist doch nicht so blöd, dass er sich mit der einlassn tät. Nein, das ist eine Freundin von meiner Mutter, und sie hat sie immer mitgeschleppt, wenn sie abends weggegangen ist. Und hat ihr erzählt, dass sie noch ihr ganzes Leben vor sich hätte und dass die Familie nicht alles ist. Meine Mutter ist immer komischer geworden in letzter Zeit, und dann hat sie gesagt, sie muss jetzt mal an sich selbst denken. Und ist ausgezogen. Und an allem ist Rena schuld!«

Die Schlittschuhkufe hackte ein Loch ins Eis, und Julia merkte Jan an, wie sehr er sich beherrschen musste nichts zu sagen. Dass der Junge aufgebracht war, war jedoch verständlich, egal was der Eismeister später denken würde, wenn er neues Eis machte. Jetzt mischte sie sich doch ein.

»Moritz, schau dir das Foto bitte ganz genau an. Bist du sicher, dass diese Frau Rena heißt?«

Er griff unwillig nach dem Handy. »Ja, klar. Das ist Rena. War ganz schön scheinheilig von ihr, dass sie hier aufgetaucht ist bei unseren Heimspielen. Wo ich doch so unwichtig bin.« Moritz schob das Handy zurück zu Jan.

»Und dass sie Rena heißt, das weißt du auch ganz sicher? Nicht Klara?«, hakte Julia wieder nach. Der Junge schaute sie verblüfft an.

»Julia, geht's noch? Klar weiß ich das. Rena. Zumindest meldet sie sich so am Telefon, wenn sie anruft. Was sie jetzt nicht mehr macht, weil meine Mutter ja ausgezogen ist.«

»Hast du ihre Nummer?«

»Nein, ich hab mit der ja nix zu schaffen. Aber du kannst meine Mutter anrufen, die hat sie auf alle Fälle.«

»Moritz, das wäre echt prima. Gibst du mir die Nummer deiner Mutter? Und ihre neue Adresse?«

»Mach ich, mein Handy ist drin in der Kabine. Aber du musst mir versprechen, dass du der dummen Pute ein wenig Ärger machst, okay?«

Moritz zwinkerte der Kommissarin verschmitzt zu, und sie musste lächeln. »Wenn sie Dreck am Stecken haben sollte, dann finde ich das heraus. Und dann kriegt sie Ärger. Versprochen.«

Er nickte und ging hinaus in den Gang. »Los, kommt mit.«

Jan ging ihm mit großen Schritten hinterher, und Julia nahm automatisch den Kanister mit den Pucks hoch, um ihn aufzuräumen.

Wenige Minuten später stand sie vor Kabine 3 und telefonierte mit Stefan Siems. »Stefan, du musst noch mal los. Ich hab eine Spur wegen dieser Klara. Wir treffen uns in der Altstadt, Lessingweg 7 – bis gleich.«

Jan war ebenfalls herausgekommen und nahm sie in die Arme. Da er seine Schlittschuhe noch anhatte, war er wieder einmal ein gutes Stück größer als ohnehin schon.

»Du musst weiter, oder?«, fragte er und drückte seine Lippen auf ihren Scheitel. Die Ermittlerin nickte und legte den Kopf an seine Brust. Sie spürte seinen schweren, ruhigen Herzschlag durch die Jacke hindurch.

»Tut mir leid. Ich kann dir nicht versprechen, dass ich heute noch bei dir aufschlage. Kommt drauf an, wie sich das alles jetzt entwickelt. Wenn ich vor Mitternacht fertig bin, rufe ich dich an, okay?«

Jan nickte und schob sie von sich weg. »Viel Erfolg, und pass auf dich auf«, brummte er.

Sie lächelte ihn an. »Keine Sorge. Stefan ist ja bei mir, zu zweit sind wir unschlagbar. Ich liebe dich.«

Bevor er noch antworten konnte, war sie schon auf dem Weg zu ihrem Auto, um sich ihren Weg über die verschneiten Straßen in Richtung Altstadt zu bahnen. Der Winterdienst kam nicht hinterher, und so waren nur der Ring und die Busrouten halbwegs frei befahrbar. Auf der Erlanger Straße lag Matsch, die Justus-Liebig-Straße war schon rutschiger, und als Julia in das Wohnviertel abbog, schlingerte ihr Auto um die Kurve. Stefans Kombi stand bereits vor der angegebenen Adresse, und sie fuhr hinter ihm rechts ran. Als ihr Kollege sie bemerkte, stieg er aus und warf die Kapuze über seinen Kopf.

»Julia, was gibt es denn?«, fragte er gespannt.

Sie berichtete ihm kurz von Moritz. »Ich habe vorhin mit seiner Mutter telefoniert und gefragt, ob wir kurz bei ihr vorbei kommen könnten. Genaueres habe ich ihr noch nicht gesagt. Wir wollen ja keine Pferde scheu machen«, versuchte sie zu scherzen. »Los, komm mit. Ich bin ja neugierig, was sie uns erzählen wird.«

Ein kurzer, suchender Blick auf die Klingelschilder. »Schaffranek – hier ist es. Na, dann wollen wir mal.«

Frau Schaffranek hatte offensichtlich bereits an der Wohnungstür auf sie gewartet, denn der Türöffner summte direkt nachdem Julia geklingelt hatte. Im zweiten Stock stand eine Frau, etwas jünger als Julia, und schaute sie neugierig an. »Hallo, sind Sie des vo da Bolizei?«, fragte sie leise. Vermutlich wollte sie nicht das ganze Haus auf ihren Besuch aufmerksam machen. Julia nickte und zückte ihren Dienstausweis, den Frau Schaffranek gründlich studierte, bevor sie ihn zurückgab. »Sie sind doch die Freundin vom Moritz seim Trainer, oder?« Sie musterte die beiden Beamten misstrauisch, offenbar fand die diese Querverbindung verdächtig. Julia musste lächeln, sie konnte es Moritz' Mutter nicht verdenken. Letztes Jahr waren es die Knaben gewesen, die im Eisstadion eine Leiche gefunden hatten, und die Kinder waren damals alle ziemlich geschockt gewesen. Verständlich, dass Julias Anblick keine guten Erinnerungen weckte. »Ja, die bin ich. Dürfen wir kurz hereinkommen und Ihnen ein Bild zeigen?«

Frau Schaffranek nickte und trat einen Schritt zur Seite.

»Gradaus durch.«

Im Wohnzimmer deutete sie aufs Sofa und ließ sich selbst auf den wuchtigen Sessel fallen, der gegenüber stand. »Zeing Sie amoll her, Ihr Bild.«

Julia zückte ihr Handy mit dem Foto. Ein kurzer Blick, und Frau Schaffranek nickte überrascht.

»So, die Rena sugn Sie also? Des muss ja wohl a Irrtum saa, was sollt'n die ausg'fressen ham?«

»Wir wollen sie nur befragen, sonst nichts«, erklärte sie und hielt der Frau das Bild nochmals unter die Nase. »Ihr Sohn Moritz hat die Frau erkannt, die bei einigen Knabenspielen dabei war und ihn angefeuert hat. Moritz hat mir gesagt, es wäre eine gewisse Rena, eine Freundin von Ihnen. Schauen Sie bitte noch einmal, ist sie das?«

Frau Schaffranek begutachtete das Bild länger als nötig, und Julia befürchtete schon, sie würde jetzt alles abstreiten. Aber dann gab sie Julia das Handy zurück und nickte knapp. »Ja, des is die Rena.«

»Frau Schaffranek, wie heißt diese Rena bitte mit Nachnamen? Und wo wohnt sie?«

»Renate Ruckriegel heißt sa, und wohnt am Roten Hügel. Die Adresse kann ich Ihnen ned sogn, aber ich kann es Ihnen erklären:« – jetzt bemühte sie sich um leidliches Hochdeutsch – »Sie fahren die Preuschwitzer Straße nauf bis zu der Fußgängerampel vor der Schule. Da ist auch eine Bushaltestelle. Und bei der biegen Sie links ab. Auf der linken Seite ist eine Reihenhauszeile, die man von der Preuschwitzer Straße aus sieht. Und da ist es die zweite Tür von rechts gesehen. Sie wollen die Rena wirklich nur als Zeugin befragen? Worum geht's denn?«

Julia warf Stefan einen kurzen Blick zu, und er antwortete: »Verstehen Sie bitte, dass wir das derzeit nicht erläutern können. Ermittlungstaktische Gründe, Sie wissen schon. Außerdem möchte ich Sie bitten, Frau Ruckriegel nicht vorab zu informieren. Wir werden das im Zweifel überprüfen.«

Die Kommissarin verbiss sich ein Lächeln und stieg wieder ein: »Eine letzte Frage haben wir noch: Renate Ruckriegel, hat sie ein Baby?«

Frau Schaffranek starrte die beiden an, dann begann sie herzhaft zu lachen. Es dauerte ein wenig, bis sie sich wieder gefangen hatte. Dann antwortete sie, immer noch kichernd: »Die Rena und a Baby? Der war echt gut. Der Tag, an dem die Rena ein Kind will, des

is der Tag, an dem der Maa naufwärts fließt. Nein,
niemals.«

»Aber sie war schwanger?«, fragte Julia irritiert.
Wieder lachte ihr Gegenüber. »Naa, so blöd wär die
Rena ned, die weiß, wie ma verhüt'. Des kann ich mir
beim besten Willen ned vorstellen.«

»Wann haben Sie sie denn zum letzten Mal gesehen?«

»In der vorichn Wochn war des. Und davor jeden
Dienstag, da haben wir unseren Weiberstammtisch.
Sie könna mir glaum: wenn die Rena schwanger gewesen wäre, dann hätt ich des g'seng. Tut mir leid,
aber da liegen Sie völlig daneben.«

Wenig später standen Julia und Stefan am Roten
Hügel, vor Renate Ruckriegels Wohnung. Durch den
genörpelten Glaseinsatz der Haustür konnte man ge-
dämpftes Licht erkennen, wie Julia erleichtert fest-
stellte. Somit war die unschöne Fahrt auf den rutschi-
gen Straßen wohl nicht vergeblich gewesen. Diesmal
dauerte es einige Minuten, und sie mussten mehrfach
läuten, bis sich innen etwas tat.

»Ja, wer ist da?«, rief es heraus.

Julia leierte ihr Sprüchlein herunter, aber Rena blieb
vorsichtig.

»Da könnte ja jeder kommen und mir so was erzählen«, erklärte sie entschlossen.

Julia seufzte und holte ihren Ausweis aus der Tasche. »Hören Sie, Frau Ruckriegel. Ich werfe meinen
Dienstausweis durch den Briefkastenschlitz. Den
können Sie in Ruhe ansehen. Und wenn Sie uns dann
immer noch nicht glauben, dann rufen Sie bei der Po-

lizei an. Die werden Ihnen bestätigen, dass Kollege Siems und ich echt sind.«

»Schon gut, schon gut – ich glaube Ihnen.«

Die Haustür wurde geöffnet, aber Renate Ruckriegel war trotz allem misstrauisch und griff sofort nach Julias Ausweis. Endlich war sie zufriedengestellt.

»Okay, kommen Sie rein. Worum geht es denn?«

Sie war weniger gastfreundlich als ihre Freundin und ließ die beiden Ermittler im Windfang stehen. Julia kam gleich zur Sache. »Frau Ruckriegel, wir haben Zeugenaussagen, denen zufolge Sie im Team DEO des Freiherrn von Streibau aktiv waren. Können Sie uns hierzu einige Fragen beantworten?«

Sie erntete einen verständnislosen Blick. »Team DEO? Was soll das denn sein? Ein Marketingteam von 8x4? Entwickeln die neue Düfte? Und der Freiherr – ich dachte, der ist tot? Und zuvor hat der doch nur gegen alles und jeden demonstriert. Wann soll der denn Zeit gehabt haben für so etwas? Tut mir leid, ich habe keine Ahnung, wovon Sie reden.«

»Sie kennen den Baron?«

»Nein, ich kenne ihn nicht. Mit so einem Querulanten will ich nichts zu schaffen haben. Was soll denn diese Fragerei?«

Julia schluckte eine harsche Antwort hinunter. Es hatte wenig Sinn, sich mit Rena anzulegen.

»Und schwanger waren Sie auch nicht?«, ließ sie trotzdem nicht locker. Jetzt endlich leuchtete Verstehen im Gesicht der jungen Frau auf, und sie lachte erleichtert.

»Ach so! Sagen Sie's doch gleich. Sie meinen gar nicht mich, sondern meine Zwillingsschwester Klara.

Wer hat Ihnen denn erzählt, dass ich das gewesen sein soll?«

Als Antwort zeigte Julia ihr das Fahndungsfoto. »Sind das Sie, oder ist das Ihre Schwester?«, wollte sie wissen.

Rena zwinkerte ihr zu. »Meine Schwester ist das. Ja, der traue ich so etwas schon zu, dass sie sich mit dem Baron verbrüdert, wofür auch immer. Und sie ist im Dezember Mutter geworden.«

Julia atmete auf. Endlich war dieser Punkt geklärt. »Ihre Schwester heißt also Klara. Klara Ruckriegel, oder hat sie einen anderen Nachnamen?«

»Nein, das ist das Einzige, worin wir uns ähnlich sind: Wir würden beide nicht heiraten. Aber ansonsten ist Klara so ziemlich das genaue Gegenteil von mir. Wir sind wie Hund und Katz, wissen Sie? Deswegen vermeiden wir den Kontakt, so gut es eben geht. Geburtstage, da treffen wir uns zwangsläufig, aber wir versuchen dann nicht zu streiten.«

»Und wo finden wir Ihre Schwester? In der Schweiz?«, mischte sich Stefan Siems ein.

Rena drehte sich verwirrt zu ihm um. »Schweiz? Wie kommen Sie denn auf so eine Idee? Das ist ein Witz, oder? Nein, Klara wohnt in Kulmbach. Schweiz – als ob die von hier wegziehen würde.«

Sie notierte die Adresse ihrer Schwester auf einem Notizzettel und hielt ihn Stefan hin. »Schweiz«, schnaubte sie noch einmal. »Lichtenfelser Straße in Kulmbach trifft es eher.«

Er steckte den Zettel ein und zog die Augenbrauen hoch. »Studiert hat sie aber schon?«, wollte er wissen. Rena brach in Gelächter aus. »Studiert? Entschuldigung, ich will ja nicht wegen Beamtenbeleidigung dran sein, aber ich frag mich grad schon, was Sie geraucht haben. Schweiz, studiert – was kommt den als Nächstes? Dass das Kind vom Baron ist?«, ulkte sie. Julia holte tief Luft. Offenbar waren sie total auf dem Holzweg. »Ja, eigentlich wäre das die nächste Frage gewesen, Frau Ruckriegel«, erklärte sie energisch. Rena Ruckriegel hörte abrupt auf zu lachen und starrte sie an.

»Sie meinen das tatsächlich ernst, oder? Also, ich war ja nicht mit im Bett, als Justus gezeugt wurde. Aber nach allem, was Klara mir erzählt hat, war sie damals mit einem tatsächlichen Studenten zusammen. Als er von ihrer Schwangerschaft erfahren hat, wollte er, dass sie abtreibt. Und darüber ging die Beziehung in die Brüche. Der Baron – um Himmels Willen, der alte Knabe war doch über sechzig, was hätte sie denn mit dem gewollt? Nein, das kann ich mir beim besten Willen nicht vorstellen. Aber fahren Sie zu ihr und fragen Sie sie selbst. Was auch immer Sie von ihr wollen, ich sage Ihnen das Eine: Klara hat nichts angestellt. Sie ist zwar manchmal richtig, richtig durchgeknallt, aber mit dem Mord am Baron hat sie garantiert nichts zu tun, dafür lege ich meine Hand ins Feuer. Darum geht es hier doch, oder etwa nicht?«

Julia verabschiedete sich, ohne auf diese Frage einzugehen. »Ja, wir werden mal nach Kulmbach fahren – falls wir bei diesem Wetter überhaupt durchkommen.«

»Die B85 ist eigentlich immer ganz gut geräumt, da werden Sie keine Schwierigkeiten haben«, erklärte Rena.

Julia spielte mit dem Gedanken, sich noch nach der Ehe der Schaffraneks zu erkundigen, ließ es dann aber doch bleiben. Beruf und Privates zu vermischen tat selten gut, und es war beileibe nicht ihre Aufgabe, sich dort einzumischen. Also verabschiedeten sie sich eilig von Rena, um ihr weiteres Vorgehen abzusprechen.

»Stefan, was meinst du? Ich denke mal, wir sollten schon sofort zu Klara Ruckriegel fahren, egal wie stark es schneit. Wenn wir von hier runter zur Himmelkron-straße kommen, dann sehen wir ja gleich, wie es auf der B85 ausschaut. Schlimmstenfalls kehren wir dann noch um.«

Siems nickte nachdenklich. »Aber bitte nur mit ei-nem Auto, und zwar mit meinem. Ich hab nagelneue Winterreifen drauf, und außerdem hast du Heckantrieb, du würdest nonstop schwänzeln. Ich setze dich später wieder hier ab, einverstanden? Oder soll ich dich noch nach Hause fahren? Oder zu Jan?«

Ein warmes Gefühl der Dankbarkeit durchströmte Julia. Es war gut zu wissen, dass sie sich auf Stefan blind verlassen konnte. Sie waren mehr als nur Kolle-gen – sie waren gute Freunde. »Stefan, das entscheiden wir dann spontan, okay?«

Obwohl sie sich nur kurz bei Rena aufgehalten hat-ten, mussten sie Stefans Fahrzeug schon wieder ab-kehren. Nur auf der warmen Motorhaube war der Schnee angetaut und wässrig, ansonsten ließ er sich gut wegkehren.

»Unglaublich, der Januar holt jetzt alles nach, was wir uns für Weihnachten an Schnee gewünscht hätten«, murmelte Julia, als sie einstieg.

Stefan grinste. »Meine Jungs werden sich freuen, wenn sie morgen früh aufwachen. Die werden nachmittags zur Judenwiese ziehen und dann Schlitten fahren, bis es dunkel wird.«

»Na, wenn sie Glück haben, gibt es schneefrei. Dann haben sie den kompletten Tag Zeit.«

Stefan fuhr vorsichtig los und tastete sich die Preuschwitzer Straße hinunter bis zur Kreuzung Scheffelstraße. Vor der Ampel stand ein kleiner Twingo quer auf der Straße, ein junges Mädchen war gerade ausgestiegen und winkte den beiden verzweifelt zu. Stefan fuhr rechts ran und schaltete den Warnblinker ein.

»Was ist denn passiert?«, fragte er. Das Mädchen begann zu weinen. »Ich weiß nicht genau. Ich bin den Berg runter gefahren und die Ampel ist auf Rot gesprungen. Ich wollte bremsen, da bin ich plötzlich weggerutscht. Und jetzt hab ich tierisch Angst, ich hab den Führerschein noch nicht lang und bin das erste Mal bei Schnee unterwegs. Was soll ich denn nur machen?«

»Ist Ihnen was passiert?«

»Nein, nein. Alles okay bei mir. Und bei meinem Auto auch. Ich hab meinen Vater angerufen, er kommt gleich. Aber ich kann das Auto doch nicht mitten auf der Straße stehen lassen – wenn da noch jemand ins Rutschen kommt und mir rein rauscht?«

Julia legte ihr beruhigend den Arm um die Schultern. »Kommen Sie erst mal selbst von der Straße weg. Mein Kollege fährt Ihr Auto über die Kreuzung, sehen sie: Dort drüben ist gleich ein Parkplatz. Dort stellen wir es ab, dann können Sie es morgen abholen, oder

dann gleich weiterfahren, wenn Sie sich ein wenig gefangen haben.«

Sie warteten gemeinsam mit der jungen Fahrerin, bis
deren Vater die Scheffelstraße hochgeschlichen kam.
Er wirkte erleichtert darüber, dass seine Tochter bereits
Hilfe erhalten hatte.

»Vielen herzlichen Dank! Bei diesem Wetter ist es
ja wirklich kein Spaß, wenn man mit dem Auto unterwegs ist. Und dann noch als Fahranfänger. Na
komm, steig ein, Mädel. Und morgen suchen wir uns
einen Parkplatz, auf dem du üben kannst, wie dein
Flitzerchen auf Schnee reagiert. Auf Wiedersehen, und
kommen Sie gut heim.«

»Da wenn wir nur schon wären«, murmelte Stefan,
als sie ebenfalls wieder einstiegen und nach links ab-
bogen. Aber überraschenderweise war die B85 tatsächlich relativ frei und gut zu befahren. Julia kuschelte sich in den Beifahrersitz, starrte aber ebenso
konzentriert in das Schneegestöber wie Stefan selbst.
In Kulmbach lotste das Navi sie zielgenau durch die
Innenstadt, wo allerdings wieder wesentlich mehr
Schnee auf den Straßen lag. Vorsichtig tastete Stefan
sich durch das Viertel, in dem Klara Ruckriegel
wohnte.

Kapitel 16

»Kripo Bayreuth? Wecherm Baron, oder? Ich hab's g'wusst, seit ichs im Kurier glesn hab. Kommen Sie rein.«

Die Sprechanlage verstummte, stattdessen summte der Türöffner. Schon im Treppenhaus war lautes Babygeschrei zu hören, Justus war offenkundig ungehalten über die abendliche Störung. Während Julia hinter Stefan über die ausgetretenen Holzstufen hinauf in den zweiten Stock ging, fragte sie sich, was in der letzten Woche mit ihr geschehen war – es zerschnitt ihr nicht das Herz, als sie das meuternde Kind hörte. Seltsam, dachte sie. Ich habe mich damit arrangiert. Danke, Gott – falls es dich irgendwo geben sollte.

Klara Ruckriegel stand in der geöffneten Wohnungstür, ihren kleinen Sohn hielt sie im Arm und schaukelte ihn beruhigend.

»Es liegt nicht an Ihnen, er ist ein Schreikind. Das geht jeden Abend so, weiß der Kuckuck warum. Kommen Sie, ich bin Ihnen wohl eine Erklärung schuldig.«

Sie ging voraus ins Wohnzimmer und setzte sich mit dem Baby auf dem Arm in einen Hängesessel, der mitten im Raum von der Decke baumelte.

»Das beruhigt ihn immer ein wenig, aber es ist gut möglich, dass er noch eine Zeitlang weiter quengelt. Tut mir leid, aber wie gesagt, das ist ganz normal. Ich hätte es mir einfacher vorgestellt ...«

Julia wartete geduldig, bis Klara ihrem Sohn einen Schnuller in den Mund geschoben und das Kind sich tatsächlich etwas beruhigt hatte. Dann sah sie die junge Mutter erwartungsvoll an.

»Sie sagten vorhin, dass Sie uns eine Erklärung schulden. Was genau meinen Sie damit?«

»Ach, es war mir von Anfang an klar, dass es so enden würde, also seit ich gelesen habe, dass der Baron ermordet wurde. Ich hab ja schon immer befürchtet, dass die ganze Aktion auffliegt, aber durch den Mord war das ja sonnenklar. Also, wo soll ich anfangen?«

Klara wirkte sehr gefasst, aber Julia vermutete, dass es unter der ruhigen Oberfläche brodelte. Sie nickte ihr aufmunternd zu.

»Am besten am Anfang, wäre das okay?«

»Ja, natürlich. Also, dass die Demonstrationen des Barons dem Burgmüller ein Dorn im Auge waren, das ist ja kein Geheimnis. Egal was er vorschlug, plante, machte – Streibau war immer schon da, wie beim Hasen und dem Igel. Und irgendwann kam der OB auf die Idee, jemanden ins Team DEO einzuschleusen, um über die nächsten Schritte des Barons informiert zu werden. Dieser Jemand war ich. Wissen Sie, Burgmüller ist um fünf Ecken mit meiner Mutter verwandt, und wir hatten immer losen Kontakt. Vor etwa einem Jahr hat er mich gefragt, ob ich bereit wäre, ihm mit Blick auf die Bürgermeisterwahlen zu helfen, es solle mein Schaden nicht sein, sagte er. Er drückt sich oft so gestelzt aus. Ich dachte natürlich zuerst, er würde mich als Wahlhelferin einstellen, aber dann wurde mir klar, dass er ganz andere Pläne hatte.

Zuerst musste ich so eine Verschwiegenheitserklärung unterschreiben, und dann hat er Tacheles geredet. Ich sollte unter falschem Namen dem Team DEO beitreten, mich beim Baron lieb Kind machen und möglichst viele Informationen an Burgmüller weitergeben. Dafür erhielt ich 500 Euro monatlich sowie eine Erfolgsprämie für jede Info, die Burgmüller gegen den Baron verwenden konnte oder die ihm half, gegen Streibau besser dazustehen. Für die Sache mit der Probenbühne habe ich 2.500 Euro kassiert. Wissen Sie, das habe ich maßgeblich angezettelt, die Studenten davon zu überzeugen, dass Bayreuth diese neue Probenbühne braucht. Das war allerdings die letzte Bezahlung, denn ich habe dann alles hingeschmissen. Das mag ja blöd klingen, aber der Baron ist mir wirklich mit der Zeit irgendwie ans Herz gewachsen. Und als er damals so mutterseelenallein im Regen stand, das hat mir so leid getan, da wollte ich nicht mehr weitermachen. Ich hab also eine wilde Geschichte erfunden von einem Traumjob in der Schweiz und hab im Team DEO aufgehört.«

Jetzt begann sie doch zu weinen, und der Säugling schaute sie mit großen Augen an.

»Sie wollen damit sagen, dass Burgmüller Sie als Maulwurf eingeschleust hat? Haben Sie Beweise dafür?« Julia war aufrichtig entsetzt darüber, dass der OB tatsächlich so etwas angeleiert hatte.

»Na ja, ich habe einen schriftlichen Vertrag. Da steht natürlich nicht drin, dass ich das machen sollte, der ist sehr allgemein gehalten. Aber von Erfolgsprämien ist die Rede. Und ich habe eine SMS von Burgmüller, in der er sich bedankt. Das war am Tag nach dem Kurierartikel über die Probenbühne. Warten Sie mal … hier. ›Danke für deine Mithilfe in Sachen v.S., Prämie folgt.‹ «

Sie zeigte den Beamten ihr Handy, und Justus wurde wieder unruhig. »Bsch, bsch, bsch … Alles gut, Kleiner. Zwei Tage später, als ich auf meinen Kontostand schaute – siehe da: 2.500 Euro mehr. Bareinzahlung, Verwendungszweck: bekannt. Wenn Sie wollen, kann ich Ihnen auch die Auszüge zeigen. Aber erst, wenn Justus eingeschlafen ist. Ich hatte ein derart schlechtes Gewissen, dass ich Burgmüller angerufen und gekündigt habe. Er war ziemlich sauer und meinte, das mit der Verschwiegenheit gelte aber nach wie vor. Ich hätte auch nichts gesagt, aber bei Mord hört die Freundschaft auf.«

»Glauben Sie denn, dass der OB etwas mit dem Mord am Baron zu tun hat?«

»Ich weiß es nicht. Er hat ja oft gesagt, er würde ihn lieber tot als lebendig sehen wollen. Aber so etwas sagen viele Leute, grad über den Baron. Doch Burgmüller hat ihn wirklich gehasst. Wissen Sie, seine Umfragewerte waren nicht mehr so gut wie früher, die Wiederwahl war am Wackeln. Und als nächstes wäre das Wahnfriedmuseum auf der Tagesordnung gestanden. Der Baron war da gut aufgestellt mit seinen Studenten. Das hätte Burgmüller Kopf und Kragen kosten können, aber zumindest seinen Bürgermeistersessel. Ich will ihn in nichts reinreiten, aber ich würde für ihn nicht die Hand ins Feuer legen. Jedenfalls ist er nicht der Typ, der sich selbst die Finger schmutzig macht. Er zieht im Hintergrund die Fäden.«

Julia und Stefan sahen sich schockiert an. Strasser hatte recht gehabt mit seiner Maulwurfsvermutung. Mafiöse Strukturen im Bayreuther Rathaus – auch wenn er sie gerade dort wohl eher nicht erwartet hatte. Mit einem Mal war der OB wieder in den Kreis der Hauptverdächtigen aufgestiegen, das würde dem Staatsanwalt nicht gefallen.

»Sie meinen, ein Auftragsmord? Frau Ruckriegel, sind Sie sich im Klaren darüber, was das bedeutet?«

Die junge Frau legte den Kopf schief, dachte nach, streichelte ihrem mittlerweile eingedösten Baby über die winzige Hand. Dann nickte sie traurig.

»Ja, das bedeutet, dass Burgmüller ins Gefängnis wandern könnte, falls Sie ihm das nachweisen können. Und dass er so oder so seinen Posten als OB vergessen kann. Hören Sie, ich sag das nicht, weil ich ihm an den Karren fahren will. Aber ich will einfach nicht mit in diese Mordsache hineingezogen werden! Ich habe ein Baby, für das ich da sein möchte. Es ist schon schlimm genug, was diese DEO-Geschichte noch für Konsequenzen für mich haben kann. Ich verspreche Ihnen, dass Sie alles bekommen, was ich an Belegen und Beweisen habe. Aber bitte helfen Sie mir umgekehrt, damit ich ohne Haftstrafe aus dieser Sache herauskomme.«

Immer diese Fernsehnummern. Julia seufzte resigniert. »Frau Ruckriegel, versprechen kann ich Ihnen überhaupt nichts. Aber Tatsache ist, je mehr Sie kooperieren, desto positiver wird sich das auswirken, falls Sie vor Gericht gestellt werden. Ich hätte allerdings noch eine Frage: Wie weit ging denn Ihre Verbrüderung mit dem Baron? Ist er der Vater von Justus?«

Klara starrte die Kommissarin verblüfft an, dann kicherte sie leise.

»Um Himmels Willen – nein! Der Baron war so … asexuell. Ich glaube nicht, dass der überhaupt Interesse an etwas anderem als an seinen Protestaktionen hatte. Und außerdem war er alt. Also, richtig alt. Über 60. Bei aller Freundschaft, aber – nein. Obwohl Burgmüller das mit Sicherheit gut gefunden hätte. Nein, der Vater ist ein Jurastudent namens Heiko, und als er gehört hat, dass ich schwanger bin, wollte er, dass ich abtreiben lasse. An so etwas hätte ich nie auch nur einen Gedanken verschwendet, und darüber haben wir uns ziemlich gestritten. Also, kurz gesagt: Seit Sommer ist Schluss. Er war übrigens nicht im Dunstkreis des Barons vertreten, das wäre viel zu kompliziert geworden, ich war dort ja unter falschem Nachnamen aktiv. Aber Sie können ihn gern jederzeit anrufen, er wird Ihnen das bestätigen. Von meinem Job bei Burgmüller wusste er nichts.«

Sie kicherte nochmals, und Justus begann sich im Schlaf zu bewegen. Vorsichtig stand sie auf und legte den Kleinen in sein Bettchen.

»Der Baron und Vater von Justus – na, Sie haben ja drollige Ideen.«

Julia räusperte sich, und Klara wurde ernst, als sie in das versteinerte Gesicht der Kommissarin blickte.

»Sie meinen das wirklich ernst, oder? Wie kommen Sie denn auf so eine Idee, um Himmels Willen?«, fragte Klara.

»Frau Ruckriegel, haben Sie dem Baron gegenüber vielleicht erwähnt, dass er der Vater sein könnte?«

Sichtlich verwirrt schüttelte die Frau den Kopf.

»Ich habe Ihnen doch gesagt, der Baron wäre mir viel zu alt gewesen, und er hätte ja gar nichts von mir gewollt. Wenn ich ihm so einen Schmarrn erzählt hätte, dann hätte er mich ausgelacht, weil da ja nichts war. Wie hätte er dann der Vater sein sollen? So ein Quatsch.«

»Sind Sie sich ganz sicher, dass er mit niemanden im Team DEO oder sonst unter den Studentinnen eine Affäre hatte? Es ist wirklich wichtig, Frau Ruckriegel.«

Klara überlegte angestrengt. Schließlich winkte sie ab. »Ich habe Ihnen doch gesagt, er hatte kein Interesse an Sex oder an einer Affäre. Ich kann mir das beim besten Willen nicht vorstellen. Wie zum Teufel kommen Sie denn auf so etwas?«

»Was wäre denn, wenn wir einen Vaterschaftstest anordnen lassen würden? Was käme dann heraus, Frau Ruckriegel?«

Julias Stimme klang jetzt schneidend, aber Klara blieb unbeeindruckt.

»Das können Sie von mir aus jederzeit gerne machen, wenn Ihnen das bei Ihren Ermittlungen hilft – wofür auch immer. Und dann wird herauskommen, dass Heiko der Vater von Justus ist.«

Obwohl sie gleichbleibend freundlich klang, war es Klara anzumerken, dass sie gekränkt war ob dieser Unterstellungen. Die beiden Ermittler erhoben und verabschiedeten sich.

»Bitte verstehen Sie, dass wir das fragen mussten. Und bitte halten Sie sich auch zu unserer Verfügung. Bei diesem Wetter werden wir Sie nicht mit nach Bayreuth nehmen, aber Sie müssten morgen oder spätestens übermorgen zu uns in die Dienststelle kommen, damit wir Ihre Aussage zu Protokoll nehmen können. Und bitte bringen Sie dann den Arbeitsvertrag, den Kontoauszug und diese SMS mit«, bat Julia an der Wohnungstür.

Klara nickte. »Okay, das mache ich. Obwohl – Sie können den Vertrag auch gleich mitnehmen. Die Auszüge auch. Und die SMS – geben Sie mir Ihre Handynummer, dann schicke ich Ihnen den Screenshot.«

Als Julia und Stefan auf die Straße traten, stellten sie erleichtert fest, dass der Schneefall nachgelassen hatte. Nur noch vereinzelt tanzten Flocken durch die Winternacht, in der Ferne war das gelbe Blinklicht eines Räumfahrzeugs zu sehen. Auf Stefans Auto lag kaum noch Schnee.

Julia ließ sich auf dem Beifahrersitz fallen. Mit einem Mal spürte sie ihren Magen wieder, ein unangenehm drückender Stein unter dem Brustbein. Sie fühlte sich müde und ausgebrannt. Die geheimnisvolle Klara hatten sie gefunden, den Mord hatte dieser Erfolg jedoch nicht aufgeklärt.

»Was meinst du, sagt sie die Wahrheit?«, wollte Stefan wissen. Der Motor eierte ein wenig, als er den Zündschlüssel drehte, sprang dann jedoch bereitwillig an.

»Ich denke schon«, antwortete Julia leise. Er warf ihr einen kurzen Blick zu.

»Alles okay mit dir? Du bist so blass«, bemerkte Stefan. Sie winkte unwillig ab.

»Soll ich dir wieder vorheulen, dass mein Magen spinnt? Erst der Mörder, dann der Arzt. Und was Klara betrifft, ich glaube ihr, dass sie mit dem Mord nichts zu tun hat. Aber was sie uns über Burgmüller erzählt hat – wenn davon nur die Hälfte stimmt, dann ist er seinen Job los. Und der Kurier hat eine saubere Titelgeschichte. Ich bin gespannt, was Strasser dazu sagen wird.«

Der Wagen rollte langsam die Straße hinunter, aber Stefan musste nicht mehr so vorsichtig fahren wie auf dem Hinweg. Der Winterdienst hatte zuverlässig gearbeitet.

»Wir sollten ihn heute noch informieren, oder was meinst du?«

Stefan ließ den Blick nicht von der Fahrbahn, als er das fragte. Er traute dem Frieden doch nicht so ganz. Auch Julia konzentrierte sich wieder nach vorne.

»Ja, am besten fahren wir dann noch mal ins Büro und rufen ihn an. Es ist eh egal – wenn er schlecht drauf ist, nörgelt er uns an, wenn wir anrufen. Aber wenn wir ihm erst morgen früh erzählen, was wir rausgefunden haben, dann kriegen wir wieder zu hören, dass über Nacht der Mörder entkommen ist«, seufzte sie.

»Oder er macht uns flott, weil wir schon wieder mal seinen Freund Burgmüller ins Visier nehmen«, ergänzte Stefan.

Die restliche Heimfahrt verlief schweigend und ohne Zwischenfälle. Die beiden einigten sich darauf, dass Julia mit ihrem eigenen Auto zum Büro und anschließend weiterfuhr.

»Es ist doch nicht nötig, dass wir beide noch mal rein fahren. Mach du Feierabend, vielleicht kannst du deine Jungs noch ins Bett bringen«, schlug Julia vor. Ein kurzer Blick auf die Uhr, Stefan schüttelte den Kopf.

»Das wird nichts mehr, aber ich bin nicht böse, wenn ich trotzdem heim kann. Nächstes Mal bleibe dafür ich länger«, bot er an.

Julia stieg mit einem Seufzer des Bedauerns aus Stefans warmem Kombi aus und sperrte ihr eigenes Auto auf. Wie erwartet war es eiskalt darin. Sie kehrte schnell und flüchtig den Schnee ab und fuhr ins Büro. Dort setzte sie Strasser ins Bild. Sie hatte Glück, er war wie elektrisiert über die Neuigkeiten und stimmte ihr ausnahmsweise in allen Punkten zu.

»Sehr gut, Frau Lehmann«, schnarrte er durchs Telefon. »Diese Ruckriegel läuft uns nicht davon, da bin ich mir auch sicher. Und so wie Sie das schildern, ist die Dame wirklich harmlos. Burgmüller dagegen – ich weiß gar nicht, was ich dazu sagen soll. Da hatten Sie wohl doch den richtigen Riecher. Ich hätte das nicht von ihm erwartet. Aber wenn er zu solchen rigorosen Methoden greift, dann ist ihm alles zuzutrauen. Gönnen wir ihm und uns noch einen gemütlichen Abend und bestellen ihn erst morgen früh zu uns. Frau Lehmann, ich bin sehr zufrieden mit Ihrer beider Arbeit. Ich wünsche Ihnen einen angenehmen Feierabend.«

Verblüfft starrte Julia auf den Hörer. Dass Strasser so positiv eingestellt war, kam wirklich sehr selten vor. Es war irritierend, aber durchaus angenehm, solche

Töne von ihm zu vernehmen. Leise vor sich hin summend wählte sie Jans Handynummer, um ihm zu sagen, dass sie endlich Feierabend hatte. Die Uhr zeigte halb elf, aber er überraschte sie:

»Ich bin schon bei dir, hab Leo reingelassen und versorgt. Eine Gulaschsuppe steht auf dem Herd und wartet auf dich, du bist bestimmt durchgefroren«, klang es aus dem Hörer.

Es wurde ihr warm ums Herz, nicht nur aufgrund der Aussicht auf die Suppe. Was für ein Mann! Sie konnte gar nicht anders als ihn zu lieben.

Wenig später saß sie am Küchentisch und löffelte die heiße würzige Gulaschsuppe. Den Wein, den Jan öffnen wollte, lehnte sie jedoch ab. Es war ja wirklich so, dass sie ziemlich ungesund lebte. Vielleicht sollte sie das tatsächlich ändern. Daher brühte sie sich stattdessen eine große Tasse von Inge Brambachs Magentee auf. Eine kurze Schilderung der Ereignisse. Dann fiel Julia todmüde in ihr Bett, eng an Jan angeschmiegt schlief sie sofort ein, nicht ahnend, dass Gott beschlossen hatte, ihr heute Nacht zu antworten, mit einer winzigen Variante eines bekannten Traums. Und nicht ahnend, dass sie seine Antwort nicht bemerken würde ...

Kapitel 17

Freitag

Eisige Schwärze hüllt mich ein, treibt mich vorwärts, nimmt mir die Luft zum Atmen. Ich kann nichts sehen, es ist zu dunkel. Nichts außer dem Seil, das über den dunklen Abgrund gespannt ist, den ich nicht sehe und trotzdem weiß, dass er da ist und dass die Schwärze in ihm endlos in die Tiefe geht bis in den Vorhof der Hölle. Die eisige Dunkelheit hinter mir lässt mir keine Chance – erbarmungslos werde ich an den Rand des Abgrunds getrieben. Ich will schreien, aber die Schwärze verschluckt jedes Geräusch, frisst jeden Ton auf, schon bevor er die Lippen verlassen hat. Ich muss aufs Seil, Panik packt mich, ich will nicht und kann doch nicht anders. Die Schwärze erdrückt uns, die Kälte erstickt uns. Ich taumle, ich falle, stürze in die Hölle – unsere Herzen bleiben stehen, wir sterben stumm.

Keuchend fuhr Julia hoch, sie hatte immer noch das Gefühl zu ersticken. Jan brummte neben ihr im Schlaf, wachte jedoch nicht auf. Langsam wurde ihr bewusst, dass ihr Albtraum wiedergekommen war. Doch irgendwie fühlte er sich diesmal verändert an. Sie versuchte herauszufinden, was anders gewesen war, aber sie konnte es nicht greifen. Wie der Abgrund in ihrem Traum lag es vor ihr, ohne dass sie es sehen konnte. Sie spürte, dass es da war, aber was war es? Während Julia darüber nachgrübelte, entglitt ihr der Albtraum ganz sacht und sie dämmerte wieder in einen unruhigen Schlaf, aus dem sie wenig später wieder auftauchte, kurz bevor der Wecker klingelte. Die Panik der letzten Nacht war verschwunden, geblieben war nur das unbestimmte Gefühl von etwas nicht Greifbarem. Gedankenverloren ging Julia in die Küche und setzte Kaffee auf, danach duschte sie, zog sich an und weckte schließlich Jan, der noch einmal eingeschlafen war.

»Guten Morgen, Langschläfer! Du musst aufstehen, sonst kommst du zu spät. Schau mal raus.«

Sie zog die Vorhänge auf, und ungewohnt helles Dämmerlicht bahnte sich den Weg ins Schlafzimmer. Es hatte über Nacht aufgeklart, wodurch es früher hell wurde. Der Neuschnee tat noch das seine dazu, um diesen Effekt zu verstärken. Jan brummte genervt.

»Mach das zu, Julia.« Sie lachte und öffnete das Fenster. Die kalte, frische Luft trieb Jan aus dem Bett. Er starrte hinaus. »Ach du liebe Scheiße, hat das geschneit. Ich räum schnell noch den Gehsteig, bevor ich gehe.«

Während er eilig mit der Schneeschippe hantierte, machte Julia ihm ein Marmeladenbrot fertig und goss Kaffee ein – mit einem schnellen schuldbewussten Seitenblick auf die Magenteemischung. Kurz entschlossen schmierte sie sich ebenfalls ein Brot. Jan kam wieder herein, die Wangen gerötet von der Winterluft, mit unternehmungslustig funkelnden Augen. »Hey, das ist so herrlich draußen. Schade, dass wir zur Arbeit müssen, jetzt hätte ich richtig Lust auf einen Spaziergang.«

Julia nickte bedauernd. »Ja, das würde mir jetzt auch besser gefallen als Verbrecherjagd. Aber ich bin ja schon froh, dass du erst um neun Uhr anfängst und noch Zeit hattest zum Schneeschippen.«

Sie frühstückten schnell und in vertrautem Schweigen, dann sprang Julia auf und griff nach ihrem Anorak. »Ich muss los – bis heute Abend.«

Jan hielt sie am Arm fest, zog sie zu sich heran und gab ihr einen Abschiedskuss. »Bis dann, Lieblingskommissarin. Mach Burgmüller zur Schnecke. Das Geschirr räum ich schnell noch weg.«

Julia trat vor die Haustür und atmete die frische Luft tief ein. Alles war wie in Watte gepackt, die Geräusche klangen gedämpft. Man konnte das Kratzen von Schneeschaufeln hören, entfernte Motorenklänge und einen aufgeregt krähenden Hahn. Das Morgenrot färbte den Schnee in wunderschönen Rosa- und Orangetönen. Die Beamtin hielt noch einen Moment vor der Tür inne, bevor sie mit schnellen Schritten um die Ecke zum Garagenhof lief. Hier war noch nicht geräumt, und im frischen Schnee waren Katzentapser und Vogelspuren zu erkennen. Julia lächelte verträumt, in diesem Moment war sie mit sich und der Welt völlig im Reinen. Umso unerwarteter traf sie die Übelkeit, die ihren Magen urplötzlich mit harter Hand packte und quetschte. Julia wurde derart überrascht, dass sie es gerade noch in die Ecke des Hofes schaffte, wo sie ihr Frühstück zwischen Garagenwand und Buchenhecke würgend von sich gab. Völlig schockiert suchte sie nach einem Tempo, wischte sich den Mund ab und starrte auf dem bräunlichen Haufen, der ein Loch in die Schneedecke gefressen hatte. Schnell scharrte sie mit dem Fuß Schnee darüber und ging zu ihrem Auto. Die Übelkeit war genauso schnell verflogen, wie sie gekommen war. Julia zog nicht ernsthaft in Erwägung, noch einmal ins Haus zu gehen, denn sie war sich sicher, dass Jan sie dann nicht auf die Arbeit lassen würde. Und nach wie vor war sie der trotzigen Meinung, dass die Aufklärung des Mordes Vorrang vor jedem Arztbesuch hatte. Also fuhr sie zur Dienststelle, wo sie sich kurz nach acht als erstes einen Tee aufbrühte. Sie war froh darüber, dass sie einen Teil der Magenmischung in eine Dose umgefüllt und im Büro gelassen hatte. Der warme Tee legte sich besänftigend auf ihre Magenwände und sie wärmte ihre Hände an der Tasse, bis die Tür aufging und Stefan das Büro betrat.

»Guten Morgen«, begrüßte er sie. »Julia, entschuldige, wenn ich das sage: Aber du siehst immer noch schlecht aus. Versprich mir, dass du zum Arzt gehst, sobald wir Burgmüller eingesackt haben, okay?« Stefan musterte seine Kollegin besorgt, aber die lachte nur trocken.

»Stefan, jetzt lass den Herrn Bürgermeister erst einmal antreten. Wie ich den kenne, hat er Wichtigeres zu tun als sich mit uns abzugeben.«

»Na, da wird ihm aber was sauber bleiben – schau mal, was schon hier liegt: Ein Haftbefehl für den OB. Was er dazu wohl sagen wird? Auf geht's, trink deine Kräuterbrühe aus. Wir müssen ihn holen, und ich weiß grad nicht, auf wessen Gesicht ich mich mehr freue: auf das von Burgmüller oder auf das von seiner Sekretärin. Wie hieß sie gleich noch mal?«

»Kowalski. Die wird uns dafür hassen. Ich denk mal, sie ist verknallt in den OB, und obwohl sie nie, nie, nie eine Chance bei ihm hätte, gibt sie die Hoffnung nicht auf. Und wir vermasseln ihm die dritte Amtszeit und ihr den Vorzimmerplatz bei ihrem Idol. Ach, irgendwie tut sie mir leid, auch wenn ich sie nicht wirklich sympathisch finde.« Julia kippte ihren restlichen Tee hinunter und schüttelte sich ein wenig. »Hu, schmeckt der gesund. Gehen wir, worauf wartest du noch?«

Das Gesicht von Heike Kowalski bekamen die beiden allerdings nicht zu sehen, denn als sie das Vorzimmer des OB betraten, saß ein ihnen unbekannter junger Mann am Schreibtisch. Es stellte sich heraus, dass er die Krankheitsvertretung der Sekretärin und überraschend einberufen worden war.

»Möller ist mein Name. Frau Kowalski hat sich heute früh krank gemeldet, sie sagte etwas von Magenverstimmung«, erklärte er, als die Beamten sich ausgewiesen hatte.

Julia warf Stefan einen vielsagenden Blick zu. Es war tröstlich zu wissen, dass sie nicht allein war mit ihrem Elend.

Zum OB wollte Möller sie aber partout nicht vorlassen. »Das geht jetzt überhaupt nicht, Sie haben keinen Termin, und er ist in einem wichtigen Gespräch mit einem Unternehmer.« Mit diesen Worten sprang Möller auf und stellte sich doch tatsächlich schützend vor die gepolsterte Tür des Allerheiligsten. Allerdings ließen sich weder Julia noch Stefan von diesem Auftritt beeindrucken, sondern hielten ihm den Haftbefehl unter die Nase.

»Sie wollen doch sicherlich keinen Ärger wegen Behinderung von Ermittlungsarbeiten bekommen, oder?«, fragte Stefan süffisant und schob Möller einfach zur Seite. Er riss die Bürotür auf, Burgmüller zuckte zusammen und schob ein junges Mädchen von sich weg, das gerade noch in inniger Umarmung mit ihm vertieft gewesen war. Er lief knallrot an und begann zu brüllen:

»Was zum Henker soll das? Möller, Sie sind mir persönlich dafür verantwortlich! Ich habe doch ausdrücklich gesagt, dass ich nicht gestört werden will. Und was zur Hölle machen Sie beide schon wieder hier?«

Die junge Frau strich ihre Bluse zurecht und wollte unauffällig das Büro verlassen, aber Julia hielt sie energisch zurück. »Halt, hiergeblieben. Sie gehen nirgendwo hin, bevor wir Sie nicht vernommen haben.« Sie war wütend. Wütend auf Burgmüller, wütend auf das Mädchen. Und ihr war klar, dass es in Wahrheit die Wut auf Bernd war, die in ihr kochte. Mühsam versuchte sie sich zu beruhigen.

»Herr Burgmüller, wir verhaften Sie wegen des Verdachts des Amtsmissbrauchs und der Bestechung sowie wegen des Verdachts der Mittäterschaft im Mordfall von Streibau. Ich muss Sie bitten uns zu begleiten. Und Sie, junge Frau, Sie kommen bitte ebenfalls mit, zur Vernehmung auf dem Revier.«

Es war ein filmreifes Szenario. Burgmüller tobte und schrie, er führte sich auf wie ein wilder Stier. Das Mädchen begann haltlos und hysterisch zu weinen, und Möller stand starr wie eine Salzsäule fassungslos in der offenen Bürotür. Eigentlich, dachte Julia, hätte der Baron es verdient gehabt, Zeuge dieser Verhaftung zu sein. Aber wer wusste das schon, vielleicht sah er ja tatsächlich von irgendwo zu?

Strasser stand bereits Gewehr bei Fuß, er wollte den OB selbst vernehmen. Während Walter einstweilen die Personalien des Mädchens aufnahm, saßen Julia und Stefan als stille Zuhörer im Vernehmungsraum. Strasser war sehr geschickt, aber Burgmüller erwies sich als ebenbürtiger Gegner. Nach schier endlosem Hin und Her gab er endlich zu, Klara Ruckriegel als Maulwurf ins Team DEO eingeschleust zu haben. Das Geld, das sie dafür erhalten hatten, stamme aber aus seiner privaten Kasse und nicht etwa aus dem Stadtsäckel. Und den Vorwurf, er hätte den Baron ermorden lassen, wies er nach wie vor empört von sich. Schließlich gab Strasser auf und ließ den OB abführen.

»Wenn wir ihm nichts nachweisen können, dann müssen wir ihn wieder laufen lassen«, knurrte er missmutig. »Frau Lehmann, jetzt machen Sie doch was. Finden Sie mir gefälligst Beweise!«

»Wenn das so einfach wäre. Wir werden jetzt mal die Kleine ausquetschen, vielleicht kann die uns ja weiterhelfen.«

Strasser nickte. »Machen Sie das. Und lassen Sie sich ein Haar von ihr geben, und wenn wir schon dabei sind, von der Brambach auch gleich. Dann haben die im Labor was zu tun, mal sehen. Es wäre ja gut möglich, dass wir mal Glück haben und die doch noch die DNA halbwegs zuverlässig abgleichen können. Los, los – machen Sie schon.«

Er eilte zurück in sein Büro, sogar von hinten sah er übel gelaunt aus.

Julia warf Stefan einen genervten Blick zu. »Und selbst wenn – im Zweifel redet sich ihr Verteidiger mit Mischspuren raus, behauptet, das Haar wäre zufällig im Kuchen gelandet und wir sind wieder die Dummen. Hier hilft nur ein handfester Beweis oder ein Geständnis. Auf geht's!«

Das Mädchen hieß Alina Schumann und war Praktikantin bei der Stadtverwaltung. Sie schluchzte immer noch verzweifelt vor sich hin.

»Sie müssen mir glauben, ich hab das nicht gewollt. Aber er hat mich reingerufen und sofort nach mir gegrabscht. Was hätte ich denn machen sollen? Wenn ich nicht mitgemacht hätte, dann wäre ich in hohem Bogen geflogen. Und dabei haben sie mir in Aussicht gestellt, dass sie mich ausbilden würden, wenn ich das Praktikum gut bestehe.«

Julia spürte erneut Wut aufsteigen. Sie atmete tief durch.

»Also, jetzt mal ganz von vorne. Ihr Name ist also Alina Schumann. Seit wann arbeiten Sie im Rathaus?«

»Seit Anfang Januar, und noch bis Ende Februar.«

»Und wie oft waren Sie schon zu solchen Terminen beim OB?«

Sie begann wieder haltlos zu weinen. »Heute zum zweiten Mal. Letzte Woche hat er mich schon mal reingerufen, aber da ist dann diese Sekretärin reingeplatzt und ich konnte abhauen. Mann, war die sauer!

Vermutlich hat er mich heute gerufen, weil sie krank ist. Was hätte ich denn machen sollen?«

»Okay. Niemand macht Ihnen einen Vorwurf daraus, keine Sorge. Hat Burgmüller mit Ihnen über den Baron gesprochen?«

Kopfschütteln.

»Oder haben Sie irgendetwas aufgeschnappt, ein Telefonat vielleicht, in dem es um den Baron ging? Einen Brief, einen Zettel?«

Alina wehrte ab. »Nein, nein – ich war doch nur zweimal in seinem Büro, und glauben Sie mir, da war ich mehr damit beschäftigt, ihn zumindest ein bisschen auf Distanz zu halten. Über den Baron hat er kein Wort verloren. Ehrlich nicht.«

»Wollen Sie Anzeige wegen sexueller Nötigung erstatten? Die Möglichkeit dazu hätten Sie, und Ihre Aussichten stünden gut.«

Julia setzte einen möglichst gelassenen Blick auf, obwohl sie innerlich jubelte bei dem Gedanken, Burgmüller auf diesem Weg beizukommen. Alina starrte sie verblüfft an.

»Meinen Sie, das ginge? Aber dann erfährt ja seine Frau davon, und ich werde den Job nicht bekommen. Nein, lieber nicht.«

»Frau Schumann, glauben Sie mir – dadurch dass wir beide ihn sozusagen in flagranti erwischt haben, wird voraussichtlich sowieso von Amts wegen ein Verfahren eingeleitet. Schließlich liegt ein öffentliches Interesse vor, Burgmüller ist ja immerhin der OB. Und dann kommt eh alles ans Licht. Und ohne Ihnen jetzt Geheimnisse zu verraten: Seinen Job dürfte er bereits aus anderen Gründen los sein. Können Sie morgen im Kurier nachlesen. Überlegen Sie es sich. Zumal Burgmüller ja so weitermachen wird, wenn ihm kein Einhalt geboten wird.«

Das Mädchen bekam große Augen, überlegte angestrengt. »Kann ich Sie auch noch später anrufen deswegen? Ich würde gerne zuerst mit meinen Eltern darüber sprechen.«

»Na klar, machen Sie das. Nehmen Sie sich Zeit, überlegen Sie in Ruhe. Und dann tun Sie das Richtige.«

Als Alina gegangen war, setzte Julia Strasser von ihrer Aussage in Kenntnis. Wie nicht anders zu erwarten gewesen war, explodierte der Staatsanwalt regelrecht vor Empörung.

»Und das bei einem guten Bekannten von mir, für den ich die Hand noch vor kurzem ins Feuer gelegt hätte! Es ist einfach unglaublich. Ich werde um elf Uhr eine Pressekonferenz abhalten, Mainwelle und Kurier sind bereits informiert.«

Strasser fuchtelte aufgeregt vor Julias Nase herum. Sie versuchte ihn zu beruhigen, sein Faible für bühnenreife Pressekonferenzen war bekannt.

»Bitte halten Sie das Mädchen da raus! Wenn Sie die Nötigung erwähnen, dann steht sie sofort im Fokus der Medien. Ich weiß nicht, ob und wie sie das verkraften würde. Bitte beschränken Sie Ihren Bericht auf die Geschichte mit Klara Ruckriegel.«

Er starrte Julia irritiert an. »Denken Sie wirklich, ich würde mich verplappern? Ich bin doch kein Laie. Aber Sie, Sie sehen immer noch etwas blass um die Nase aus. Sie sollten endlich mal zum Arzt gehen.«

Damit hatte er ihr den Wind aus den Segeln genommen, Julia fand keine passende Antwort und musste sich gefallen lassen, dass Strasser sie einfach stehenließ.

Kapitel 18

Strassers Presseerklärung zog zwei Dinge nach sich: Kaum hatte die Mainwelle kurz vor Zwölf eine Sondersendung zum Thema Aufstieg und Fall des OB Burgmüller gebracht, als auch schon Julias Telefon klingelte und sie einen Sturm der Entrüstung über sich ergehen lassen musste. Es war seine Sekretärin, Heike Kowalski alias Frau Mausgrau, die selbstverständlich alles dementierte und kein gutes Haar an den Ermittlern ließ.

»Ich werde Anzeige gegen Sie erstatten wegen Verleumdung meines Chefs! Wie können Sie es wagen, eine Amtsperson, die über jede Kritik erhaben ist, derart in den Dreck zu ziehen? Herr Burgmüller würde niemals etwas machen, was sich nicht mit der Würde seines Postens vereinbaren ließe.«

»Ach ja? Und was ist mit der kleinen Praktikantin?«, blaffte Julia zurück, was die Kowalski für einen kurzen Moment zum Schweigen brachte. Dann jedoch bellte sie wieder los.

»Dieses junge Ding, die hat es doch darauf angelegt. Die wird sich erhofft haben, dass sie eine Arbeit im Rathaus bekommt, wenn sie sich Herrn Burgmüller an den Hals wirft. Schämen sollte sich das Flittchen, so a Pritschla!«

»Schon seltsam, dass diese Praktikantinnen alle die gleiche Nummer abziehen, nicht wahr, Frau

Kowalski?«, schoss Julia ins Blaue hinein. Und tatsächlich fiel die Sekretärin auf den Bluff herein.

»Weil sie alle keine Moral mehr haben. Eine schlimmer als die andere. Aber die kommen ja durch damit, das ist ja das Verrückte dran. Poussieren mit dem Bürgermeister herum, und dann haben sie ihren Arbeitsplatz. Der ist ja auch nur ein Mann, wie soll der sich denn dagegen wehren können?«

Julia grinste zufrieden. Jetzt würde sie noch einen Schritt weiter gehen.

»Frau Kowalski, Sie sind sich ja bestimmt darüber im Klaren, dass wir von Ihrer Mittäterschaft ausgehen müssen, was diese Maulwurfsgeschichte betrifft. Sie sind Burgmüllers rechte Hand, Sie müssen informiert gewesen sein. Wenn Sie jetzt allerdings kooperativ sind und uns die Namen dieser Praktikantinnen geben, dann könnte sich das für Sie selbst durchaus positiv auswirken. Wir finden die Namen natürlich auch anderweitig heraus, aber es würde uns doch einiges an Zeit sparen.«

»Aber ich kann doch nicht … meine Loyalität … was würde er von mir denken …«

»Frau Kowalski, wenn es tatsächlich so ist, wie Sie geschildert haben, dann wurde ja Burgmüller von diesen Mädchen unter Druck gesetzt. Dann wäre er ja das Opfer. Und wie gesagt: Wir finden die Namen so oder so heraus.«

Pause. Julia hörte die Frau am anderen Ende der Leitung heftig atmen und leise schluchzen. Schließlich antwortete die Kowalski: »In Ordnung. Nicht dass Sie oder ihr Kollege es verdient hätten. Aber mein Chef, der hat es verdient, dass aufgeklärt wird, wie es wirklich war. So ein integrer Mann, und wurde immer wieder massiv unter Druck gesetzt. Ich weiß von drei jungen Frauen. Lena Hübner, die war vor etwa einem Jahr als Praktikantin bei uns, dann Marie Schindler, im letzten Sommer, und eben jetzt diese Alina Schumann. Ach ja, und dann noch eine, die war nicht bei uns beschäftigt. Da hat er dann nur gesagt, sie hätte versucht ihn zu kompromittieren und damit zu erpressen. Die ist im Herbst mal im Büro erschienen. Ruckriegel hieß sie wohl.«

Julia fiel beinahe das Telefon aus der Hand vor Überraschung.

»Vielen Dank, Frau Kowalski. Sie haben uns wirklich weitergeholfen«, schaffte sie gerade noch zu sagen.

»Stefan, wir haben was«, murmelte sie tonlos, immer noch völlig perplex, als sie das Gespräch beendet hatte. »Der Burgmüller hat wohl was mit einer Frau Ruckriegel gehabt. Jetzt ist nur die Frage: mit welcher? Eine der Zwillingsschwestern oder gar ihre Mutter? Das wird ja immer verworrener.«

Stefan war ebenfalls überrascht. »Aber auch immer interessanter. Wieder eine Querverbindung, die Indizien werden immer erdrückender für den OB. Es würde mich nicht wundern, wenn wir ihm tatsächlich noch nachweisen könnten, dass er in dem Mord mit drin hängt. Bestellen wir doch die beiden Damen mal herein, die Straßen sind ja wieder frei, da können wir es auch Klara zumuten. Ich erledige das, okay?«

Während Julia noch nickte, ging ihr Telefon schon wieder. Diesmal war es Nina Fürst, die bei ihr anrief.

»Ach du liebe Zeit, Frau Lehmann! Das mit Burgmüller ist ja ungeheuerlich. Ich hab es vorhin auf
der Mainwelle gehört. Wissen Sie, eigentlich ist das
für mich ja nur gut, er war mein einziger ernsthafter
Konkurrent. Aber menschlich ist das doch eine Tra-
gödie, schrecklich. Allerdings rufe ich aus einem ganz
anderen Grund an: ich habe vorhin diese Klara gesehen, deren Foto im Kurier ist. Sie suchen doch nach
ihr, nicht wahr? Sie war in der Apotheke am Roten
Hügel, und ich bin ihr unauffällig nachgegangen. Sie
wohnt gleich an der Ampel unterhalb davon. Ich hoffe,
das hilft Ihnen weiter.«

Julia lächelte. Sie konnte sich lebhaft vorstellen,
wie aufgeregt Nina Fürst war, es schwang mit jeder
Silbe mit.

»Danke, Frau Fürst, aber das hat sich zwischenzeit-
lich erledigt.«

»Haben Sie sie festgenommen?«, wollte die Stadträtin wissen. »Entschuldigung, ich bin zu neugierig.
Tut mir leid.«

»Nein, nein. Das ist schon in Ordnung. Aber das ist
nicht die gesuchte Klara, sondern deren Zwillingsschwester. Wir haben alles im Griff.«

»Oh. Na, dann.«

Die Enttäuschung in Nina Fürsts Stimme war nicht
zu überhören.

»Frau Fürst, es war gut und richtig, dass Sie angerufen haben. Sie konnten ja nicht wissen, dass wir mittlerweile auf dem Laufenden sind. Danke.«

»Gerne, Frau Lehmann. Sagen Sie, haben Sie vielleicht Lust, heute nach Feierabend einen Kaffee mit
mir zu trinken? Vielleicht kommen wir im Gespräch

auf neue Ideen und Spuren, was den Mord am Baron betrifft. Ich würde Ihnen so gerne weiterhelfen, und es wäre doch denkbar, dass meine Sichtweise als Außenstehende für Sie neue Aspekte öffnet.«

Julias Herz wurde warm. Es tat gut zu wissen, dass der Baron wirklich gute Freunde gehabt hatte, auf die er sich auch im Tod noch verlassen konnte. Außerdem war es gut möglich, dass sie in einem weniger offiziellen Rahmen noch bisher unausgesprochene Details erfuhr.

»Das ist sehr nett von Ihnen, aber ich kann Ihnen leider nicht sagen, wie spät es heute Abend wird.«

»Das macht doch nichts – rufen Sie mich doch einfach auf dem Handy an, wenn Sie fertig sind. Dann können wir ja immer noch entscheiden, ob es sich noch lohnt oder ob es schon zu spät sein sollte.«

»In Ordnung, Frau Fürst, das mache ich gerne. Bis später also.«

Julia blickte auf die Uhr – es war gleich halb eins. »Stefan, hast du die beiden Ruckriegels erreicht? Wann kommen sie denn?«

Ihr Kollege schnaubte unwillig. »Weiber! Die eine kann nicht, weil der Kleine seinen Mittagsschlaf hält. Die andere kommt erst in einer Stunde, weil sie es früher nicht schafft – warum auch immer.«

Julia musste lachen. »Hast du denn schon vergessen, wie es war, als deine Jungs klein waren? Da hast du auch oft erzählt, dass der komplette Tagesablauf sich nur noch nach den beiden richtet. Komm, wir nutzen die Pause und essen was. Ich ruf Rositta an, dass sie uns was fertig macht, und fahr schnell rauf zum Spiro. Einverstanden?«

Damit hatte sie Stefan geködert, seine Laune besserte sich zusehends und er erklärte, dass er während der Wartezeit die beiden anderen Praktikantinnen anrufen würde, um sie ins Büro zu bestellen.

Rositta hatte das Verpflegungspaket schon zusammengepackt, als Julia das Lokal betrat. Es war gerade relativ ruhig, und die Wirtin hatte ein paar Minuten Zeit.

»Und, ich hab g'hört, ihr habt a heiße Spur? Hat der Burgmüller doch wirklich Dreck am Stecken, sauber. Und hockt im Rathaus auf seim Polsterstuhl und tut so, als wära a anständiger Kerl. Aber dassa na Baron abg'murkst hätt, des könnta ned beweisen, oder? Scho schad, aber ich trau ners eichendlich aa ned zu. Etzad schaust, dassda was esst, dann ärberd des Hirn wida besser und vielleicht fängst nachm Essen na Baron sein Mörder.«

Julia lächelte. »Rositta, schau mal bitte: waren das die beiden Frauen, mit denen du den Baron hier gesehen hast?« Sie zeigte ihr die Fotos von Nina Fürst und Inge Brambach. Rositta nickte. »Ja, genau. Des warn die. Ach Gott, a Schand is', dass der Baron umgebracht worn is.«

»Ja, da hast du Recht. Aber wir finden den Mörder. Ich fahr dann mal – danke.«

Julia legte einen Zwanziger und einen Fünfer auf den Tisch – »Passt so!« – und beeilte sich, zurück zum Büro zu kommen.

Als sie die Thermoverpackung öffneten, zog in Windeseile eine Duftwolke durch den Raum, die Julia das Wasser im Mund zusammenlaufen ließ. Zum ersten Mal seit Tagen hatte sie das Gefühl, ihr Magen sei wieder völlig in Ordnung, und dementsprechend ließ sie es sich schmecken.

Stefan beobachtete sie grinsend, dann meinte er: »Wie immer – es gibt nichts, was sich nicht durch eine Portion Misch-Masch heilen lässt.«

Auch er schlug ordentlich zu, und nach kurzer Zeit erinnerten nur noch die Verpackungen an ihr Mittagessen. Die Fenster hatte Julia weit geöffnet, um durchzulüften.

»Wir wollen ja nicht unseren Zeuginnen den Mund wässrig machen«, witzelte sie. Sie hatte keinen Moment zu früh die Fenster wieder geschlossen und die Heizung hochgedreht, denn schon klopfte es an ihrer Bürotür und Klara Ruckriegel kam herein, ihr Baby in einem Tragetuch vor den Bauch gebunden. Sie schnupperte prüfend, sagte jedoch nichts. Vermutlich hing doch noch ein Hauch von Essensduft im Raum.

»Frau Ruckriegel – schön, dass Sie es so schnell möglich machen konnten. Setzen Sie sich doch.« Julia zog einen Stuhl zurück. »Sagen Sie, wie ist denn eigentlich Ihr Verhältnis zu Burgmüller? Es ist ja entfernt mit Ihnen verwandt, wenn ich das richtig verstanden habe. Da trifft man sich ja sicher ab und zu mal, oder nicht?«

Klara schaute erst Julia an, dann Stefan. Schließlich senkte sie den Blick. »Wie soll das schon sein? Wie Sie schon gesagt haben: man trifft sich ab und zu, man plaudert ein wenig, man ist freundlich-distanziert, hat sich eigentlich nicht viel zu sagen.«

»Und darüber hinaus?« Julias Ton wurde eine Spur schärfer, gerade genug um es zu bemerken. Klara wurde noch unsicherer.

»Was wollen Sie denn von mir? Ich habe Ihnen doch schon gesagt, dass er mich engagiert hatte. Da haben wir uns freilich immer mal wieder getroffen oder haben telefoniert. Aber das war ein reiner Informationsaustausch. Ich hab ihm berichtet, was das Team DEO so trieb. Sonst nichts. Weder habe ich ihm Details über den Baron verraten noch haben wir sonstige persönliche Dinge geredet. Also von mir hat der den Tipp garantiert nicht, den Baron zu vergiften, falls Sie das meinen.«

Stefan fuhr hoch. »Aha, Sie glauben also tatsächlich, dass Burgmüller der Täter war?«, rief er.

Klara zuckte erschrocken zusammen. »Aber ich habe Ihnen doch gestern schon gesagt, dass ich die Hand nicht für ihn ins Feuer lege. Was wollen Sie denn eigentlich von mir? Ich habe Ihnen doch gesagt, dass ich mit dem Mord nichts zu tun habe.«

Julia nickte ihr zu. »Und das glauben wir Ihnen auch. Uns interessiert vielmehr, wie innig Ihr Verhältnis zu Burgmüller tatsächlich war.«

Klara starrte sie an, die Sekunden verstrichen, langsam machte sich gerechte Empörung in ihrem Gesicht breit.

»Sie meinen, ob ich mit ihm was hatte? Sagen Sie, was ist denn so schwer zu verstehen an der Tatsache, dass ich mit Heiko zusammen war? Meinen Sie wirklich, ich hätte nichts Besseres zu tun, als mit jedem Mann ins Bett zu hüpfen, der irgendwas mit mir zu tun hat?«

»Das heißt also nein?«, hakte Stefan nach, was ihm einen bitterbösen Blick einbrachte.

»Genau, das heißt nein. Sind Sie jetzt zufrieden?«

»Wissen Sie, ob er etwas mit Ihrer Schwester Rena hatte?«

Die Verständnislosigkeit in Klaras Blick wurde immer größer.

»Nein, weiß ich nicht, und das interessiert mich auch nicht. Ich hab kaum Kontakt zu Rena. Ich hab auch keine Ahnung, mit wem der OB überhaupt was am Laufen hatte. Aber fragen Sie doch mal seine eifersüchtige Sekretärin, die kann Ihnen da bestimmt Auskunft geben. Ich bin überzeugt, dass sie den OB nach Feierabend stalkt. Und während der Arbeit ja sowieso. Das ist ja schon krankhaft, wie die dem Burgmüller nachdackelt und ihn anschmachtet. Und wie sie aufpasst, dass ihm keine Frau einen zu langen Blick zuwirft.«

Jetzt musste Julia allerdings grinsen. Offenbar fand Klara die Kowalski ebenso unsympathisch wie Julia selbst.

»Okay, tut mir leid, dass wir Sie so genervt haben. Kommen Sie jetzt bitte noch zum Kollegen Bauer ins Nebenzimmer, damit er Ihre gestrige Aussage noch protokollieren kann?«

Als Klara Ruckriegel nach nebenan gegangen war, zog Julia die Augenbrauen hoch und überlegte. Schließlich meinte sie:

»Stefan, wenn Klara es nicht war, sondern Rena – was um Himmels Willen tun sich da denn noch für Abgründe auf? Mit der einen Schwester ist er ins Bett, die andere hat er undercover losgeschickt. Mal so ganz nebenbei: Burgmüller ist doch angeblich so glücklich verheiratet, oder? Stand das nicht regelmäßig im Kurier? Das hat er doch ständig betont und sich bei jeder Gelegenheit mit Frau und Töchterlein knipsen lassen? Beim Ball der Stadt, da war er doch auch nebst Gattin vertreten.«

Stefan lachte kurz und böse auf. »Tja, mehr Schein als Sein, oder? Ich erinnere mich daran, wie seine Frau herumstolziert ist, die hat einen richtig großen Auftritt gehabt. Ob die wohl was wusste von seinen Abenteuern?«

»Du, vielleicht sollten wir uns mal mit der Burgmüller unterhalten. Wer weiß das schon so genau, vielleicht ist sie ihm dahinter gekommen und hat selbst die Finger im Spiel, um ihrem Mann was anzuhängen.«

»Weit hergeholt, Frau Lehmann, weit hergeholt!«

Urplötzlich stand Staatsanwalt Strasser im Raum, er hatte wieder einmal bewiesen, dass er quasi aus dem Nichts auftauchen und bereits im Zimmer stehen konnte, wenn die Tür erst aufging.

Julia fuhr zusammen. »Herr Strasser, haben Sie mich jetzt aber erschreckt!«

Der Bonsai erlaubte sich ein leises Lächeln. »Dann ist es ja gut – Sie sollten immer darauf gefasst sein, dass ich plötzlich erscheine. Oder irgendjemand anderes. Vorsicht also bei Ihren Unterhaltungen, nicht dass noch etwas an die falschen Ohren gelangt.«

»Der Lauscher an der Wand, Herr Strasser ...«, bemerkte Julia feixend. Sie war angenehm überrascht darüber, wie sehr sich das Arbeitsklima in letzter Zeit verbessert hatte. Und auch jetzt ging der Bonsai nicht etwa hoch, sondern winkte nur gutmütig ab.

»Ich dachte jetzt mehr an unbefugte Lauscher als an mich selbst. Die Türen hier sind grundsätzlich zu hellhörig, dagegen sollte etwas unternommen werden. Zurück zum Fall: Nachdem ja offenbar alle Spuren ins Nirwana führen, könnten Sie tatsächlich ebenso gut Frau Burgmüller befragen. Was ist denn jetzt mit den ehrenwerten Zwillingsschwestern herausgekommen?«

»Bis jetzt war erst die junge Mutter da, und die war absolut entrüstet über die Unterstellung. Ihre Schwester Rena dürfte auch bald eintrudeln, hoffentlich haben wir bei der mehr Glück.«

»Und diese Praktikantinnen? Haben Sie die schon in die Mangel genommen?«, schnarrte Strasser.

Jetzt mischte Stefan sich ins Gespräch. »Mit denen habe ich telefoniert, sie kommen um Drei. Wenn sie die Aussage von Alina Schumann bestätigen und sich zu einer Anzeige durchringen können, dann sieht es richtig übel aus für Burgmüller. Und fürs Erste wäre ich dann schon mal zufrieden. Von Streibaus Mörder zu fassen wäre natürlich noch besser, aber Burgmüller wegen Nötigung dran zu kriegen ist immerhin ein kleiner Erfolg.«

»Auf dem wir uns nicht ausruhen dürfen – der große Fisch muss an die Angel! Vorrang hat immer noch der Mord, nur damit wir uns verstehen, Siems.«

»Auf alle Fälle, aber wenn wir so nebenbei noch andere Delikte aufklären können, werden wir das selbstverständlich machen.« Stefan war nicht gewillt, klein bei zu geben, und Julia beneidete ihn ein wenig um die Energie, die er noch aufbrachte. Sie selbst fühlte sich angezählt und hatte keine Nerven für ein Scharmützel mit Strasser, was dieser ja bereits seit einigen Tagen mit ungewohnter Sanftmut ihr gegen-über quittierte.

Dieser Burgfrieden hatte ja durchaus auch seine Vorzüge, aber es fehlte halt auch etwas.

Sinnend sah sie dem Staatsanwalt hinterher, der jetzt mit einem knappen Kopfnicken auf den Flur verschwand.

»Was ist nur aus mir geworden? Jetzt musst du schon meinen Part übernehmen beim Bonsai, so kann das nicht weitergehen«, seufzte sie, und Stefan musste grinsen.

»Ja, du musst echt schauen, dass du wieder auf die Beine kommst. Diese ganzen ungenutzten Chancen, so ein Jammer.«

Sie warf eine Büroklammer nach ihrem Kollegen. »Da! Zu mehr reicht die Kraft nicht mehr«, scherzte sie.

Nur ein paar Minuten später klopfte es erneut, diesmal war es Rena Ruckriegel, die hereinkam. Sie war sichtlich unmutig.

»Schönen Dank auch für das Fahndungsfoto im Kurier! Sie glauben gar nicht, wie schief ich heute ständig angeschaut werde.«

»Das tut mir leid, Frau Ruckriegel, aber das Foto haben wir weitergegeben, bevor wir Sie gefunden haben. Und als wir beim Kurier Bescheid geben wollten, war er bereits im Druck. Aber die Kollegen sind ja informiert und geben es an alle Anrufer weiter, dass die Sache bereits erledigt ist.«

»Das hilft mir auch nicht. Heute Vormittag ist mir eine Hippiebraut von der Apotheke bis nach Hause nachgeschlichen und dachte ernsthaft ich würde das nicht merken. Vorhin im Bus hat ein alter Mann dem Fahrer gesagt, er solle anhalten, die Türen zulassen und die Polizei holen. Und in einem Fort diese Blicke! Mir reicht es grad so richtig. Dann noch der Anruf, dass ich hier antanzen soll – was ist denn eigentlich? Ich hab gedacht, das wäre jetzt geklärt, dass es sich um meine Schwester handelt und nicht um mich?«

Sie schnaubte empört, und Julia beeilte sich ihr einen Stuhl anzubieten, um sie etwas friedlicher zu stimmen.

»Frau Ruckriegel, wie war denn ihr Verhältnis zu Burgmüller? Er ist mit Ihnen verwandt, nicht wahr?«

»Das werden Sie von der Klara haben, oder? Ja, stimmt. Er ist ein Cousin meiner Mutter. Oder ein Großcousin? Halt um fünf Ecken. Man hat sich halt ab und zu getroffen, bei Familienfeiern. Sonst hab ich nix mit ihm zu tun g'habt.«

»Sicher nichts?«

Rena starrte Julia kampflustig an. »Was wollen Sie eigentlich?«

Die Kommissarin lehnte sich zurück und wechselte einen kurzen Blick mit Stefan Siems.

»Ich will hören, ob Sie mit Burgmüller eine Affäre haben oder hatten.«

Jetzt war es vorbei mit Renas Trotz. Sie wurde blass und kniff die Lippen zusammen. Touché, dachte Julia zufrieden.

»Woher wissen Sie das?«, kam die Gegenfrage.

»Das tut nichts zur Sache. Wir wissen es eben. Würden Sie jetzt bitte ein wenig ins Detail gehen?«

Rena Ruckriegel schwieg so lange, dass Julia schon befürchtete, sie würde sich überhaupt nicht mehr äußern. Plötzlich jedoch brach es regelrecht aus ihr heraus:

»Ich kann mir eh schon denken, woher Sie das haben. Die alte Schachtel aus seinem Vorzimmer wird geplaudert haben. Das ist ja eh nicht mehr feierlich, wie die den Olli begluckt. Die denkt wohl ernsthaft, dass er sich für sie interessieren würde. Als ob der auf so eine graue Maus wartet! Ja, ich hab was mit ihm. Schon seit zwei Jahren. Und ja, er ist verheiratet und würde seine Frau nie verlassen. Aber die ist ja fast so langweilig wie die Kowalski, kein Wunder, dass er dann auswärts isst. Hört mir doch alle auf mit eurer heuchlerischen Tugendhaftigkeit!«

Rena begann zu weinen, aber es waren keine Tränen einer schwachen Frau, sondern eher der Wut. Ganz automatisch griff Julia nach der Taschentuchbox und hielt sie über den Schreibtisch. Sie wartete, bis Rena sich fertig geschnäuzt hatte, was sie lautstark und ungeniert tat.

»Frau Ruckriegel, können Sie uns sagen, wie Burgmüller zum Baron stand? Hat er sich Ihnen gegenüber jemals darüber geäußert, ob er ihn hasste?«

Ein letztes Schniefen, und Rena hatte sich wieder gefasst.

»Sie glauben doch nicht ernsthaft, der Olli hätte den Baron vergiftet? Nie und nimmer! Obwohl er ihn nicht ausstehen konnte. Aber, ganz ehrlich: Gift, das ist viel zu subtil. Wenn der Olli jemanden umbringen wollte, was ich nicht glaube, dann würde er ihn erschießen. Oder zwingen vom Rathaus zu springen. Irgendetwas dramatisches. Aber Gift? Nie und nimmer.«

Also abermals keine neuen Erkenntnisse. Als sie wieder unter sich waren, begann Julia eine Liste mit Verdächtigen aufzustellen. »Abgesehen von Inge

Brambach, die ich für unschuldig halte, haben wir diverse Bauunternehmer, die wir noch überprüfen müssen. Und dann natürlich Burgmüller. Aber ich fürchte, die Ruckriegel hat Recht – das ist zu subtil für ihn. Dann bleibt noch sie selbst, vielleicht wollte sie ihm einen Gefallen tun? Seine Frau? Um ihn in den Knast zu bringen? Die Kowalski? So verknallt wie die ist, würde ich es ihr schon zutrauen. Schließlich war der Baron ja Staatsfeind Nummer eins. Und sie muss gar nicht selbst auf die Idee gekommen sein – vermutlich wäre sie Wachs in Burgmüllers Händen, eine Andeutung von ihm und sie würde tun, was immer er verlangt. Ach, es ist so deprimierend, wir stecken in einer Sackgasse.«

Kapitel 19

Es war früher Abend, Julia und Stefan saßen zur Besprechung in Strassers Büro. Der Bonsai tigerte wieder einmal zwischen Schreibtisch und Fenster hin und her, und diesmal machte es Julia so richtig nervös.

»Herr Strasser, können Sie sich bitte hinsetzen? Dieses Herumgerenne macht mich komplett kirre«, nörgelte sie ihn an. Strasser hielt kurz inne, warf ihr ein flüchtiges Lächeln zu und nahm dann seine Runde wieder auf.

»Tut mir leid, aber mich hinzusetzen würde mich selbst kirre machen«, entgegnete er ohne großes Mitgefühl. »Sie sagen also, diese Praktikantinnen haben Ihren Verdacht bestätigt? Da tun sich ja Abgründe auf. Burgmüller hat sein Amt missbraucht, um … um …« Strasser suchte nach den richtigen Worten.

»Um an Frischfleisch zu kommen«, half Stefan weiter, was ihm einen missbilligenden Blick einbrachte.

»Herr Siems, auch wenn Sie in der Sache Recht haben – ich kann Ihre Ausdrucksweise nicht billigen«, schnarrte Strasser entrüstet. »Um sich mit den jungen Frauen zu vergnügen. Und Sie konnten die Mädchen davon überzeugen, dass sie Anzeige erstatten sollten?«

Beide Ermittler nickten einträchtig.

»Ja, nachdem sie realisiert hatten, dass sie keinen Einzelfall darstellen, war nicht mehr viel Überzeugungsarbeit nötig. Sie wollten übereinstimmend miteinander reden, wir haben dann auch Alina Schumann angerufen und sie gefragt, ob sie auch vorbeikommen möchte. Zu dritt fühlten sie sich stark genug, um gegen Burgmüller in den Ring zu steigen. Sie haben ihn angezeigt. Es hat jeder der jungen Frauen sehr geholfen, dass sie nicht die einzige Betroffene ist«, erklärte Julia.

Der Bonsai nickte zufrieden und setzte sich nun doch in seinen hohen Ledersessel, in dem er fast verschwand. »Sehr schön. Aber sonst haben wir nichts gegen Burgmüller in der Hand, das ist bedauerlich. Das bedeutet, dass er wieder auf freien Fuß gesetzt werden muss. Keine Flucht- oder Verdunklungsgefahr, fester Wohnsitz, stadtbekannt. Wie auch immer, wir müssen den Mörder fassen, egal wie er heißt. Was haben Sie denn sonst noch zu bieten?«

Stefan schüttelte bedauernd den Kopf. »Leider nicht allzu viel. Morgen Vormittag haben wir einen Termin mit Burgmüllers Ehefrau vereinbart, dann noch einen mit der Sekretärin. Wir werden beiden mal auf den Zahn fühlen, ob es möglich ist, dass sie in den Mord verstrickt sind. Ansonsten bleiben uns nur noch die Baulöwen, die wir abarbeiten müssen.«

Und Julia fügte hinzu, dass sie sich vermutlich später noch mit Stadträtin Fürst treffen würde.

Strasser schnaubte frustriert. »Das ist wenig. Die Fürst, meinen Sie, die kann uns wirklich weiterhelfen? Obwohl, frischer Wind und eine andere Sicht der Dinge sind vielleicht gar nicht verkehrt. Bleiben Sie an ihr dran, vielleicht finden Sie ja noch etwas heraus, das sie uns hier nicht verraten hat. Nun gut, dann machen Sie jetzt mal Feierabend, damit Sie morgen ausgeruht sind. Auf Wiedersehen!«

Eine halbe Stunde später saß Julia im Café Heimathafen in der Kanzleistraße, ihr gegenüber Nina Fürst, die ihre Hände an einem Chai Latte wärmte. Julia selbst rührte mit Todesverachtung in ihrem Ingwertee. Als sie die Karte gelesen hatte, war ihr eingefallen, dass Inge Brambach Ingwer als Mittel gegen Übelkeit beschrieben hatte. Jetzt war sie sich da gar nicht so sicher. Schließlich trank sie mutig einen kleinen Schluck, und dann, positiv überrascht, einen größeren.

»Frau Fürst, haben Sie denn noch irgend eine Idee, wer dem Baron etwas hätte antun wollen? Ein Motiv, eine Verbindung, die wir noch nicht auf dem Schirm haben?«

Nina Fürst trank ebenfalls einen Schluck, stellte die Tasse behutsam wieder ab und fragte dann: »Sie haben immer noch keine heiße Spur, oder?« Bedauern schwang in dieser Frage mit. »Das mit Burgmüller führt auch zu nichts?«

Julia seufzte. »Zumindest nicht zu dem Mord«, gestand sie ein.

»Aber was heute auf der Maawelln aufgedeckt worden ist, das ist schon ein Skandal. Seinen Job wird er wohl los sein«, sinnierte die Stadträtin. »Wäre ja gut für mich, aber auch wieder nicht. Ich hätte Burgmüller lieber im fairen Kampf geschlagen.«

Julia lachte trocken auf. »Wie denn? Er hat ja auch nicht fair gekämpft, das zeigt die Maulwurfgeschichte doch deutlich genug. Und vielleicht ist das ja nur die Spitze des Eisbergs.«

Mehr durfte sie nicht andeuten – sie hatte allerdings keine Ahnung davon, dass die drei jungen Frauen mittlerweile noch viel tatkräftiger in die Offensive gegangen waren: Sie hatten beim Kurier angerufen, der seine Titelstory für morgen noch um einiges ausführlicher gestalten würde als geplant.

Nina Fürst strich sich zwei nach vorne gefallene Zöpfchen hinters Ohr, trank einen weiteren Schluck, grüßte zu einem Neuankömmling hinüber und murmelte dann: »Und wenn diese Sekretärin etwas mit dem Mord zu tun hätte? Ich weiß, ich bin da etwas einseitig, aber für mich steckt der OB da irgendwie mit drin. Es wäre doch denkbar, dass die Kowalski in ihrer vertrottelten Verliebtheit gedacht hat, sie könne beim Chef punkten, wenn sein Erzfeind aus dem Weg geräumt ist? Vielleicht hat er ihr gegenüber ja mal bemerkt, er würde sich freuen, wenn Streibau tot umfällt. Ich denke, es gibt zwei Möglichkeiten: die eine ist, dass der Baron umgebracht wurde, um Burgmüller einen Gefallen zu tun, ihm einen Vorteil zu verschaffen, sich bei ihm anzubiedern. Und die andere, um Burgmüller da reinzuziehen, ihm etwas anzuhängen. Auch er hat seine Feinde, das bringt dieses Amt zwangsläufig mit sich.«

Julia war verblüfft, wie zielstrebig Nina Fürst ähnliche Schlüsse gezogen hatte wie sie selbst, und das ohne das Hintergrundwissen um die Praktikantinnen. Sie zog die Augenbrauen hoch.

»Sie selbst sind ja durchaus auch Nutznießer der zweiten Möglichkeit«, warf sie in den Raum. Fürst, erst erstaunt, dann erheitert, trank noch einen Schluck, um ihre Überraschung zu kaschieren.

»Ich habe Ihnen doch gerade eben gesagt, ich hätte ihn lieber im fairen Wahlkampf geschlagen. Und wie

Sie sehen braucht es keinen Mord, um den OB schachmatt zu setzen.«

»Aber Sie wussten nichts von dem Maulwurf, stimmt‘s? Also wäre Ihnen der OB als Mörder nicht ungelegen gekommen«, konterte Julia, ebenfalls amüsiert. Beiden Frauen war klar, dass dies nur ein harmloses Geplänkel war, das jeden ernstzunehmenden Verdacht entbehrte.

»Ganz ehrlich, Frau Lehmann: dazu hatte ich den Ferdi viel zu gern. Falls ich für den Bürgermeistersessel über Leichen gehen würde, dann bestimmt nicht über seine.«

In Ninas blauen Augen schwammen plötzlich Tränen, die heitere Atmosphäre war mit einem Schlag verflogen.

»Entschuldigung.« Sie kramte in ihrer Filztasche nach einem Tempo und tupfte ihre Augenwinkel ab.

»Er war wirklich ein sehr guter Freund von Ihnen, nicht wahr?«

Mitfühlend legte Julia die Hand auf Ninas Arm. Die groben Maschen des Strickpullis waren deutlich zu spüren, und Julia fragte sich unbewusst, ob es wirklich angenehm war, solche Kleidung zu tragen.

»Ferdi war mehr als das, glauben Sie mir«, flüsterte Nina und tupfte noch einmal nach. »Er hat den Tod nicht verdient, nicht so und nicht jetzt schon. Dass es so kommen musste … so tragisch ist das …«

Jetzt war es endgültig um ihre Beherrschung geschehen, und die Stadträtin begann leise vor sich hin zu weinen. Sie tat Julia leid, aber ihr fehlte es an tröstenden Worten. So trank sie langsam ihren Ingwertee aus und wartete, bis ihr Gegenüber sich wieder gefangen hatte.

»Frau Lehmann, bitte versprechen Sie mir, dass Sie Burgmüllers Umfeld noch einmal unter die Lupe nehmen. Ich bin mir fast sicher, dass da noch mehr im Busch ist als diese eingeschleuste Dame. Bitte!«

Julia nickte. Sie war ja selbst ebenfalls überzeugt davon, dass eine der Frauen im Umfeld Burgmüllers da die Hände im Spiel hatte. »Das verspreche ich Ihnen gerne, Frau Fürst. Und wenn Ihnen noch etwas einfällt, rufen Sie mich an, okay?«

»Klar, mache ich.«

Sie trennten sich als Verbündete, fast als Freundinnen. Julia Lehmann war auf unerklärliche Weise fasziniert von der Stadträtin. Ihre unkonventionelle Art, die Energie, mit der sie sich ihren Weg im Rathaus bahnte, die Leidenschaft für ihren Kampf um eine bessere Welt – sie hatten sich an diesem Abend noch lange unterhalten, und es gab viele Themen jenseits des Mordes, bei denen sie sich gut verstanden.

»Jan, kennst du dieses Gefühl, das man nur ganz selten hat, wenn man jemanden kennenlernt und denkt: Den möchte ich als Freund?«, fragte Julia später am Abend den Trainer, als sie zuhause ankam.

»Ja, dieses Gefühl hattest du, als du mich zum ersten Mal gesehen hast«, lachte er und bekam dafür einen Stoß in die Rippen.

»Du weißt genau, was ich meine, oder? Diese Nina Fürst, die hätte ich gerne als Freundin. Die ist so herzerfrischend. Wenn der Fall aufgeklärt ist und die Wahlen vorbei sind, dann möchte ich mit ihr mal wieder einen Kaffee trinken.«

»Dann wird sie keine Zeit mehr für dich haben, Lieblingskommissarin«, neckte er sie. »Dann ist sie nämlich eine vielbeschäftigte Amtsperson. Wer will ihr denn jetzt diesen Job noch streitig machen?«

Sie saßen im Wohnzimmer, Leo lag auf der Sofalehne. Julia hatte Apfelsaft heiß gemacht und mit Sahne und Zimt verfeinert, was Jan dazu gebracht hatte, ihr einen irritierten Blick zuzuwerfen.

»Kein Rotwein heute?«, fragte er verwundert.

»Nein, kein Rotwein. Inge Brambach hat Recht, ich lebe zu ungesund. Außerdem ist mir grad nach heißem Apfelsaft«, verteidigte Julia sich.

»Hab ich noch nie getrunken. Und das schmeckt?« Er schnupperte an seiner Tasse.

»Keine Ahnung, ich hab's auch noch nie getrunken. Das war eine spontane Idee.« Julia probierte vorsichtig, lächelte zufrieden und trank einen großen Schluck. »Die übrigens eine gute Idee war. Weißt du was? Der Baron muss ein sehr glücklicher Mann gewesen sein. Mit einer Frau an seiner Seite, die ihn so innig geliebt hat – Inge Brambach tut mir so leid. Sie hätten es verdient gehabt, noch viele gemeinsame Jahre zu erleben. Und dann mit einer Vertrauten wie Nina Fürst. Wenn man die hört, aus jedem ihrer Sätze klingt so viel Vertrautheit mit Streibau heraus. Ich hoffe nur, dass er das überhaupt zu schätzen wusste.«

Jan nahm ebenfalls einen Schluck von dem Heißgetränk, stellte die Tasse jedoch unauffällig zurück auf den Tisch.

»Seid ihr schon weiter gekommen mit dem Fall?«, fragte er und schob seine Tasse in Julias Richtung.

Die grinste verlegen. »Schmeckt dir nicht, oder? Soll ich dir was anderes holen?«

»Julia, du wirst es nicht für möglich halten, aber ich hab auch zwei Beine. Bleib du jetzt mal sitzen. Wenn ich was will, kann ich aufstehen. Aber jetzt erzähl: Gibt es was Neues?«

Traurig schüttelte die Kommissarin den Kopf. Eine Locke rutschte ihr ins Gesicht und wurde mit einer hilflos wirkenden Geste hinters Ohr geschoben. »Nein, es ist wie verhext. Nichts geht vorwärts. Es ist ja gut, dass wir Burgmüller festnageln konnten. Aber das führt ja bei den Mordermittlungen nicht weiter. Morgen drehen wir nochmal seine Sekretärin durch die Mangel und seine Frau.«

Jan nickte nachdenklich. »Es muss ja jemand gewesen sein, der Streibau ziemlich gut gekannt hat. Du hast ja gesagt, dass er sein Herzleiden ziemlich für sich behalten hat. Also werden wohl nur wenige Vertraute davon gewusst haben. Seine Verlobte, vermutlich seine Sekretärin, sein Hausarzt natürlich und dessen Sprechstundenhilfe. Vielleicht auch noch diese Stadträtin. Aber Burgmüllers Frau? Halte ich als Laie für eher unwahrscheinlich.«

»Inge Brambach scheidet definitiv aus. Und Nina Fürst auch. Beide trauern ehrlich um den Baron und versuchen alles, um uns zu helfen. Sekretärin hatte er keine, dann bleibt nur der Arzt und sein Team. Danke, du bist ein Schatz! Wir werden morgen mal die Praxis unter die Lupe nehmen. Allerdings bleibt ja immer noch die Möglichkeit, dass der Baron gar nicht sterben sollte, also dass keine Tötungsabsicht hinter dem Anschlag steckte.«

»Hältst du das für wahrscheinlich?«

»Nein, nicht wirklich. Denn wer auch immer dem Baron diesen Kuchen untergejubelt hat – wenn er nicht gestorben wäre, dann hätte er ja gewusst, wer ihm das angetan hat und vermutlich Anzeige erstattet. Außerdem haben wir ja auch noch den Anschlag auf seine Verlobte. Und die Dosis Rizinus in ihrem Eintopf war definitiv tödlich. Das alles würde nur einen Sinn ergeben, wenn sie selbst den Kuchen vergiftet hätte – aber sie wusste ja von seiner Herzschwäche. Also kann es nicht so gewesen sein.«

Jan nahm seine Freundin sanft in die Arme. »Das Wochenende fällt aus, oder?«, brummte er in ihr Ohr. Julia spürte einen wohligen Schauer, der ihr über den Rücken lief. Sie schmiegte sich eng an ihn und flüsterte: »Na ja, hoffentlich nicht komplett. Aber zu eurem Spiel morgen Nachmittag kann ich wohl nicht kommen.« Zwischen zwei Küssen kam der flüchtige Gedanke hoch, ob sie es wohl schaffen würde, wenigstens am Sonntag frei zu bekommen. Aber dazu musste sie zuerst Streibaus Mörder finden, und darüber wollte sie sich in diesem Moment wirklich nicht den Kopf zerbrechen.

Kapitel 20

Samstag

Als Julia erwachte, begann es draußen gerade zu dämmern. Sie brauchte einen Moment, bis ihr klar war, dass es Samstag war, sie allerdings trotzdem raus und ins Büro musste. Jan hatte im Schlaf den Arm um sie gelegt, und es widerstrebte ihr zutiefst, sich aus dieser Umarmung zu lösen und aufzustehen. Dass sie es trotzdem tat, lag weniger an dem ungelösten Mordfall als an der Übelkeit, die ihren Magen unerwartet zusammenquetschte. Mit einem unterdrückten Fluch auf den Lippen sprang Julia auf und stürzte ins Bad. Als sie wenige Minuten später zurück ins Schlafzimmer kam, saß Jan hellwach im Bett und musterte sie besorgt.

»Mensch Mädel, bitte geh mal zum Arzt. Und bleib heute daheim, kurier dich endlich aus«, forderte er, aber Julia wehrte ab.

»Jan, ich kann nicht. Aber ich werde jetzt wirklich mal auf Kaffee verzichten und stattdessen diesen Magentee von Frau Brambach trinken. Und auf regelmäßige Mahlzeiten achten. Versprochen!« Sie setzte sich auf die Bettkante und überlegte kurz, was sie anziehen wollte. Dann hatte sie sich entschieden und öffnete energisch ihre Schranktür.

»Siehst du, es geht schon wieder. Vermutlich ist das so eine stressbedingte Geschichte. Sobald der Fall gelöst ist, wird mein Magen auch wieder okay sein.«

»Bis dahin wirst du aber von mir versorgt, keine Widerrede! Ich werde dir jetzt ein gesundes Frühstück machen und eine ordentliche Brotzeit einpacken. Irgendwelche besonderen Wünsche?« Jan war schon aufgestanden und in seinen Morgenmantel geschlüpft, und Julia verzichtete auf Gegenwehr.

»Ja, dass du wenigstens dir einen Kaffee kochst, damit ich zumindest den Geruch genießen kann«, lachte sie und sah ihm sinnend nach, bevor sie sich fertigmachte.

Tatsächlich wurde sie von würzigem Kaffeeduft in die Küche gelockt und blieb überrascht in der offenen Tür stehen. Jan hatte eine große Tasse Magentee für sie aufgebrüht, in dem zusätzlich noch zwei Scheiben frischen Ingwers schwammen. An Julias Platz stand eine Müslischüssel, in der sie Haferflocken, Apfel- und Bananenstückchen sowie Leinsamenkörner erkennen konnte.

»Mandelmilch?«, fragte Julia verblüfft, als sie sah, was Jan in der Hand hielt. Sie griff nach der Packung und studierte den aufgedruckten Text. »Wo hast du die denn her? Und warum, um Himmels Willen?«, wollte sie wissen.

Jan grinste. »Ich war nach dem Training noch im Bioladen. Soll ja recht magenfreundlich sein. Probier es einfach mal aus.«

Tatsächlich schmeckte Julias Frühstück gar nicht so schlecht, und sie löffelte ihr Schüsselchen mit großem Appetit aus. Jan, der keinen Blick von ihr gelassen hatte, nickte zufrieden und schob ihr eine Brotzeitdose über den Tisch.

»Und das isst du bitte auf, okay? Heute gibt es weder was vom Spiro noch sonst was, das dir schwer im Magen liegen bleibt. Leichte Schonkost, bis du wieder fit bist – sonst pack ich dich an den Haaren und schlepp dich höchstpersönlich zum Arzt, verstanden?«

Julia lächelte und griff im Aufstehen nach der Dose. »Steinzeitmensch«, warf sie ihm an den Kopf und umarmte ihn zum Abschied. »Weißt du was? Ich bin mindestens genauso gesegnet wie es der Baron war. Ich wünsch euch viel Glück bei eurem Spiel heute. Gegen Schweinfurt, oder?«

»Stimmt. Die packen wir, davon bin ich überzeugt. Pass auf dich auf, Lieblingskommissarin.«

Im Büro lüftete Julia zuerst einmal gründlich durch. Es war unglaublich, wie abgestanden die Luft in ihrem Büro war, obwohl es die Nacht über leer gestanden hatte. Stefan traf nur wenige Minuten nach Julia ein, die Kaffeemaschine brodelte bereits, allerdings hatte Julia nur eine halbe Kanne aufgesetzt und brühte für sich selbst einen Kräutertee auf. Entsprechend verblüfft schaute ihr Kollege drein.

»Julia, sag bloß, es geht dir immer noch nicht besser«, war seine Begrüßung. Sie schenkte ihm ein zerknirschtes Lächeln.

»Ich arbeite daran, Stefan. Und jetzt kein Wort mehr darüber, okay?«

Sie berichtete von ihrem Gespräch mit der Stadträtin und von ihren Überlegungen, die Hausarztpraxis des Barons unter die Lupe zu nehmen. Während sie noch redete, waren schnelle Schritte auf dem Gang zu hören. Gleich darauf wurde die Tür so schwungvoll aufgerissen, dass sie an die Wand knallte, und der Bonsai stand im Raum.

»Guten Morgen zusammen!« Er strotzte förmlich vor Energie, und Julia beneidete ihn um seinen Elan. Sie selbst fühlte sich eher ausgelaugt und ratlos.

»Herr Strasser – mit Ihnen hätte ich heute nicht gerechnet«, gab sie zu. Er erlaubte sich ein leises Lächeln.

»Tja, ab und zu bin eben sogar ich für eine Überraschung gut. Mir liegt dieser Fall am Herzen, wir stehen im Fokus von Mainwelle und Kurier. Haben Sie heute schon die Zeitung gelesen? Nicht? Das sollten Sie aber tun, bevor Sie Frau Burgmüller befragen. Die halbe Titelseite gehört heute nämlich dem OB und den Praktikantinnen. Die drei Damen sind offenbar gestern schnurstracks bei uns hinaus und beim Kurier hinein marschiert, um ein Exklusivinterview zu geben. Ich nehme mal an, das ist der Todesstoß für Burgmüllers Karriere. Daher möchte ich heute dabei sein, wenn Sie Frau Burgmüller und die Sekretärin – wie war doch gleich wieder ihr Name? – verhören.«

»Kowalski, Heike Kowalski. Aber wir verfolgen aktuell auch noch einen anderen Gedankengang. Es spricht nämlich bei genauerer Überlegung etwas dagegen, dass eine der beiden Damen die Mörderin ist.«

Auch der Staatsanwalt wurde informiert. Prompt wollte er aufbrausen und begann: »Und warum haben Sie diesen Aspekt aus den Augen verloren? Schlamperei ist das!«

Urplötzlich jedoch unterbrach er sich, holte tief Luft und fuhr dann wesentlich ruhiger fort: »Gut, dass

Ihnen das noch eingefallen ist. Dann verzetteln wir uns hoffentlich nicht auf falschen Spuren. Konzentrieren wir uns also auf diesen Hausarzt. Wer ist das denn, kennt man den näher? Die beiden Frauen befragen wir allerdings trotzdem.«

Stefan blätterte in der Akte, bis er den entsprechenden Eintrag gefunden hatte. »Doktor Leibelt heißt der Mann, seine Praxis ist in der Römergasse.«

»Leibelt, Leibelt – sagt mir nichts. Wie auch immer, versuchen Sie ihn zu erreichen und für heute Vormittag noch hierher zu beordern. Und lassen Sie sich am besten gleich telefonisch die Namen seiner Angestellten durchgeben, damit wir die auch gleich vorladen können. Wir können es uns nicht leisten, noch mehr Zeit zu verlieren. Und lesen Sie zuvor gefälligst den Kurier«, schnarrte er energisch.

Während Strasser gemeinsam mit Julia wenig später Frau Burgmüller befragte, telefonierte sich Stefan die Finger wund, bis er Doktor Leibelt und im Anschluss daran dessen diverse Sprechstundenhilfen erreicht und davon überzeugt hatte, heute noch ins Präsidium zu kommen.

Die Gattin des OB war alles andere als kooperativ. Vielmehr bedachte sie Julia bereits bei der Begrüßung mit einem bitterbösen Blick, als wolle sie die Kommissarin auffressen. Strasser dagegen schien sie überhaupt nicht zu bemerken. Immerhin ließ sie sich durch eine freundliche Aufforderung dazu bewegen, sich wenigstens hinzusetzen.

Julia übersah die Unhöflichkeiten der Burgmüllerin geflissentlich und kam gleich zur Sache.

»Frau Burgmüller, Sie haben ja sicherlich den Bericht auf der Mainwelle gehört und heute auch schon den Kurier gelesen. Ich sage Ihnen also nichts Neues. Ihr Mann hatte offensichtlich mehrere Affären, die wohl von zweiter Seite nicht so ganz freiwillig waren. Vielmehr hat er wohl Druck auf die Frauen ausgeübt, indem er ihre berufliche Zukunft von ihren Gefälligkeiten abhängig machte. Wussten Sie schon davon, bevor das an die Öffentlichkeit kam?«

Eva Burgmüller war eine spindeldürre Frau Anfang fünfzig, früh gealtert – vermutlich durch exzessives Sonnenbaden. Auch jetzt im Januar hatte sie eine Hautfarbe wie andere Leute nach dem Sommerurlaub. Außerdem verdeckte ihr schweres Parfüm nicht die kalte Rauchwolke, die an ihr klebte. Julia, deren sensible Nase das bereits bemerkt hatte, als Eva Burgmüller das Zimmer betreten hatte, atmete möglichst flach und kämpfte gegen den Wunsch an, die Fenster weit aufzureißen. Wieder zeigte sich, dass ihr Magen noch längst nicht in Ordnung war, aber sie blieb tapfer im Zimmer und ignorierte den Würgereiz erfolgreich. Als die Burgmüller sich jetzt wütend nach vorne beugte, wich Julia unwillkürlich auf ihrem Stuhl zurück, was Strasser sehr wohl bemerkte und mit einem Stirnrunzeln quittierte. Er war bereit, sich jederzeit in das Gespräch einzumischen, falls es seiner Meinung nach nötig werden sollte.

Eva Burgmüller schnaubte verächtlich. »Sie werden doch nicht ernsthaft glauben, dass diese alternativen Fakten der Lügenpresse meinem Mann schaden können? Obwohl, Sie haben es denen ja überhaupt erst eingeflüstert. Schämen sollten Sie sich, derartige

Lügen in die Welt zu setzen! Und diese unverschämten Weiber haben doch tatsächlich Anzeige erstattet!«

»Das mit der Mainwelle geht auf unser Konto, aber der heutige Kurierbericht basiert nicht auf Informationen, die wir der Redaktion gegeben hätten. Gleichwohl kann ich Ihnen bestätigen, dass mehrere Anzeigen gegen Ihren Mann vorliegen. Daher noch einmal meine Frage: Wussten Sie davon?«

Die Burgmüllerin sprang auf. »Nein, wusste ich nicht! Und wie denn auch? Es sind haltlose Lügen, da ist nichts dran. Also konnte ich auch nichts davon wissen, weil da nichts war! Olli würde mich niemals betrügen, und er würde auch nie etwas tun, was sich nicht mit seiner Berufsehre vereinbaren lässt. Hirngespinste sind das, sonst nichts! Ich bin ja nur erschüttert, dass Sie auf so etwas hereinfallen. Ich hab ja gedacht, bei der Kripo lernt man vernünftig zu recherchieren. Aber offenbar war das ein Irrtum.«

Julia stand ebenfalls auf und beugte sich nach vorne. Der Rauchgeruch war im Eifer des Gefechts vergessen.

»Frau Burgmüller, glauben Sie mir: Wir haben gründlich recherchiert. Und nicht wir liegen falsch, sondern Sie. Ich fürchte, Sie müssen die Augen aufmachen und anfangen, die Welt zu sehen, wie sie ist. Ihr Mann ging fremd, und er hat mit unlauteren Mitteln versucht, Informationen aus dem Umfeld des Barons zu ergattern. Dass er die längste Zeit Oberbürgermeister war, das ist so sicher wie das Amen in der Kirche. Und welcher Rattenschwanz an Anklagen und Prozessen nachkommen wird, werden wir noch sehen. Er ist nicht das Unschuldslamm, für das Sie ihn halten.«

Ihr Gegenüber kreischte los wie eine Furie. »Olli hat nichts gemacht! Wenn da wirklich was gewesen wäre, dann haben diese Weiber ihn verführt. Er ist doch auch nur ein Mann. Selbst wenn er der Versuchung erlegen wäre – was ich nicht glaube –, dann wäre das niemals, hören Sie: niemals! Von ihm ausgegangen. Haben Sie das jetzt verstanden?«

Strasser schnaufte, und Julia nickte ihm zu. Nur zu gern überließ sie es ihm, sich weiter mit dieser Person herumzustreiten.

»Frau Burgmüller«, schnarrte er los. »Was wissen Sie über den Baron? Kannten Sie ihn? Wenn ja, wie gut?«

Die OB-Gattin drehte sich überrascht zu ihm um. Es war ihr anzumerken, dass sie an den Baron bisher keinen Gedanken verschwendet hatte, keinerlei Zusammenhang zwischen den Schlagzeilen um ihren Mann und dem Mordfall gesehen hatte. Jetzt dämmerte die Erkenntnis, dass es um noch viel mehr gehen könnte als um die bisherigen Titelgeschichten. Sie wurde blass unter ihrer Sonnenbräune, was sich faktisch als fahles Gelb auf ihren Wangen spiegelte.

»Sie meinen … Sie wollen damit doch nicht andeuten …«

Sie verstummte, überlegte, fing erneut an, diesmal gefasster.

»Ich kannte von Streibau nur flüchtig von diversen Veranstaltungen, die er gestört hat. Ich hab mit dem Mann allerhöchstens drei, vier Sätze gewechselt, und die waren knapp und wenig wohlwollend. Manche Dinge tut man sich einfach nicht an, und der Baron gehörte dazu. Ich weiß über ihn nur das, was im Kurier steht oder auf der Mainwelle gesendet wird, sonst nichts. Herrgott noch mal – Herr Strasser, Sie kennen uns doch, mit Ihrer Hilde bin ich sogar per Du, weil wir beide im Komitee für das Sommernachtsfest in der Eremitage arbeiten.«

Der Staatsanwalt blieb unbeeindruckt.

»Was wussten Sie über sein Herzleiden?«

Ratlose Stille. Endlich, zögernd, aber bestimmt:

»Davon höre ich zum ersten Mal.«

»Sind Sie sich da ganz sicher? Vielleicht hat Ihr Mann einmal eine Bemerkung fallen gelassen?«

»Nein, garantiert nicht. Ich sage Ihnen doch, den Baron haben wir uns nicht angetan, wenn es nicht nötig war.«

Strasser winkte Stefan hinzu. »Siems, haben Sie mal die Mitarbeiterliste von Doktor Leibelt zur Hand? Frau Burgmüller, sagt Ihnen der Name Leibelt etwas? Sind Sie zufällig Patientin bei ihm? Oder kennen Sie eine dieser Personen?«

Er ratterte die Namen herunter, die Stefan notiert hatte, aber Eva Burgmüller schüttelte immer wieder den Kopf. Schließlich seufzte Strasser resigniert.

»Eine letzte Frage noch: Gärtnern Sie?«

Sie starrte ihn an, völlig perplex, und begann dann zu lachen. »Gärtnern? Ich? Wissen Sie, ich bin froh und dankbar, dass wir jemanden haben, der unseren Vorgarten in Schuss hält. Und ebenso froh bin ich, wenn ich nicht in der freien Natur sein muss. Wenn ich etwas nicht haben kann, dann dieses Gekrabbel und Geschwirre. War's das dann?«

Strasser nickte knapp.

»Dann auf Wiedersehen – obwohl, nein, lieber nicht.«

Sie rauschte hinaus.

»Na, die Gute verschließt die Augen wirklich komplett vor der Realität«, bemerkte Stefan. Julia nickte zustimmend, und Strasser begann wieder hin und her zu laufen.

»Herrschaften, ich fürchte, Frau Burgmüller hat wirklich nichts mit dem Mord zu tun«, überlegte er dabei laut. »Welchen Grund hätte sie auch, den Baron zu vergiften? Nein, nein – ich denke, der Mord hängt mit dieser ominösen Vaterschaft zusammen. Wenn diese Klara Ruckriegel nicht die Mutter seines Kindes ist, dann muss es jemand anderes sein. Sind Sie da weitergekommen? Sind Sie überhaupt noch dran?«

Julia senkte schuldbewusst den Blick. »Ehrlich gesagt haben wir uns in diesem Zusammenhang bisher nur auf die Ruckriegel konzentriert. Wir werden den Kollegen Bauer damit beauftragen, am Montag die Krankenhäuser und Hebammen anzurufen, damit die ihm sagen, wer in den letzten Monaten ein Kind bekommen hat. Und dann werden wir diese Frauen systematisch abklappern.«

»Ja, machen Sie das. Frau Lehmann, seien Sie mir nicht böse, aber ich habe das Gefühl als würde ihre Professionalität unter Ihrer Magenverstimmung leiden. Das kommt mir alles sehr unsystematisch vor, was Sie da machen. So kenne ich Sie gar nicht.«

Jetzt wurde Julia knallrot. »Tut mir leid, ich werde mich um mehr Struktur bemühen«

»Ich nehme an, zum Arzt gehen Sie eh nicht, auch wenn ich es Ihnen noch so sehr ans Herz lege? Dann hätte ich noch einen Vorschlag: Dieser Leibelt kommt doch heute noch vorbei – halten Sie mit dem mal einen Plausch.«

Die Unterredung mit Heike Kowalski war um keinen Deut ergiebiger als das Gespräch mit Eva Burgmüller. Sie blieb felsenfest bei ihrer Ansicht, dass der OB unschuldig an den Pranger gestellt wurde. Und sie leugnete nach wie vor jeden Kontakt mit dem Baron. Dass Burgmüller seine Großnichte ins Team DEO eingeschleust hatte, war angeblich ebenfalls ohne ihr Wissen geschehen. Sie machte sich schwere Vorwürfe, die Namen der Praktikantinnen herausgegeben zu haben, denn dadurch sah sie sich selbst als schuldig an der Kurier-Story. Schließlich wurde sie wieder nach Hause geschickt.

Ab elf Uhr kamen nach und nach die Mitarbeiterinnen von Doktor Leibelt, um ihre Aussagen zu machen. Einige von ihnen wussten zwar, dass der Baron ein schwaches Herz gehabt hatte, aber sie versicherten auch glaubwürdig, diese Informationen nicht an Dritte weitergegeben zu haben. Kontakt zum OB war ihnen auch nicht nachzuweisen. Blieb nur noch die vage Spur, dass die Kindsmutter aus einem bisher rätselhaften Grund den Baron hatte ermorden wollen und eine der Sprechstundenhilfen ihr einen Tipp gegeben hatte. Aber dann wäre die Betreffende eine sehr gute Schauspielerin, und überhaupt war diese Idee so absurd, dass nicht einmal Strasser sie aktuell weiter verfolgen wollte.

Alles in allem war dieser Samstag wie verhext. Es ergab sich absolut nichts im Mordfall Streibau, und die Laune der Ermittler sank direkt proportional zu den Erfolgsaussichten. Kurz nach zwei Uhr erschien Doktor Leibelt persönlich, aufgrund eines auswärtigen Termins hatte er es nicht früher geschafft. Auch er konnte der Kripo nicht weiterhelfen.

»Ja, der Baron war mein Patient. Er hatte ein schwaches Herz, weigerte sich allerdings Medikamente zu nehmen. Wenn er mit Digitalis vergifteten Kuchen gegessen hat, dann glaube ich gerne, dass sein Herz das nicht verkraften konnte. Aber wem hätte ich von seinem Herzleiden erzählen sollen? Selbst wenn ich Ihnen gegenüber jetzt im Zuge Ihrer Mordermittlungen freimütig berichte, gibt es ja so etwas wie ein Arztgeheimnis. Zumal von Streibau mich ausdrücklich darum gebeten hat, das nicht an die Öffentlichkeit gelangen zu lassen. Er meinte, es würde der Sache schaden. Als Herzkranker würde er nicht mehr ernst genommen mit seinen Aktionen, man würde ihn ausbremsen wollen, ihm das Zepter aus der Hand nehmen. Wissen Sie, diese Proteste waren sein Lebensinhalt. Hätte er darauf verzichten müssen, dann hätte ihm das schneller das Licht ausgeblasen als dieser Mohnkuchen.«

»Und Ihre Mitarbeiterinnen? Könnte eine von ihnen etwas weitergegeben haben?«

»Ach, die Hand kann ich natürlich für keine ins Feuer legen. Aber ich halte das doch für extrem unwahrscheinlich.«

»Herr Doktor Leibelt, eine Bitte hätte ich noch, die ist allerdings eher privater Natur.«

Julia berichtete von ihrer ständigen Übelkeit, und der Arzt nickte freundlich. »Wissen Sie was, gehen wir schnell in meine Praxis. So weit ist das ja nicht weg von hier, da können wir bequem hinlaufen. Ich muss eh noch etwas dort erledigen, da kann ich Sie schnell untersuchen. Vermutlich ein Virus, da kursiert momentan so einiges in Bayreuth und Umgebung.«

Wenige Minuten später liefen sie durch die Fußgängerzone, in ein angeregtes Gespräch über die bevorstehende Bürgermeisterwahl vertieft. Nina Fürst würde aller Voraussicht nach das Rennen machen, denn die übrigen zwei Kandidaten lagen in der Wählergunst weit zurück. Daher war die Wahl eine reine Formsache. Sie kamen an einer frisch aufgestellten Plakatwand vorbei, die Gesichter der Bewerber blickten auf die vorübergehenden Fußgänger herab. Leere Flächen zwischen den Plakaten erinnerten daran, dass hier auch noch Burgmüllers Konterfei hätte hängen sollen. Nina Fürst lächelte von ihren Plakaten, die Haare streng nach hinten gebunden, ein leuchtend türkises Oberteil spiegelte ihre Augenfarbe. Unwillkürlich verlangsamte Julia ihren Schritt und studierte die Fotos. Irgendetwas am Foto der Stadträtin irritierte sie, aber sie konnte es nicht greifen, und so lief sie schließlich schnell weiter, passte ihre Schritte wieder an die des Arztes an.

In der Praxis wurde Julia gründlich untersucht. Leibelt zog die Stirn kraus. »Also kein Durchfall, sagen Sie? Lediglich plötzlich auftretende Übelkeit bis hin zum Erbrechen?«

Julia nickte verzagt. »Ja, und ich reagiere stark auf Gerüche. Also schon immer, aber aktuell ist es ganz extrem.«

»Wann war denn die letzte Periode?«, wollte Leibelt wissen, aber Julia schüttelte entschieden den Kopf.

»Nein, schwanger bin ich mit Sicherheit nicht. Mir wurde schon vor Jahren attestiert, dass ich keine Kinder bekommen kann.«

»Ach, wissen Sie, ich habe schon so verrückte Dinge erlebt in den vielen Jahren meiner Tätigkeit, mich würde das nicht verwundern. Zumal ich keine Ursache für Ihre Beschwerden finden kann. Passen Sie auf, wir machen jetzt einfach einen Test, nur um ganz sicher zu gehen, dass Sie tatsächlich nicht schwanger sind. Dann ist das Thema durch, und ich schicke Sie zum Internisten.«

Leibelt hielt der Kommissarin einen Plastikbecher hin, den sie nur zögernd nahm. Obwohl sie genau wusste, dass es nicht sein konnte, wurde sie von wilder Angst vor einer erneuten Enttäuschung gepackt. Ihr war klar, dass sie nicht schwanger sein konnte. Und doch wollte sie nicht erneut die Bestätigung erhalten. All das hatte sie schon einmal durchgemacht und gehofft, das endlich hinter sich lassen zu können. Endlich hatte sie Ruhe gefunden, störte das Babygeschrei nebenan sie nicht mehr. Und jetzt bohrte Leibelt in der frisch vernarbten Wunde herum, er hatte keine Ahnung davon, wie es ihr damit ging.

Widerstrebend ging sie zur Toilette, einen kurzen Moment lang durchzuckte sie der irrwitzige Gedanke, einfach Leitungswasser in den Becher zu füllen. Aber sie wusste, dass das kindisch war. Also pinkelte sie mit wild klopfendem Herzen in den Becher, blieb dann noch eine gefühlte Ewigkeit auf der Toilette sitzen und versuchte, sich wieder halbwegs zu fangen. Es gelang ihr mehr schlecht als recht, und als sie endlich aufstand, umkrallte die Übelkeit ihren Magen wieder einmal mit kalter Hand. Langsam ging sie zurück ins Sprechzimmer, wo Doktor Leibelt sie forschend musterte.

»Na, dann geben Sie mal her«, forderte er schließlich.

Julia gab ihm mit zitternden Fingern den Becher und ließ sich auf den Patientenstuhl vor seinem Schreibtisch fallen. Dort saß sie zusammengesunken, mit geschlossenen Augen, und wartete auf den erneuten Dolchstoß.

»Frau Lehmann?«

Zögernd hob sie den Kopf und schaute den Arzt an.

»Herzlichen Glückwunsch, Sie sind schwanger.«

Fünf Sekunden lang passierte gar nichts, kam das Gehörte gar nicht in Julias Gehirn an. Dann sprang sie auf, rannte auf die Toilette und übergab sich.

Kapitel 21

Mittlerweile war es normal geworden, dass Julia sich auf unbestimmte Weise unvollständig fühlte, wenn sie allein in ihrer Wohnung war. Jan war Teil ihres Lebens, es war selbstverständlich, dass sie den Großteil ihrer Freizeit gemeinsam verbrachten. Heute jedoch war Julia unglaublich erleichtert, dass Jan mit den Knaben auswärts unterwegs war und wohl kaum vor dem Abend zurückkommen würde. Sie war immer noch fassungslos über die Worte des Arztes. Und ebenso wenig, wie sie es jahrelang akzeptieren konnte, nicht schwanger zu werden, konnte sie es jetzt verstehen, dass sie schwanger sein sollte. Wie oft hatte sie sich diesen Moment ausgemalt, vor Jahren: Die Nachricht des Arztes, die überschäumende Freude, die Julia innerlich zum Bersten bringen würde, das Gefühl auf Wolken zu laufen. Die Gewissheit, dass jetzt alles gut werden würde bis ans Ende aller Zeiten.

Die Realität sah anders aus. Julia saß in ihrem Wohnzimmersessel, der schnurrende Leo wurde mechanisch gestreichelt, ohne dass sie ihn überhaupt wahrnahm. Sie starrte aus dem Fenster hinaus in die beginnende Abenddämmerung. Es hatte wieder sacht zu schneien begonnen, aber auch das bemerkte Julia gar nicht. In ihr war nur eine einzige große Leere. Vergessen war der Mordfall, vergessen ihre Zukunftspläne mit Jan. Jedes Gefühl, jeder Gedanke wurde aufgesaugt von einem riesigen Vakuum in ihrem Bauch.

Das Klingeln ihres Handys riss sie irgendwann aus ihrer Trance. Als sie sah, dass es Jan war, der sie anrief, legte sie es schnell auf den Tisch und ließ es weiterläuten, bis er irgendwann aufgab. Sie blickte sich in ihrem Wohnzimmer um, als sei sie zum ersten Mal hier, schubste Leo auf den Fußboden und ging in die Küche. Der bettelnde Kater sauste voraus und strich um ihre Beine, bis sie ihm eine Dose Futter aufmachte. Während er geräuschvoll sein Abendessen verschlang, brühte sie sich eine große Tasse Pfefferminztee auf, den sie mit nach oben ins Schlafzimmer nahm. Vor der Stereoanlage überlegte sie kurz, dann entschied sie sich für Gershwin. Julia kuschelte sich ins Bett, trank schluckweise den heißen Tee und stellte erleichtert fest, dass ihr Denken wieder einsetzte. Ein Baby … in ihrem Alter … und das mit einem Mann, der keine Kinder wollte … Sie war ratlos, fühlte sich überfordert, wusste nicht, wie sie ihm das beibringen sollte. Schließlich tröpfelte auch der Mord am Baron wieder in ihr Bewusstsein, und das nahm sie zum Anlass, alles andere hintenan zu stellen. Zuerst musste der Mörder gefasst werden, das hatte oberste Priorität. Und den Vorteil, dass sie sich aktuell noch nicht mit anderen Dingen auseinandersetzen musste.

Leo hatte fertig gespeist, er sprang auf ihr Bett, rollte sich auf der Decke zusammen und begann sich zu putzen. Julia schloss die Augen, lauschte den vertrauten Melodien und döste irgendwann ein.

Wohl noch nie hatte Julia verworrenere Dinge geträumt als an diesem frühen Samstagabend. Babygeschrei aus der Nachbarwohnung mischte sich in ihren Schlaf, schien aus ihrem Bauch zu kommen. Jan streichelte den schreienden Bauch, redete in beruhigendem Singsang auf Julia ein: »Ich brauch keine Kinder. Ich will keine Kinder. Ich brauch keine Kinder. Ich will keine Kinder.« Julia versuchte seine Hand wegzustoßen, mit einem Mal bewegte sich ihre Bauchdecke, und anstelle des Geschreis ertönte aus ihrem Bauch heraus: »Er braucht mich nicht, er will mich nicht.« Julia stöhnte entsetzt auf, wollte sich umdrehen und weglaufen. Doch hinter ihr stand Inge Brambach, starrte mit weit aufgerissenen Augen auf Julias Bauch und flüsterte: »Ich bin nicht die Mutter. Wer auch immer es ist – ich bin nicht die Mutter.« Plötzlich hielt sie eine Teetasse in der Hand und erklärte: »Trinken Sie, dann geht es vorbei.« Von Panik erfüllt riss Julia sich von Jan los und lief, lief, lief. Als sie über die Schulter zurückblickte, um zu sehen, ob ihr jemand folgte, war alles in dichten Schneefall gehüllt, nur Jans Worte klangen ihr hinterher: »Ich brauch es nicht. Ich will es nicht.«

Sie schaute wieder nach vorne, lief gehetzt weiter, bis sie vor einer überdimensionalen Plakatwand stand, auf der Nina Fürst zu sehen war, schräg hinter ihr der Baron, der ihr die Hand auf die Schulter gelegt hatte und zufrieden lächelte. Nina winkte zu Julia herab und rief ihr zu: »Er war nicht nur ein Freund. Er war viel mehr. Verstehen Sie? Er war viel mehr.«

Mit einem erstickten Aufschrei fuhr Julia aus ihrem unruhigen Schlaf, und ohne groß nachzudenken griff sie nach ihrem Handy, um Stefans Nummer zu wählen.

»Stefan – Steibaus Kind! Es ist kein Baby, es ist Nina Fürst! Sie ist seine Tochter!«

Ihr Kollege ließ die Sportschau Sportschau sein und ging ein Zimmer weiter. »Moment, Julia. Einen Augenblick … Woher weißt du das?«, fragte er aufgeregt.

Julia hielt irritiert inne. Ihr verworrener Traum hatte sich zurückgezogen in eine nebelverhangene Ecke ihres Unterbewusstseins, und was soeben noch glasklar vor ihr schwebte, war nun kaum mehr in Worte zu fassen. Sie zögerte, zermarterte sich den Kopf. Woher wusste sie das?

»Es ist … eine Ahnung, mehr nicht. Ich kann es dir nicht erklären. Aber sie muss es sein. Kannst du vorbeikommen? Oder wollen wir uns woanders treffen?«

»Nein, kein Thema, ich komme zu dir. Gib mir eine Viertelstunde.«

Tatsächlich schaffte Stefan die Strecke in dreizehn Minuten. Julia erwartete ihn schon an der offenen Haustür. »Magst du einen Kaffee? Oder was anderes?«, wollte sie wissen.

»Lieber Limo als Kaffee«, entgegnete Stefan und zog seine Winterjacke aus. Während Julia kurz in der Küche verschwand, ging er ins Wohnzimmer voraus.

»Also, noch mal ganz von vorne. Wie kommst du auf die Idee, dass Nina Fürst die Tochter des Barons ist?«

Julia stellte ihm sein Getränk auf den Tisch und versank wieder in ihrem Sessel. Immer noch fiel es ihr schwer, die Gedanken zu ordnen, ihren Verdacht zu begründen.

»Stefan, lach jetzt bitte nicht. Aber ich hab mich vorhin ein wenig hingelegt und einen absoluten Schmarrn geträumt. In dem Traum kam Nina Fürst vor, ihr Wahlplakat – hast du das gesehen? Mir ist es heute Mittag aufgefallen, und ich wusste nicht, was mich daran gestört hat. Aber mein Traum hat mich drauf gebracht. Warte mal kurz.«

Sie öffnete ihren Laptop und begann zu suchen. Endlich nickte sie zufrieden und drehte das Gerät so, dass Stefan den Bildschirm sehe konnte.

»Schau dir das mal bitte an. Das ist ihr Wahlplakat. Sonst hat sie die Haare ja immer zum Teil offen, aber da sind sie ganz streng nach hinten gebunden und geben ihr ganzes Gesicht frei. Siehst du das? Diese Ähnlichkeit mit von Streibau? Und sie hat gestern Abend zu mir gesagt, er war für sie mehr als nur ein Freund. Gestern hab ich diesen Worten keine Bedeutung beigemessen, aber jetzt.«

Julias Kollege war wesentlich skeptischer als sie selbst. Er begutachtete das Plakat, suchte selbst noch ein Foto des Barons her und verglich beide Bilder.

»Hmmm, angenommen du hättest Recht: Das erklärt aber immer noch nicht die Aussage des Barons, er wäre vor kurzem Vater geworden.«

»Stimmt. Aber stell dir mal vor, Nina Fürst hat das auch erfahren. Plötzlich hätte sich durch ein zweites Kind ihr Erbe halbiert. Wäre das kein Motiv?«

Stefan schüttelte den Kopf. »Im Testament steht nichts von Nina Fürst. Warum hätte sie überhaupt erben sollen, wenn sie nicht auch amtlich seine Tochter ist? Das überzeugt mich noch nicht, Julia. Ich geb dir Recht, eine gewisse Ähnlichkeit ist nicht abzustreiten. Aber wegen einer zweifelhaften Erbschaft morden? Zumal ja nicht so viel Vermögen vorhanden ist, auch wenn Burgmüller in der Öffentlichkeit gerne andere

Sachen über die finanziellen Möglichkeiten des Barons erzählt hat.«

Julia überlegte fieberhaft. Sie war sich mit einem Mal vollkommen sicher: Nina Fürst musste die Tochter des Barons sein. Aber sie pflichtete Stefan bei. Das allein war noch kein Mordmotiv.

»Da muss noch mehr dahinter stecken, was wir noch nicht wissen. Lass und noch mal alles zusammenfassen. Wenn wir Doktor Leibelt und seine Mädels außen vor lassen, bleiben uns nur zwei Tatverdächtige: Nina Fürst und Inge Brambach. Beide sind enge Vertraute des Barons, und beide trauern offensichtlich wirklich um ihn. Wenn jetzt beide das Wissen um seine Herzschwäche hatten, wem hat es genutzt, dieses Wissen zu missbrauchen? Theoretisch wäre es denkbar, dass Inge Brambach erst jetzt erfahren hat, dass Nina Fürst die Tochter ihres Verlobten ist. Wenn das nicht bekannt, nicht offiziell war, dann war sie im Todesfall seine Alleinerbin. Wie fit bist du mit Erbrecht?«

Stefan dachte kurz nach, bevor er sein Wissen zusammenkratzte: »Freibetrag für Ehegatten: 500.000 Euro. Für Verlobte: 20.000 Euro. Vermutlich wäre sie besser gefahren, wenn sie ihn einfach geheiratet hätte, selbst wenn sie dann nur anteilig geerbt hätte. Außerdem hat sie doch selbst ein Haus in Eckersdorf, dazu eine gute Pension. Sogar wenn er ein Testament geschrieben und seine Tochter als Alleinerbin eingesetzt hätte, dann hätte sie als Ehefrau immer noch ein Viertel geerbt, wenn ich da auf dem Laufenden bin. Also, in meinen Augen scheidet Habgier bei der Brambach als Mordmotiv aus. Am ehesten noch Wut und Enttäuschung darüber, dass sie erst so spät davon erfahren hat. Wenn diese Vermutung überhaupt stimmt. Vielleicht wussten alle drei schon lange Bescheid. Vielleicht wusste die Brambach aber auch überhaupt nichts davon. Das sind alles reine Spekulationen. Und außerdem bleibt immer noch unser Hauptargument dafür, dass Inge Brambach nicht die Täterin sein kann: Sie war zur Tatzeit in der Türkei. Das haben wir doch alles schon durchgekaut.«

Julia nickte, die Anspannung stand ihr ins Gesicht geschrieben. »Bleibt also Nina Fürst als Täterin. Warum sollte sie den Baron ermorden? Was könnte ihr Motiv sein?«

»Er hat sie nicht offiziell als seine Tochter anerkannt. Jetzt plötzlich erzählte er, das er Vater geworden sei. Vielleicht hat sie davon gehört? Hatte Angst, schlechter gestellt zu sein als sein anderes Kind? Vielleicht war sie einfach nur eifersüchtig? Oder es hat gar nichts mit dem zweiten Kind zu tun? Vielleicht hat sie gehört, dass er heiraten wollte, und umgekehrt gedacht, dass ihr die Felle davonschwimmen? Ihr Erbanspruch wäre im Fall einer Heirat geschrumpft, oder täusche ich mich?«

»Jetzt bräuchten wir Strasser, der kennt sich da garantiert besser aus als wir, schließlich hat er Jura studiert. Lass mich mal nachdenken: wenn der Baron unverheiratet ist, erbt sein Kind alles. Er hat aber ein Testament geschrieben und Inge Brambach als Alleinerbin eingesetzt. Damit bekäme sein Kind nur den Pflichtteil, also die Hälfte. Sobald er verheiratet wäre, wird alles grundsätzlich hälftig aufgeteilt zwischen Kind und Ehefrau. Falls Inge immer noch Alleinerbin wäre, bekäme sein Kind nur noch die Hälfte von der Hälfte als Pflichtteil, als ein Viertel. Kann das sein? Aber wir reden doch nicht von Millionen, sondern nur von ein paar tausend Euronen. Das macht alles keinen Sinn.«

Stefan trank einen großen Schluck und drehte sein Glas gedankenverloren in der Hand. Auch Julia starrte auf die leicht auf und ab schwingende Limonade.

»Julia, selbst wenn es einen Sinn ergäbe: Wir könnten es ihr nicht nachweisen. Weder der Brambach noch der Fürst.«

»Und wenn wir bluffen? Wir bitten jede der beiden Damen um ein Haar für einen DNA-Vergleich. Vielleicht haben wir Glück, und eine der beiden geht uns auf den Leim?«

»Versuchen sollten wir es. Aber ich werde das Gefühl nicht los, dass wir noch irgendetwas übersehen. Es muss noch Hinweise geben, die wir nicht gefunden haben.«

Julia seufzte. »Du meinst in der Wohnung des Barons? Was auch immer der Einbrecher gesucht hat, wir wissen weder was es war noch ob er es gefunden hat. Aber wir haben auch nichts gefunden, was uns weiterhelfen würde. Weder in der Wohnung selbst noch im Keller oder auf dem Dachboden.«

»Ja, stimmt. Wo können wir also noch suchen?«, fragte Stefan, und beide fuhren gleichzeitig hoch.

»Fahren wir zu Inge Brambach«, rief Julia.

Keine zwanzig Minuten später hielten sie vor Frau Brambachs Häuschen in Eckersdorf. Heute mussten sie mehrmals klingeln, bis ihnen geöffnet wurde. Endlich rief Inge Brambach von innen heraus:

»Hallo? Wer ist dann da?«

Als sie Julias Stimme hörte, sperrte sie zügig auf und bat die beiden Beamten ins Haus.

»Ich habe Sie gar nicht erwartet. Tut mir leid, dass es gedauert hat, aber ich war gerade im Bad. Setzen Sie sich, wollen Sie etwas trinken?«

Gespannt schaute Inge Brambach die Ermittler an. »Haben Sie den Mörder gefunden?«, fragte sie tonlos, und ihr Gesicht wurde aschfahl.

»Nein, so weit sind wir leider noch nicht«, winkte Julia ab. »Frau Brambach, kann es sein, dass Herr von Streibau hier irgendwo noch persönliche Sachen gelagert hat?«

»Nun ja, er hat ein Fach oben im Schlafzimmerschrank. Aber viel ist da nicht drin. Ein paar Hosen, ein paar Hemden, ein Pullover oder zwei. Sie können die Sachen gerne ansehen, kommen Sie mit.«

Sie ging voraus, die enge Stiege hinauf nach oben. Es war wohl ein ehemaliges Bauernhaus, das sehr geschmackvoll renoviert worden war, fuhr es Julia durch den Kopf. Im Schlafzimmer knipste Frau Brambach das Licht an und öffnete eine Doppeltür des großen Echtholzschrankes, der eine komplette Wand einnahm.

»So, bitte – hier sind seine Sachen.«

Sie blieb neben dem Bett stehen und beobachtete mit großen Augen, wie Julia und Stefan sämtliche Jacken- und Hosentaschen durchsuchten, ohne etwas Nennenswertes zutage zu befördern.

»Frau Kommissar, was suchen Sie denn eigentlich?«, wollte sie wissen, aber Julia zuckte nur bedauernd mit den Schultern.

»Ist das alles? Hat er nicht irgendwo noch einen Schreibtisch? Einen Aktenordner? Eine Aktentasche?«

Inge Brambach schüttelte ratlos den Kopf. »Nein, nicht dass ich wüsste. Aber Sie können sich gerne im ganzen Haus umsehen.«

»Hatte Ihr Verlobter irgendwelche Lieblingsplätze hier? Ein bestimmtes Zimmer, einen Sessel vielleicht?«, fragte Stefan.

»Ja, er saß am liebsten in dem großen Lehnstuhl am Fenster und sah hinaus auf den Hof. Er hat immer gesagt, er liebt diese Aussicht. Es hat immer irgendetwas geblüht vor dem Haus, und das mochte er. Dann im Herbst die Kastanie gegenüber, und im Winter haben ihm sogar die kahlen Äste gefallen, egal ob mit oder ohne Schnee. Kommen Sie mit, ich zeige Ihnen den Platz.«

Es ging wieder hinab ins Erdgeschoss, Inge Brambach lief ins Wohnzimmer, wo sie auf einen großen Ohrensessel zeigte, der am Fenster stand.

Mit ein paar schnellen Schritten war Julia dort, hob die flauschige Decke hoch, die über die Lehne gelegt war – nichts. Sie fuhr mit der Hand in die Stoffritzen zwischen Sitzfläche und Armlehnen – ebenfalls nichts. Schließlich noch die Ritze zur Rückenlehne, wo Julias ausgestreckte Finger etwas ertasten konnten. Mit einem aufgeregten Aufschrei steckte sie ihre Hand noch weiter hinein, dann auch die zweite Hand, und zog endlich triumphierend einen braunen Umschlag heraus.

»Hoffentlich hilft uns das weiter«, flüsterte sie. Stefan trat neben sie und nickte ihr zu.

»Mach auf. Frau Brambach, kennen Sie diesen Umschlag?«

Die Verlobte des Barons sah ihn verwirrt an. »Glauben Sie mir, ich hatte keine Ahnung. Ich sehe diesen Umschlag zum ersten Mal.«

»Warum könnte er das im Sessel versteckt haben?«, sinnierte Julia. Inge Brambach hatte eine Erklärung.

»Der Ferdi hat in letzter Zeit öfter mal Schriftstücke einfach irgendwo hineingesteckt. Auch im Sofa waren ab und zu Briefe, allerdings unwichtige Sachen. Das war so ein Tick von ihm. Sogar im Butterfach vom Kühlschrank habe ich unlängst einen Werbeflyer gefunden.«

Julia öffnete vorsichtig das Kuvert und holte mehrere bedruckte Blätter heraus. Auch ein kleinerer Umschlag steckte noch darin. Hastig überflog sie die Seiten.

»Ein Laborbefund. Positives Ergebnis eines Vaterschaftstests. Datiert vom 17. Dezember. Das also hatte es auf sich mit der Aussage, er sei auf seine alten Tage Vater geworden. Nicht das Kind ist taufrisch, sondern das Wissen darum. Wir haben ihm Unrecht getan«, fasste Julia zusammen. Inge Brambach ließ sich schwer auf den Sessel fallen und begann leise zu weinen.

»Der Ferdi … ich habe es Ihnen wirklich geglaubt … ich war so verletzt von der Vorstellung, er hätte mich betrogen. Dabei war er mir immer treu«, brach es aus ihr heraus.

»Bleibt noch der kleine Umschlag«, brummte Stefan, und Julia öffnete auch diesen. Ein handgeschriebener Brief kam zum Vorschein.

»Oh Mann, diese Schrift ist aber schwer leserlich. Datiert vom 15. November. Liebster Ferdi, ich habe es dir all die Jahre verschwiegen, weil ich dich nicht mit einem Kind an mich ketten wollte. Ich kenne dich gut genug, um zu wissen, dass du für die Freiheit geschaffen bist und nicht für die spießbürgerliche Ehe. Hätte ich dir von meiner Schwangerschaft erzählt, dann hättest du dich verpflichtet gefühlt, und das wollte ich nicht. Jetzt allerdings ist alles anders. Ich habe nur noch ein paar Tage, die mir bleiben. Und ich möchte mein Geheimnis nicht mit ins Grab nehmen. Du hast eine Tochter, eine wunderschöne und intelligente Tochter, die politisch ebenso aktiv ist wie du und mit etwas Glück im März sogar ins Rathaus einziehen wird. Vermutlich ahnst du es schon, ihr Name ist Nina. Sie hat mir erzählt, dass ihr euch manchmal trefft. Nina hat auch erst heute die Wahrheit erfahren. Ihr habt ein Recht darauf, es zu wissen. Ich wollte nie, dass du für sie zahlst, ich war immer stolz darauf, es allein geschafft zu haben. Aber der Gedanke, dass sie nach meinem Tod ganz alleine dasteht, ist zu schrecklich für mich. Bitte versprich mir, für sie da zu sein. Nicht finanziell, da sind wir gut abgesichert, das hat sie nicht nötig. Aber als Vater. Ich habe dich nie vergessen können, habe nie aufgehört dich zu lieben. Aber ich wusste, dass du deine Freiheit brauchst. Bis heute hast du sie gehabt, aber bitte übernimm jetzt die Verantwortung für unsere Tochter. Ich kann es nicht länger, so sehr ich es mir auch wünsche. Nina wird dir nach meinem Tod diesen Brief übergeben. Ich hoffe, du behältst mich in guter Erinnerung, deine alte Liebe Irmgard Fürst.«

Julia ließ den Brief sinken. »Da haben wir unseren Beweis«, bemerkte sie.

Inge Brambach weinte immer noch. »Die Irmgard«, flüsterte sie, »ist im November gestorben. Der Ferdi hat mir von ihr erzählt. Sie war wohl seine große Liebe und hat ihm plötzlich den Laufpass gegeben. Er hat nie verstanden warum. Jetzt wissen wir es. Sie wollte nicht, dass er nur um des Kindes Willen heiratet.«

Julia starrte die alte Dame an, als hätte sie ein Gespenst gesehen. ›Ich brauch kein Kind. Ich will kein Kind‹, hämmerte es auf einmal in ihrem Kopf, und erneut wurde ihr schlecht. Auch sie musste sich setzen. Stefan warf ihr einen besorgten Seitenblick zu, aber Inge Brambach hatte nichts bemerkt. Viel zu sehr war sie mit ihrem eigenen Kummer beschäftigt.

»Wissen Sie, er ist zu ihrer Beerdigung gegangen. An dem Abend habe ich ihn zum ersten und einzigen Mal weinen gesehen. Er muss sie wirklich sehr geliebt haben.«

Stefan räusperte sich und wandte sich der Verlobten des Barons zu.

»Frau Brambach, haben Sie da bemerkt, dass Sie Irmgards Platz nie ganz einnehmen würden? Dass Sie immer nur die Nummer zwei bleiben würden? Haben Sie ihn deswegen vergiftet? Seinen geliebten Mohnkuchen mit Digitalis versetzt und ihm ins Gefrierfach gestellt? Absichtlich nicht in Stücke geteilt, um den Verdacht von sich weg zu lenken? Wie Sie es mit ihrer Argumentation Staatsanwalt Strasser gegenüber getan haben? Und haben Sie dann, um sich selbst ebenfalls als Opfer hinzustellen, einen Topf mit vergiftetem Eintopf vor Ihrer Haustür deponiert?«

Julia fühlte sich wie betäubt. Sie hörte die Worte ihres Kollegen, war jedoch nicht in der Lage, deren Tragweite zu erfassen. Inge Brambach dagegen starrte ihn fassungslos an.

»Fangen Sie schon wieder an mit diesem Irrsinn! Ist es denn so schwer zu verstehen, dass wir uns geliebt haben? Das mit Ferdi und mir war doch überhaupt nicht zu vergleichen mit seiner Beziehung zu Irmgard. Das ist über 30 Jahre her, da war er jung und impulsiv. Das mit uns, das war ganz anders. Das war sanfte Vertrautheit anstatt heißer Leidenschaft. Warum hätte ich eifersüchtig sein sollen auf eine Tote? Können Sie mir das erklären?«

Stefan Siems streckte sich ein wenig, wirkte dadurch noch größer und war ganz Herr der Situation. »Nun – was, wenn Sie nicht eifersüchtig auf eine Tote waren, sondern auf deren Tochter? Die eh schon eine Vertraute Ihres Verlobten war, sein Herz schon erobert hatte, und jetzt plötzlich damit herausrückte, dass sie seine Tochter war? So wie Ihnen zuvor die tote Irmgard Ihren Platz streitig gemacht hatte, passierte es jetzt von Neuem mit ihrer Tochter. Ist es Ihnen da zu verdenken, dass Sie das alles nicht mehr aushalten und den Baron töten?«

Inge Brambach richtete sich ebenfalls etwas auf, ihre Augen funkelten kampflustig. »Nur vergessen Sie bei Ihrer Argumentation leider, dass ich nichts von der Tochter wusste«, warf sie ein, aber Stefan wischte die Bemerkung einfach beiseite.

»Das können Sie jetzt leicht sagen, Frau Brambach. Aber können Sie es auch beweisen? Ich muss Sie bitten uns noch einmal zu begleiten.«

Während die alte Dame mit zusammengekniffenen Lippen ihren Mantel anzog, hockte Julia immer noch wie ein Häufchen Elend auf dem Sofa. Stefan musste sie zweimal ansprechen, bevor sie reagierte. Verwirrt schaute sie hoch.

»Julia, komm mit, wir fahren. Ich denke, unser Fall ist gelöst. Geht es dir gut, ist alles in Ordnung?«

Sie nickte abwesend. »Der Fall ist gelöst?«, fragte sie nach. »Wer ist denn der Täter?«

»Julia, was ist denn los mit dir? Soll ich dich zum Arzt fahren? Hast du das nicht mitgekriegt? Ich habe soeben Frau Brambach aufgefordert, mit ins Büro zu kommen. Ich bin überzeugt davon, dass sie den Baron aus Eifersucht getötet hat.«

»Frau Brambach.« Es war keine Frage, sondern eine Feststellung. Er nickte.

»Frau Brambach. Nein, sie war es nicht.«

»Julia, willst du zum Arzt? Was ist denn mit dir? Soll ich dich ins Klinikum fahren? Oder einen Krankenwagen kommen lassen? Du wirkst, als stündest du unter Schock.«

Stefan war aufrichtig besorgt um seine Kollegin. Er erkannte sie kaum wieder. Selbst Inge Brambach kam jetzt wieder herbei und sprach Julia an.

»Kindchen, hören Sie mich? Wir machen uns große Sorgen um Sie. Vergessen wir jetzt doch einmal für fünf Minuten den Mord an Ferdi. Was ist denn nur mit Ihnen?«

Sie legte Julia die Hand auf die Schulter, und jetzt fand die Kommissarin endlich wieder zurück ins Hier und Jetzt.

»Mit mir? Alles in Ordnung. Aber was ist mit Ihnen, Frau Brambach? Können Sie die Anschuldigungen von Herrn Siems entkräften?«

Inge Brambach lächelte. »Soweit ich weiß, muss nicht ich sie entkräften, sondern ein Gericht muss sie beweisen. Und das dürfte schwer möglich sein, weil ich unschuldig bin.«

Stefan schnaufte hörbar. »Gehen wir endlich«, knurrte er.

Unterwegs rief Julia bei Strasser an, der sofort sein Kommen zusagte.

Kapitel 22

Wie nicht anders zu erwarten gewesen war, stürzte sich Strasser mit Begeisterung darauf, Inge Brambach zu verhören. Allerdings biss er sich auch dieses Mal die Zähne an ihr aus. Nach geschlagenen zwei Stunden war er noch keinen Schritt weiter gekommen, sie leugnete nach wie vor hartnäckig.

Julia hatte gerade Kaffee gekocht und sich mit schlechtem Gewissen eine Tasse gefüllt, als der Staatsanwalt wütend in ihr Zimmer gestürmt kam.

»Unglaublich, was das für eine harte Nuss ist!«, tobte er los. »Aber ich schwöre, ich werde sie knacken. Sie hat ihren Verlobten vergiftet, heimtückisch ermordet. Das ist so sicher wie das Amen in der Kirche. Siems hat Recht, so muss es gewesen sein. Uns fehlen nur die Beweise. Wir brauchen ein Geständnis, und das werde ich bekommen, so wahr ich hier stehe!«

Julia, die wieder voll einsatzfähig war, antwortete trocken:

»Sie stehen aber nicht, Sie rennen schon wieder herum wie ein Tiger im Käfig. Und ich sage Ihnen, die Inge Brambach war es nicht. Ja, die Argumentation meines Kollegen ist schlüssig, und alles deutet auf ein Beziehungsdrama hin. Aber was, wenn es doch nicht so war?«

Strasser verzog empört das Gesicht. »Frau Lehmann, kann es sein, dass Sie die Tatsache nicht verkraften, diesmal daneben zu liegen? Dass Sie eine schlechte Verliererin sind?«

Julia winkte ab. »Wir haben mindestens zwei Leute, die als Täter infrage kommen. Einmal Inge Brambach, zum anderen aber auch Nina Fürst.«

»Mit der Sie sich ja auch ausnehmend gut zu verstehen scheinen. Haben Sie nicht geäußert, dass Sie die Stadträtin für unschuldig halten?«, schnarrte er.

»Ja, das habe ich. Ehrlich gesagt kann ich mir bei keiner der beiden Frauen vorstellen, dass sie den Baron auf dem Gewissen hat. Aber wie Sie gerade schon festgestellt haben: Auch ich kann mich irren. Also lassen Sie mich einen alternativen Tathergang inszenieren: Nina Fürst hat den Baron ermordet, denn bei seinem Ableben würde sie vor seiner Heirat mehr erben als danach.«

Strasser schüttelte unwillig den Kopf.

»Dünn, Frau Lehmann, sehr dünn. Haben Sie mehr zu bieten?«

»Nein, leider nicht«, musste Julia eingestehen. »Allerdings hat sie uns verschwiegen, dass sie die Tochter des Barons ist. Und das finde ich mehr als befremdlich, um nicht zu sagen verdächtig. Schon allein deswegen sollten wir uns doch noch einmal mit ihr unterhalten.«

»Dann bleibt die Brambach vorerst in Haft. Morgen werde ich sie weiter in die Mangel nehmen, dann werden wir ja sehen. Und was Ihre Stadträtin betrifft, pflichte ich Ihnen bei. Wir sollten sie herbestellen. Wie spät ist es denn?« Er warf einen kurzen Blick auf die Wanduhr. »Gleich neun. Rufen Sie mal bei ihr an, ob sie heute noch Zeit hat. Erzählen Sie ihr, es gäbe neue Erkenntnisse und eine Festnahme. Vielleicht wird sie dann neugierig genug, um gleich vorbei zu kommen. Ansonsten am Montag gleich in der Frühe.«

Julia nickte und wählte die eingespeicherte Nummer von Nina Fürst. Tatsächlich wirkte die Stadträtin sehr interessiert und war bereit, sich sofort auf den Weg zu machen. So dauerte es nicht allzu lange, bis sie in der Dienststelle eintraf.

»Frau Lehmann, ich bin ja so erleichtert, dass Sie den Mörder gefunden haben! Das nenne ich Gerechtigkeit. Wer ist denn der Täter?«, bestürmte sie die Kommissarin, schon bevor sie richtig hereingekommen war.

Strasser, der ebenfalls in Julias Büro saß, stand auf und stellte sich vor. Da er sich vorhin schon bei Inge Brambach warmgeschossen hatte, wollte er jetzt auch bei der Unterredung mit Nina Fürst anwesend sein.

Julia trank mit Bedacht und einem leisen Anflug von schlechtem Gewissen den letzten Schluck Kaffee, dann wandte sie sich der Stadträtin zu.

»Frau Fürst, warum haben Sie uns verschwiegen, dass der Baron Ihr Vater war?«, kam sie sofort auf den Punkt.

Nina Fürst wurde blass. »Wie kommen Sie denn darauf?«, flüsterte sie tonlos. Strasser begann wieder seinen Rundlauf vom Schreibtisch zum Fenster.

»Wir wissen es eben, das muss Ihnen aktuell genügen«, warf er ein. Aber der jungen Frau war nicht so leicht beizukommen.

»Das sind reine Spekulationen von Ihnen, Sie haben keinerlei Beweise«, giftete sie den Staatsanwalt an, was ihm ein mitleidiges Lächeln entlockte.

»So, meinen Sie? Aber offenbar stimmt es, denn getretene Hunde bellen bekanntlich.«

»Ich sagte doch, reine Spekulationen von Ihnen. Ich weiß ja nicht, was Sie mit diesen Vermutungen bezwecken, aber ich kann das nicht bestätigen.«

Julia spürte, wie ihr Blutdruck leicht in die Höhe ging. Warum lag der Stadträtin so viel daran, dieses Geheimnis zu wahren? Instinktiv wusste sie, dass da mehr dahinter stecken musste. Sie musterte ihr Gegenüber lange und forschend, dann sagte sie:

»Frau Fürst, glauben Sie uns, wir haben Beweise für diese Behauptung. Also, warum haben Sie nichts davon gesagt?«

Nina Fürst wurde wütend. »Sie können keine Beweise haben, meine Mutter hat nie einen Vater angegeben. Lassen Sie mich gefälligst in Ruhe mit so einem Schmarrn!«

»Sie hat zwar keinen Vater angegeben, aber sie hat auf dem Totenbett einen Brief an den Baron verfasst und ihm alles gestanden. Und Sie selbst haben es ebenfalls erst vor ein paar Wochen erfahren. Aber warum haben Sie es geheim gehalten? Der Baron selbst wollte Sie ja als Tochter anerkennen. Er hat einen Vaterschaftstest machen lassen – aber das wissen Sie bestimmt längst. Ich kann mir nicht vorstellen, dass er Ihnen das verschwiegen hat. Und er hatte einen Notartermin vereinbart, weil er sein Testament zu Ihren Gunsten ändern wollte. Da stellt sich uns schon die Frage: Warum wollten Sie nicht, dass das bekannt wird? Musste er deswegen sterben?«

Nina Fürst brüllte Julia regelrecht an: »Sie haben gar nichts! Sie können das nicht haben! Er hatte es nämlich nicht mehr, sonst hätte ich es gefunden –« Sie unterbrach sich abrupt, erschrocken darüber, was sie preisgegeben hatte. Strasser wollte einschreiten, doch Julia gab ihm ein Zeichen sich zurückzuhalten. Jetzt war sie am Zug, das war sie von Streibau schuldig.

»Als Sie seine Wohnung durchsucht haben? Das waren Sie, nicht wahr? Halten Sie uns nicht für dumm, Frau Fürst. Sie haben das Vertrauen des Barons missbraucht, haben ihm den vergifteten Kuchen untergeschoben und kalt lächelnd beim Ball der Stadt beobachtet, wie es ihm allmählich schlechter ging. Dann sind Sie ihm nach draußen gefolgt, und als er im Siegfriedwald zusammengebrochen ist, haben Sie sein Handy entwendet, weil Sie Angst hatten, darauf könnten irgendwelche Daten oder Informationen sein, die auf Sie hinweisen. Später sind Sie in seine Wohnung eingebrochen und haben nach dem Brief gesucht, ihn aber nicht gefunden. Jetzt haben Sie Angst bekommen, Inge Brambach könnte bereits eingeweiht sein. Sie schreckten nicht vor einem zweiten Tötungsversuch zurück und wollten auch die alte Dame vergiften. Das hat nicht geklappt, aber Sie haben mich ja geschickt ausgefragt und erfahren, dass Inge Brambach ebenso im Dunkeln tappte wie wir. Dann haben Sie allerdings einen Fehler gemacht: Sie sind nämlich nicht auf die Idee gekommen, dass der Baron die Unterlagen ohne Wissen seiner Verlobten in deren Haus versteckt haben könnte. Da waren wir schneller als Sie, und das wurde Ihnen zum Verhängnis.«

Julia hatte sich dieses Geschehen intuitiv zusammengereimt, aber als sie das aussprach, klang es für sie selbst wie auch für Strasser ebenso logisch wie Stefans Indizienkette.

Nina Fürst saß da wie vom Donner gerührt. Schließlich krächzte sie heiser: »Da ist nicht Ihr Ernst, oder? Wie können Sie so etwas von mir denken?«

Strasser blieb direkt vor ihr stehen und starrte sie finster an. »Für einen Durchsuchungsbescheid reicht das allemal. Und was werden wir finden, wenn wir Ihre Wohnung und Ihr Büro auf den Kopf stellen? Digitalis im Vorgarten? Rizinus im Küchenschrank? Was, wenn wir den Browserverlauf ihres Computers checken? Finden wir dann die erfolgreichsten Giftrezepte auf chefkoch.de? Liegt das Handy des Barons vielleicht in Ihrer Schreibtischschublade? Sind Sie sich wirklich sicher, dass da nichts ist? Ich sage Ihnen, ich bin mir ebenso sicher, dass wir etwas finden werden. Also geben Sie schon zu, dass Sie den Baron auf dem Gewissen haben!«

Nina Fürst warf den Kopf in den Nacken. »So kurz vor der Wahl, und plötzlich wollte er öffentlich machen, dass ich seine Tochter bin. Wissen Sie, was das bedeutet hätte? Das wäre mein politisches Aus gewesen. Der Baron war überaus erfolgreich mit seiner Strategie, aber er war vielen Leuten mehr als suspekt. Dass ich Verständnis für ihn aufbrachte, das hat mir Wählerstimmen eingebracht von den Leuten, die Burgmüller für zu profitorientiert hielten. Aber als Querulantentochter, da wäre ich in der Wählergunst gesunken. Da hätten die Leute gedacht, ich würde ebenso alles lähmen und bremsen wie er. Der Apfel fällt nicht weit vom Stamm, Sie wissen ja. Ich konnte dieses Risiko nicht eingehen, aber er wollte nicht vernünftig werden. Er war regelrecht euphorisch und wollte die Freude über seine Tochter mit der Öffentlichkeit teilen. Wenigstens konnte ich ihm abringen, dass er es seiner Verlobten erst in der Türkei erzählen und auch erst danach zum Anwalt gehen wollte. Aber die Zeit lief mir davon, ich musste handeln. Er hatte mir von seiner Herzschwäche erzählt, von seinen Heiratsplänen und von seiner Leidenschaft für Mohnkuchen. Ich hatte vor Jahren mal ein Seminar belegt über Giftpflanzen und ihre Wirkung, da war es einfach, den Kuchen zu präparieren. Genau wie die Bohnen für seine Verlobte. Ich kenne sie ja nicht einmal persönlich, aber ich hatte Angst, er könnte ihr doch bereits von mir erzählt haben. Also musste ich sie zum Schweigen bringen. Allerdings war sie zu misstrauisch. Aber Sie glauben gar nicht, wie erleichtert ich war, als ich hörte, dass sie völlig ahnungslos war. Sie durfte weiterleben, wie gut für uns beide. Es ist ja nicht so, dass mich das nicht belastet hätte. Sie dürfen mich nicht für eine gewissenlose Mörderin halten. Aber ich muss doch unbedingt OB werden, für ein besseres Bayreuth. Verstehen Sie das? Frau Lehmann, ich habe Ihnen doch meine Pläne und Visionen dargelegt. Diese Stadt braucht mich. Und als Tochter des Barons hätte ich das nicht geschafft. Es war wichtig, verstehen Sie das denn nicht?«

Nina Fürst begann zu weinen, sie verbarg ihr Gesicht in beiden Händen und schluchzte haltlos. Strasser musterte sie mitleidslos, und Julia brauchte einen Moment, um das Gehörte zu verdauen, während Stefan

Siems die Stadträtin über ihre Rechte informierte und ihr anbot einen Anwalt anzurufen, was sie jedoch ablehnte.

Später waren sie unter sich, Nina Fürst saß in ihrer Zelle, Inge Brambach hatte ein Taxi nach Eckersdorf genommen. Staatsanwalt Strasser holte eine Flasche Sekt aus seinem Büro und wollte partout mit ihnen auf den Ermittlungserfolg anstoßen. Julia jedoch lehnte mit Hinweis auf ihre Magenverstimmung dankend ab. Sie saß an ihrem Schreibtisch, während Strassers Lobeshymnen an ihr vorbeirauschten und die beiden Männer die Gläser klingen ließen. Alles erschien ihr seltsam unwirklich, aber sie war froh, dass sie die Mörderin des Barons gefasst hatten.

»Ach Ferdi, jetzt können Sie in Frieden ruhen«, murmelte sie fast lautlos vor sich hin, was ihr einen irritierten Blick des Staatsanwalts einbrachte.

»Haben Sie etwas gesagt, Frau Lehmann?«, fragte er, doch sie schüttelte lächelnd den Kopf.

»Nein, alles in Ordnung. Letztlich waren wir doch erfolgreich, auch wenn ich teilweise etwas unkoordiniert an den Fall heran gegangen bin. Wofür ich mich entschuldigen möchte. Wissen Sie, der Baron war fast so etwas wie ein Freund für mich. Das Ganze hatte durchaus etwas persönliches. Ich bin froh, dass der Fall gelöst ist.«

»Nicht nur Sie, Frau Lehmann«, schnarrte Strasser. »Nicht nur Sie, glauben Sie mir das. Und den morgigen freien Tag sollten Sie genießen, die Pressekonferenz werde ich schon alleine schaukeln.« Er sah zufrieden aus, und Julia verkniff sich ein Grinsen. Sie wussten alle, wie sehr Strasser es liebte sich im Licht der Öffentlichkeit zu sonnen.

Strasser trank aus und verabschiedete sich von den beiden Beamten, die Stimmung zwischen ihnen war friedlich wie selten. Als seine schnellen Schritte auf dem Gang verhallten, beugte sich Stefan vor und musterte Julia forschend.

»Julia, ist wirklich alles okay mit dir? Ich mach mir Sorgen um dich, du bist so seltsam in letzter Zeit. Was hat denn Doktor Leibelt gesagt?«, wollte er wissen.

Julia war einen kurzen Moment lang versucht, ihm alles zu erzählen. Von ihrer Schwangerschaft, von ihrem Entschluss, von ihrer Angst vor den Konsequenzen. Aber dann fühlte sie, dass es besser wäre ihn nicht einzuweihen, und sie bemühte sich um ein nichtssagendes Lächeln.

»Was er gesagt hat? Dass derzeit viel zu viele Viren kursieren. Jetzt kann ich mich ja in Ruhe auskurieren, in der felsenfesten Gewissheit, dass du mich nicht hängen lässt und am Montag alle Berichte schreiben wirst. Komm, fahren wir.«

Stefan zog die Augenbrauen hoch und flachste: »Meinst du, ich fahr dich tatsächlich heim, wenn du mir so etwas androhst?«

»Ja, meine ich. Also los, damit wir endlich Feierabend haben.«

Jan erwartete Julia bereits mit der positiven Nachricht, dass die Knaben ihr Auswärtsspiel haushoch gewonnen hatten. Sie ließ ihn erzählen, und erst als er detailliert alles berichtet hatte, was seit dem Vormittag passiert war, erwähnte sie beiläufig, dass sie Nina Fürst verhaftet hatten.

»Nina Fürst? Die Stadträtin? Mit der du dich so gut verstanden hast? Ach Julia, das tut mir leid für dich.« Er nahm sie in die Arme, es tat so gut seine Wärme zu spüren, seine Nähe zu atmen.

»Muss es nicht, Jan. Ich habe mich getäuscht, aber ich bin froh, dass nicht Inge Brambach die Mörderin ist. Ich glaube, das wäre für mich noch schlimmer gewesen. Weißt du, ohne diese Wahlplakate wären wir ihr vielleicht nie auf die Schliche gekommen. Ich habe von diesen Plakaten geträumt, und im Traum war der Baron auch mit abgebildet. Da hat mein Unterbewusstsein wohl eins und eins zusammengezählt.«

Was sie sonst noch geträumt hatte, verschwieg sie.

Wieder einmal war sie froh darüber, dass Jan so leidenschaftlich gern und gut kochte, und ließ sich das späte Abendessen schmecken.

»Das heißt, du hast morgen frei?«, fragte er, als sie den Tisch abräumte.

Julia nickte. »Ein komplett freier Sonntag. Ohne Ermittlungen, ohne Rufbereitschaft und ohne Knabenspiel«, lächelte sie und ließ es nur zu gern geschehen, dass er sie hochhob und ins Schlafzimmer trug, zumal es ihrem Magen gerade richtig gut ging.

Kapitel 23

Sonntag

Über Nacht hatte das Wetter umgeschlagen, die weiche weiße Schneedecke verwandelte sich im Laufe des Sonntags in eine schmutzig-nasse Pampe. Julia und Jan hatten den kompletten Tag im Bett verbracht, lediglich zur Mittagszeit hatten sie den Pizzadienst angerufen, aber sogar die Pizza hatten sie oben verzehrt. Jetzt begann es zu dämmern und Jan erinnerte sich daran, dass abends ein wichtiges Spiel der ersten Mannschaft stattfinden würde.

»Wollen wir hingehen? Wie schaut es aus?«, fragte er und küsste Julia zärtlich. Sie wurde von plötzlicher Wehmut gepackt und klammerte sich leidenschaftlich an ihn.

»He, was ist denn los?«, wollte er wissen, doch sie schüttelte nur energisch den Kopf.

»Nein, ich gehe nicht mit, Jan. Aber ich möchte, dass du hingehst.«

»Allein? Kommt nicht infrage! Außerdem ist jetzt der Mord aufgeklärt, da wollten wir doch besprechen, was wir mit unseren Wohnungen machen wollen. Wie sieht es aus? Wollen wir hier bleiben oder suchen wir uns eine andere Wohnung?«

Wieder ein zärtlicher Kuss, doch Julia schob ihn auf Distanz. Sie stand energisch auf und schlüpfte in ihren

Jogginganzug.

»Jan, ich muss mit dir reden. Das mit dem Zusammenziehen, ich glaube, das ist doch keine gute Idee. Genau genommen, das mit uns beiden ist wohl keine gute Idee. Wir haben uns da etwas vorgemacht, was nicht so ist, wie wir es gerne hätten.«

Sie schaute ihn nicht an bei diesen Worten, und so entging ihr sein fassungsloser und verletzter Blick. Jan suchte nach den richtigen Worten, fand sie nicht, stand schließlich ebenfalls auf und zog sich schnell an.

»Was soll das heißen, Julia?«, fragte er endlich tonlos. »Für mich ist es genau so, wie ich es gerne hätte.«

Sie verbiss tapfer die aufsteigenden Tränen und flüsterte: »Aber für mich leider nicht. Ich möchte dir nichts vormachen, das wäre nicht fair. Es wäre wohl am besten, wenn du jetzt gehst.«

Julia schmeckte Blut in ihrem Mund, offenbar hatte sie sich die Lippe blutig gebissen. Der fahle Eisengeschmack kroch in ihren Rachen, in ihre Nase und brachte ihren Magen zur Rebellion. Sie sprang auf und rannte ins Bad, wo sie sich würgend von der Pizza trennte.

Als Julia wieder herauskam, war die Wohnung leer, sie ließ sich in ihren Sessel fallen und begann lange und verzweifelt zu weinen. Endlich beruhigte sie sich, öffnete die Terrassentür und ließ die milde, feuchte Luft herein. Leo kam herbei gesaust und strich maunzend um ihre Beine. Julia nahm ihn auf den Arm und barg ihr Gesicht in seinem weichen Fell. Das sanfte Schnurren beruhigte sie ein wenig. So lehnte sie im Türrahmen, erschnupperte die erste Ahnung von Frühling und dachte an den Baron, dessen große Liebe ihn ebenfalls wegen eines Kindes verlassen hatte. Ob es auch Irmgard Fürst das Herz dermaßen zerrissen hatte wie jetzt ihr? Aber sie hatte es geschafft und weiter-gelebt, also würde das Julia ebenfalls gelingen. Und vielleicht würde es eines Tages weniger schmerzen. Sie wünschte Jan von ganzem Herzen, dass er sie schnell vergessen würde. Wie hatte Irmgard geschrie-ben? Nicht für die spießbürgerliche Ehe, sondern für die Freiheit war der Baron geschaffen. Und Jan nicht für die Vaterschaft. Es war besser so, egal ob es ihr Herz brach.

»Komm Leo, Abendessen«, lockte sie den Kater, schloss die Tür und ging in die Küche. Auf der Main-welle war die Live-Schaltung zum Tigersspiel zu hö-ren, alles deutete auf einen wichtigen Sieg hin. Dazwi-schen ein Sonderbericht zum Mordfall von Streibau, Strasser schnarrte triumphierend aus dem Gerät, und Julia musste trotz allem lächeln.

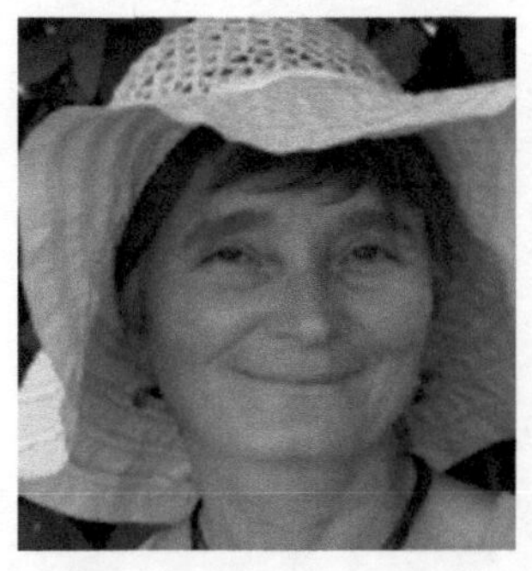 **Antje Haugg:** 1965 in Bayreuth geboren, verheiratet und Mutter von vier Kindern, begann ich schon während meiner Schulzeit zu schreiben. Anfangs waren es Gedichte und Liedtexte, später kamen Kurzgeschichten dazu sowie ein erster Entwurf meiner Teufelsbraten.

1982 gewann ich den regionalen Lyrikpreis des ›goldenen Liebri‹, 1988 kam es zu einer ersten Veröffentlichung in der Anthologie ›Meine Gefühle schlagen Purzelbäume‹ (ISBN 398-0200302, vergriffen). Anschließend jedoch sorgte meine Tätigkeit in der Finanzverwaltung und als Steuerberaterin für eine lange kreative Pause.

Erst durch meine Kinder kam ich wieder zum Schreiben und durfte bereits mehrere Bücher veröffentlichen. Da meine Zielgruppe heranwuchs, änderten sich auch die Themen meiner Bücher und Geschichten von Kinder- und Jugendbüchern hin zu regionalen Krimis, die alle in meiner Heimatstadt Bayreuth spielen.

Meine erklärte Lieblingskommissarin (übrigens auch die von Trainer Jan Keller) ist dabei KHK Julia Lehmann, die durchaus auch skurrile Fälle zu klären hat, wie den Mord in Kamerun. Daneben ermittelt aber seit 2017 auch KHK Doris Lech in den Fällen rund ums Richard-Wagner-Gymnasium Bayreuth.

Die RWG-Krimis sind für mich komplettes Neuland, da die Handlungen jeweils in einer Gruppe ausgedacht werden und ich mich beim Schreiben an die Vorgaben des Seminars halten muss. Eine ganz neue, aber durchaus positive Erfahrung!

ISBN: 978-3-946751-78-6

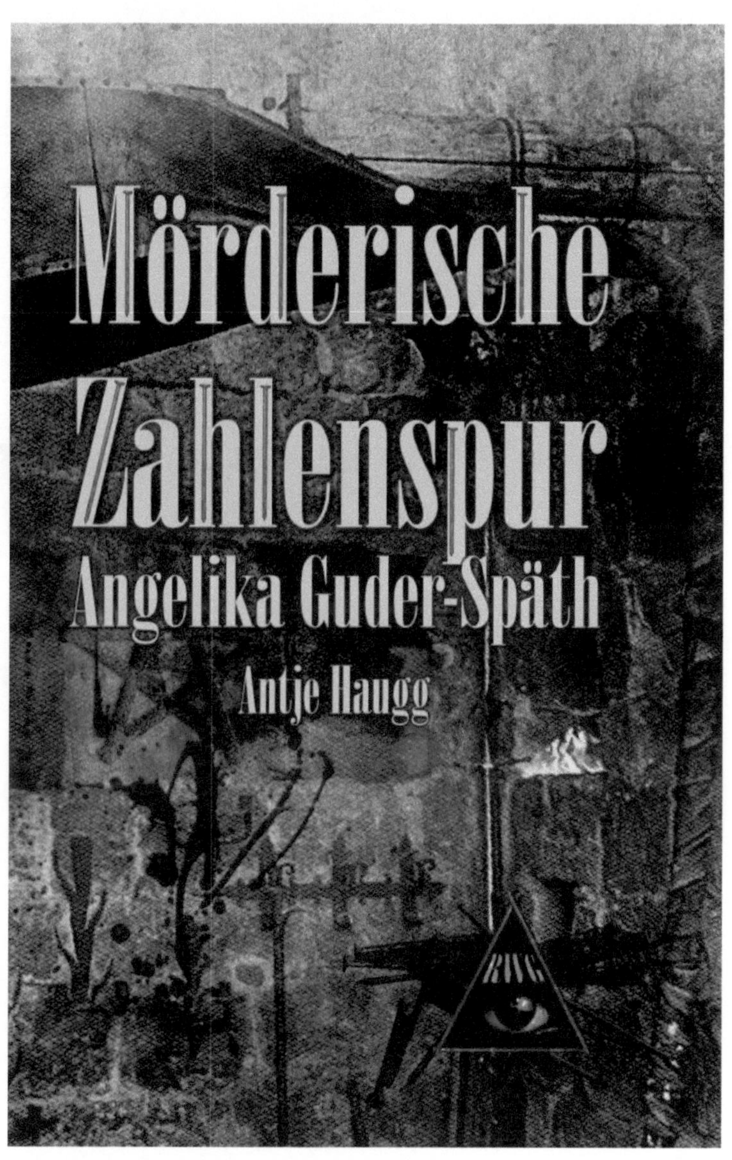

ISBN: 978-3-946751-85-4